音のない理髪店

一色さゆり

講談社

音のない理髪店／目次

装幀　名久井直子
装画　oyasmur

音のない理髪店

音のない理髪店

新しい本を置いて、最初のページをひらく。

五森《ごもり》つばめという私の名前と、相手の名前そして日付を、ペンで慎重に素早く記す。間違わずに書き終えられ、小さく安堵《あんど》の息をついた。顔を上げて、サイン会に来てくれた方に感謝を伝えながら本を返す。

書店の一角に設けられたスペースは、定員五十名ほどの広さである。まだ残っているのは十数人ほどで、奥の方では書店員さんが片づけをしている。

すると、列の先頭に立った制服姿の女子学生が、新刊ではなく十年前に刊行された『音のない理髪店』を差しだした。

「お名前をどうぞ」

返事がないので、私は顔を上げる。

高校生だろうか。でもまだ、あどけなさがある。分厚い眼鏡《めがね》をかけた子で、肩までのばした黒髪から、イヤホンのような機器がのぞいた。私と目が合うのを待っていたらしい。彼女は私に向かって、人差し指と中指を立てて眉間《みけん》に当てたあと、両手の人差し指同士をお辞儀するように折り曲げた。

〈こんにちは〉

予期しなかった仕草に、私は目を見開く。しゃべり声や雑音が消えて、静寂に包まれた。たいていの人にとっては馴染みのない動きだが、ある人たちにとっては毎日欠かせない大切なジェスチャー。私は咄嗟《とっさ》にペンを置いて、笑顔で同じように返す。メッセージを受けとっていることを、少しでも早く彼女に伝えたかった。最後に、左の手のひらに右の親指を当てたあと、人差し指を二回振って首を傾《かし》げる。

〈お名前は？〉

女子学生は少し顔を赤くして胸の辺《あた》りに両手を当てた。私と会話ができていることの喜びや緊張が伝わる。

彼女が持ってきてくれた一冊は、帯やカバーは新品とさして変わらないのに、表紙をひらくと端の方が折れていたりと何度も読まれた本特有の手になじむ風合いがあった。私は無地のページを大事にひらいて、感謝の気持ちを込めてサインを入れる。そして頭を下げながら彼女に返した。

〈大切にしてくれて、ありがとうございます〉

私は手話で表したあと、本を指さした。女子学生は頰《ほお》を赤らめたままお辞儀をして、数メートル離れたイベントスペースの出口に去っていく。私は一瞬、彼女を引きとめようと立ち上がりかけた。本の感想を訊《き》いてみたかったからだ、でも他にも待っている人がいるし、流暢《りゅうちょう》な手話は出てこなかった。

彼女を見送った先に、なつかしい姿があった。

「青馬《あおま》さん」

私は思わず、彼の名前を呟《つぶや》いていた。女子学生と手話でやりとりする青馬宗太《そうた》は、十一年前に出会った頃と変わっていない。こちらを見ると、背筋を伸ばして、気恥ずかしそうに小さく会釈《えしゃく》する。青馬は学生を数名連れてきてくれたらしい。私たちが視線を交わしていることに気がつかない女子学生が、待っていた同じ学校らしい男子学生に本を見せてはしゃいでいる。

「五森さん、つぎの方よろしいですか？」

担当編集者に声をかけられ、私はわれに返る。

「はい、お願いします」

すべての人の対応を終えると、青馬たちはいなくなっていた。

「やっぱりお上手ですよ」

「いえ、簡単なやりとりだけですね、手話」

「ご謙遜を。『音のない理髪店』も、ご自身の経験に基づかれているんですよね？」

担当になって一ヵ月も経《た》たないその男性編集者は、会場のテーブルに並べられた、私がこれまで出版した自作を見ながら言う。デビュー作のとなりには、ろう者の女子学生が持ってきてくれたのと同じ、二作目である『音のない理髪店』があった。

「たしかに私小説的でしたね」

「おじいさまは本当に、日本初のろう理容師だったわけですか」

私は首をふって、はっきりと訂正する。

「いえ、正確には、日本の聾《ろう》学校ではじめてできた理髪科を卒業した一期生で、自分の店を持った最初の人です」

「そうでしたね、すみません」と、編集者は頭を下げてつづける。「僕も、あの本にすごく心動かされました。入社した頃に拝読しましたが、自分と重ね合わせずにいられませんでした。自分も頑張ろうって」

「ありがとうございます。私としても、紆余《うよ》曲折《きょくせつ》ありながら書きあげた一冊でした。あの物語が、私を作家にしてくれたんです」

今の私に、あの頃のような迷いはもうない。作家として覚悟を持って一歩ずつ進んでいるという実感がある。その第一歩となるあの本を書けたのは、耳の聞こえない理容師として困難を乗り越えた祖父や、その周囲で祖父を支えた人に奮い立たされたからだ。それは私自身だけでなく、本を読んだ多くの人も同じだったようだ。

私はもう誰もいなくなった会場を見渡しながら胸一杯になる。多くの人に自分の書いたものが伝わっていること。つなげられたこと。奇跡のような状況が心から嬉しく、まだどこか信じられないところもあった。

「あっ、少し失礼します」

編集者は書店員さんから声をかけられて席を外した。

私はもう一度、青馬が立っていた方を見つめる。

――人がつながり、伝わりあえる一瞬の尊さを書きたい。

――自分が書いたものが人と人をつなぐきっかけになってほしい。

私はあのとき、そんなことを青馬に伝えた。気がつかせてくれたのは、他ならぬ青馬だった。

誰もいない出口の方に向かって、独り言のように、とある手話を表した。両手の人差し指を立ててゆっくりと近づけたあと、右手の人さし指と親指をひらいて顎《あご》の下に置き、それらの指を閉じながら下げる。

テーブルのうえに並んでいた『音のない理髪店』をとり、冒頭のページをめくった。

第一章　コーダの娘

二〇一三年になったばかりの冬、私は二十三歳で、迷いと焦《あせ》りの渦中にいた。というのも、恋愛小説系の新人賞をとったデビュー作から三年間、新しい本を一冊も出版できずにいたからだ。

そんな折、老舗《しにせ》出版社の駒形《こまがた》さんという編集者から、デビュー作の感想を添えて、一度お会いしたいという旨《むね》のメールが届いた。

デビュー作の担当編集者からは、次作のアイデアを催促する連絡さえ来なくなっていた頃である。もう私の名前を憶えている出版関係者なんていないと思っていたので、いわば最後のチャンスをもらった気分で、駒形さんに会いにいった。

神保町《じんぼうちょう》駅の近くにある指定された喫茶店は、蔦《つた》でおおわれた煉瓦《れんが》造りの外観で、内装もレトロな雰囲気だった。手入れの行き届いたアンティークの調度品が、暖色系のライトで浮かびあがる。かすかにジャズが流れていて、静けさのなかにレコードっぽいノイズが混じる洒落《しゃれ》た感じが、いかにも業界の人が訪れそうで格式高く、自分だけが場違いな気がしてならなかった。

腕時計の針が、約束の時間である午後二時をさしたとき、柑橘《かんきつ》系のさっぱりしたフレグランスが香った。

「五森つばめさんですか？」

本名でもある名前を呼ばれ、顔を上げると、華やかな女性が立っていて、私は慌てて立ちあがる。三十代半ばくらいだろうか。身長は私よりも高く百七十センチ近くあり、がっしりとした体形である。にっこりとほほ笑む口は大きく歯並びもいい。スクエア型の眼鏡をかけて、黒髪をオールバックにまとめている。ちょうど彼女の肩の高さに日の差しこむ明かり窓があり、後光に包まれているようで神々《こうごう》しかった。

「駒形淳子《じゅんこ》と申します。今日はお時間をいただいて、誠にありがとうございます」

名刺を交換しながら、彼女はゆっくりと頭を深く下げた。私はどちらかというと、しょうゆ顔で痩《や》せっぽちなので、普段こういう女性を前にすると圧倒されてしまうが、駒形さんはそうした印象をまったく抱かせない。老舗出版社の編集者というのが、こんなにも腰が低いとは思わなかった。

駒形さんは私に席につくように促したあと、重そうな黒い革《かわ》の鞄《かばん》をとなりの空席に置きながら、どこか自信に満ちた、きらきらした目で私を見つめてくる。

「ご注文は？」

「まだです」

「それは気を遣わせてしまい、申し訳ありませんでした。なにになさいますか」

「コーヒーにします」と咄嗟に言ってから、コーヒーだけで何種もあるのを思い出し、テーブルの小さなメニュー表から「本日のおすすめに」と付け加える。

「では、私も」と、駒形さんはほほ笑んだ。店員を呼んでてきぱきと注文したあと、「お正月が終わってまもないのに、お時間いただいてありがとうございます」と、もう一度頭を下げる。

「とんでもないです。こちらこそ」

「五森さんは神戸《こうべ》ご出身ですよね？　お正月は帰省なさっていたんですか」

駒形さんは事前に、デビュー当時のインタビュー記事に目を通してくれているようだ。

「いいえ、アルバイト先の学習塾で、急にシフトを交代することになって、ずっと東京におりました」

「そうですか。学習塾では、なにを教えてらっしゃるんですか？」

「国語です。もともと大学でも教育学部の国語科を専攻していたのと、国語の教員免許を持っているので」

「へぇ、そうでしたか」

世間話をするあいだ、駒形さんは上手にこちらの情報を引きだしてくれた。しっかりと反応を示しながら笑顔で聞いてくれるので、少しずつ緊張もほぐされる。ふと、これまで担当だった編集者は、どんな話題もすぐに自分の話に持っていく人だったことを思い出す。

コーヒーが運ばれてきて、駒形さんは「ここのは美味しいですよ、冷めないうちにどうぞ」と、私にすすめてくれた。一口飲むと、たしかに美味しい。ただし、香ばしさのなかに苦味があって、われに返る。慌てて背筋を伸ばすと、駒形さんもスイッチを切り替えるように、居住まいを正して訊《たず》ねた。

「先日のメールでも少しお伝えしましたが、改めて自己紹介させていただいてもよろしいでしょうか？」

「もちろんです、お願いします」

「私は今、主に文芸の単行本を扱う部署に所属しているのですが、ちょうど去年から新人の作家さんを積極的に発掘するようなポストにつくことになりました。この人ならと自分が期待できる作家さんとゼロから作品をつくりたいと思っています。それで、五森さんにお声がけしました」

「ありがとうございます」と頭を下げながら、連絡を受けてからずっと心に引っかかっていた質問をする。「ただ、私はデビューして以来ずっと二作目を出せていない状況で、果たしてもう新人と言えるのか……」

それなのに、どうして声をかけてきたのか。

俯《うつむ》いたままの私に、駒形さんは「だからこそです」と、はっきりと答えた。

「五森さんのデビュー作は、三年前に読ませていただきましたが、いまだに思い出すことがありました。三年も経つのに、です。私は編集者になってから、新人賞をとった作品を極力読むようにしているのですが、わけても印象に残っていました」

駒形さんはデビュー作について熱く語ってくれる。震災から復興しようとする神戸の空気感がうまく表されていたこと、若者の生きづらさやわかりあえなさがよく伝わってきたこと、主要キャラである母の描写がよかったことなど。けれど私はどう反応すべきかわからず、テーブルの下でハンカチを弄《もてあそ》んでいた。

駒形さんはそこまで言って、声をひそめる。

「じつは私こう見えて、見る目があるんですよ」

顔を上げると、駒形さんはいたずらっぽく笑っていた。

「そうなんですか」と返すのが、私はやっとだった。

「はい。私がデビュー作でいいなと思った方は、だいたいの場合、そのあと順調に活躍される作家さんが多いんです。今のポストについたとき、何人かの方を思い出しましたが、五森さんだけはどうしているのかわからなかった。それで調べたら、この三年間なにも作品を発表なさっていない。今日は直接お会いして、その理由を訊いてみたかったんです」

駒形さんは真顔になり、最後にこう訊ねた。

「今後も書きつづけたいというお気持ちはありますか？」

私は背筋を伸ばして、息を吸いこむ。

「はい、あります」

駒形さんはにこりと笑った。

「よかった」

私はテーブルの下で両手の拳《こぶし》を強くにぎりながら、二作目を書けていない理由をふり返る。初対面なうえ、これから一緒に仕事をしてもらえるかもしれない相手に、簡単に言葉をつづけることはできなかった。それでも、駒形さんは急かすことなく優しい表情で、じっくりと私の話を待ってくれた。

デビュー作を書いたのは大学時代だった。幼い頃から作家になりたかったので、受賞後、周囲が夏の教員採用試験に向けて頑張っているあいだも、全力で改稿を重ねて出版にまで漕《こ》ぎつけた。代わりに就活に励《はげ》むチャンスを失ったが、後悔はしていない。

ところが、最初に躓《つまず》いたのは本屋で自分の本が並んだときだった。嬉しい反面、丸腰で大海原《おおうなばら》に投げ出されたような不安を感じた。私は作家として生き残れるのか。作家になりたいという当たり前だった夢が、じつは漠然としていたことに気がついた。

それから三年のあいだ、私は編集者と次作のプロットのやりとりを延々とくり返した。具体的に誰それのどの作品みたいな話がいいというオーダーを受けて、私はたくさんの物語の骨子を考えて送りつづけた。しかし何度も却下されるうちに、書くべきものはおろか書きたいものも見失った。

なにを、どうして書きたいのか。書くべきものがわからない、という壁は厄介《やっかい》だった。自ら賞に応募したのに、デビューできたとたん書けなくなるなんて矛盾している。そんな自己否定がいっそう私を雁字搦《がんじがら》めにした。

話し終えた私に、駒形さんは意外にもほほ笑んだ。

「なんとなくですが、事情はわかりました。でもよかったんじゃないですか？　三年間の空白は短くありませんが、きっと五森さんにとって無駄な三年間じゃないですよ」

目の前が一気に、広くクリアになった。まるで夜明けとともに、急速に霧《きり》が晴れていくようである。駒形さんのポジティブさに救われた瞬間だった。同時に、この人と仕事がしたい、いや、しなければならないと前のめりになる。

「じつは今日、駒形さんには今までのプロットも含めて、見ていただきたい資料を準備してきました」

私が早口で言うと、駒形さんは満面の笑みで、同じように身を乗りだした。

「すごいっ。拝見させてください」

鞄から出したファイルには、これまでの編集者に書き送ったプロットの他、自分が興味を持って調べた資料や、打ち合わせのメモなどが入っていた。駒形さんは無言で淡々と目を通していく。

そんな彼女がはじめて手を止めたのは、最後の方にあった、耳の聞こえない両親を持つ男の子の物語だった。

「これは前の編集者から、どういうことを言われましたか?」

返答に詰まりながら、私は正直に答える。

「じつは……提出しなかったんです。できなかった、というか」

「えっ、どうして?」

私は深呼吸をして、改めて考える。

「ボツにされるのも、それで行こうと言われるのも、どちらも……なんというか怖かったからです」

歯切れが悪くなった私に、駒形さんはいったん質問するのをやめて、もう一度そのプロットを読んだ。

「コーダというのは、私も聞いたことがあります」

コーダとは、チルドレン・オブ・デフ・アダルトの略称であり、ろう者に育てられた聞こえる子どもを意味する。

私は一度ぎゅっと目をつむったあと、駒形さんを正面から見つめた。

「私、父親がコーダなんです。祖父母がろう者なので」

　駒形さんは少し目を見開いた。

「そうだったんですか。五森さんご自身も、おじいさまやおばあさまと一緒にお住まいだったんですか?」

「いえ、祖父母は徳島で暮らし、私は神戸で生まれ育ちました。だから遊びに行った記憶が断片的に残っているくらいで、とくに私が中学校に上がってからは冠婚葬祭以外で徳島に行くことはなくなりました」

「なるほど。お二人は今も徳島に?」

「祖父はもう亡くなっています。そもそも祖父は私が生まれる前年、昭和最後の冬に、たしか交通事故で他界しているんです。翌年の平成元年に初孫として生まれたのが私です。祖母は何年か前、骨折して入院してしまい、今は徳島市内の介護施設にいるそうですが、どうしているか詳しくはわかりません。薄情ですよね。それなのに、こんなプロットを考えていることがうしろめたいです」

「では、提出しなかったのは、うしろめたさが大きな理由ですか?」

「いえ、それだけじゃありません。じつは父とも、あまりうまくいっていなくて。どこかズレてしまうというか……だからこそ、コーダの特性や人との接し方に興味があったんですけど」

　こんなデリケートなことを他人に打ち明けるのははじめてだった。

　プロットを提出できなかった理由は、他にもたくさんあった。物語にすれば、ハンディを背負っていた祖父の苦悩を都合よく切り売りすることになる。それに、私が生まれたとき祖父はもう亡くなっていたし、私は徳島にいる祖母たちの手伝いもしたことがない。間近に見ていたわけでもなく、いわば外野から知ったような顔でネタにするなんて何様だ。なにより、こちらが意図しなくても親族の心のうちを抉《えぐ》ることになるかもしれない。

ふいに駒形さんは眼鏡をとって、こめかみ辺りを押さえたあと、ふたたび眼鏡を両手でかけ直し、深く息を吸った。

「五森さんがどのくらいの覚悟を持たれるか、だと思います」

「覚悟ですか」

「はい。作家になる覚悟、といいますか。もちろん、作家さんにはいろんなタイプの方がいて、ご自身の人柄や過去を感じさせないスタイルの方もいます。でも、どんなタイプの作家さんであっても、作品というのは多かれ少なかれ、自分を削ってつくるものだと私は思っています」

駒形さんは少し考えるようにファイルに視線を落とし、ゆっくりと言葉をつむぐ。

「要するに、内面を掘り下げる作業です。実際の生い立ちや体験を書くとか、そういう単純なことじゃなくて、これを書きたいんだっていう強い気持ちがないと、今のような情報にあふれた時代には通用しないと思うんですよね。書いてほしいと私に言われたから執筆するんじゃなく、五森さん自身がこの物語を書きたいんだっていう強い覚悟のもと、能動的に取り組んでいただきたいんです」

私は一言一句を聞き洩らさないように、息を詰めて心に刻む。

「大変なことだと思います。たいていの人は自分の内面を見つめるなんて怖いし、できればやりたくないですからね。でも五森さんが本当に作家として歩んでいきたいのなら、避けては通れないかと。それが作家性というものにつながるからです」

そこまで言ったあと、駒形さんはもどかしそうに肩をすくめ、「といっても、なにをどうすればどんな答えが見つかるのか、私はあくまで編集者なので、具体的には申し上げられませんが」と付け加え、コーヒーに口をつけた。

このとき、私は感化されたのか、長年忘れていた大事なことを思い出した。

「そういえば、徳島の実家は理髪店を営んでいるんですが、祖父は日本ではじめてのろう理容師だったと聞きました」

「日本初の、ろう理容師？」

「そうです」

しばらく私たちは見つめあった。

「いいかもしれない」

駒形さんは瞳を輝かせて、私に問いかける。「やはり、おじいさまのことを書かれてはどうでしょう？」

考えがすぐにまとまらない私に、駒形さんはつづける。

「もちろん、もっと調べるべきだし、相当な取材が必要になると思います。聴覚障害について深く学ぶために、たとえば手話サークルのような場所に通ったりとか、じっくり腰を据《す》えてやらないといけないでしょうね」

私は鼓動《こどう》が速くなった。まだ漠然としているが、たしかに祖父の人生をたどることは、今の自分に大きな意味を持っているように思える。

「やってみます」

勇気を出して答えると、駒形さんは口角を上げた。

「五森さんが本気で挑戦されるなら、私もしっかり伴走《ばんそう》いたします。今後の状況次第だとは思いますが、よかったらプロットをいただく前に、取材なさったことを私に共有してもらえませんか？　そうすれば、より細やかなサポートもできると思います」

「わかりました」

「今日はお時間をいただいてありがとうございました」

同時に頭を下げながら、待ち受ける険しそうな道のりに足がすくみそうなのを、私は必死に隠していた。

＊

小中学生を対象にしているアルバイト先の学習塾は大手というわけではないが、都内にいくつか教室があり、私が働いているのは池袋《いけぶくろ》校だった。

私は大学時代からアルバイトとして国語の授業を受け持ってきた。シーズンごとの講習会がなければ週四日のシフト勤務であり、一人暮らしの女性が困らない収入は得られている。教えることも楽しいし他人からも向いていると言われる。しかし、こうした居心地のいい環境も、私が三年間くすぶっていた要因のひとつだったのかもしれない。

講師用控室には一応、各科目の棚やパソコンが準備されているが、講師はいくつか並んだ長机のどこに座ってもいいことになっていた。となりの席でコンビニのお菓子を食べている千晶《ちあき》は、大学時代からの同僚であり、今ではもっとも心許せる友人の一人でもあった。受験シーズンとあって、教室ではピリピリした空気が漂っている分、こうして千晶と控室にいる時間はありがたかった。

「年末年始、実家帰った？」と、私はふと訊ねる。

同じく神戸市出身である千晶は、東京で知り合った人のなかでも、関西弁でしゃべることができる貴重な存在だ。思春期の活動エリアが一部かぶっていることも、仲良くなったきっかけである。

「帰ったでー。もう新幹線パンパンで、つらっつらっつらやったわ」

「つらっつらって、めちゃつらそうやな」と、私は笑いながら返す。千晶は基本的に明るく、こちらが深刻なモードのときほど和ませてくれる。

「じつは私、近いうちに神戸帰ろうかと思っててさ」

千晶はもともとくりっとした目を、さらに丸くした。

「そうなん？　めっちゃ久しぶりやろ。なんで急にそんなんなったん」

千晶には、一緒に帰省しないかと誘われたとき、父とは不仲であり、就職しないと決めてから一度も帰っていない、と打ち明けたことがあった。

「じつは小説のことで、お父さんに訊かなあかんことができてさ」

「あ、このあいだ、新しい編集者の人と会って話すって言ってたもんな」

英語の講師であり、私と同じく新卒のタイミングで就職をしなかった千晶は、通訳になるために留学資金を貯めている。

「せやねん。新しい編集さんはすごくいい人やったんやけど、お父さんと話さなあかんのは気が重いわ」

私はため息を吐いて、父と最後に会ったときのことをふり返る。

就職するのをやめて作家になると告げた私に、父は両立させることはできないのか、と真っ先に反対したのだ。

徳島からツテもなく神戸に出てきた父は、若い頃から相当な苦労を重ねてきたようだ。新聞配達、工事現場、引っ越し業、リフォーム業などなんでもこなした父は、多方面での経験が糧《かて》となり今では便利屋をしている。家の修繕《しゅうぜん》から介護のサポートまで、地元の人が日常生活で困ったことがあるたびに、それらを代行するのが仕事だ。

そんな父だからこそ、一人娘には安定した職に就いてほしかったのだろう。厳しい家計をやりくりして塾に通わせ、大学まで行かせてくれた。しかし当の娘は、大学では勉強にほとんど身を入れず小説ばかり書くようになって、あげく就職はしないと言いだした。そう考えれば、あのときの台詞《せりふ》も理解できる。

――なんのために大学に行かせたと思ってんねん。

胸にぐさりと刺さり、私は追い詰められた。逃げるように東京に帰り、メールも無視した。結局、二作目も出せていないのだから、父に合わせる顔がない。

「でもさ」

千晶は励ますように言って、ペットボトルのお茶を一口飲んだ。

「うちの家やって、けっこう気まずいときあるけどね。ドライっていうか、安心しきれないっていうかさ。今でこそ帰省するからしゃべるけど、昔はお互いに干渉せずコミュニケーションもほとんどなかったし。やから、つばめちゃんが特別ってわけでもないし、オッケー牧場ちゃう？」

「ありがと」

授業のチャイムが鳴り、千晶はガッツポーズをして立ち上がった。


その日、最後の授業を終えたのは、夜七時を回ってからだった。千晶と笑顔で手をふって別れたあと、私は西武《せいぶ》池袋駅に向かった。満員電車に揺られ、いつもの駅で降り、近くのスーパーで半額シールの貼られた弁当を買う。

父もこんなふうに冷たい弁当を食べているのだろうか、と普段は考えないことが頭をよぎる。

お正月の賑わいも終わった駅前の夜道は人もまばらで、頬に当たる夜風も痛いほどだ。

学生の頃から住んでいる練馬《ねりま》区のアパートは、駅から徒歩十分のところにあり、家賃七万円である。暖房のスイッチを入れて、父に送るメールの文面を考えた。

私は父と、まともに電話で話したことがない。急用であってもメールでやりとりするのが当たり前だった。スマホを持ちながらも、指が動かない。

なんと打てばいいのか――。

小説の取材でおじいちゃんの話を聞かせてほしい、といきなり切りだすわけにもいかない。

[年末年始に帰省できなかったので、今週末、神戸に帰ります]

それだけ打って送信した。

父の予定も確認するべきか迷ったが、日中が仕事でも夜に会えるはずなので構わなかった。メールのアプリを閉じながら、私は深く息を吐く。こんな調子で祖父の話なんて聞けるのだろうか。前途多難だ。

意外にもすぐに、メールの受信を告げるポンという音が鳴った。

見ると、父からだった。

［わかった］

それだけか。他に書くべきことはあるだろうに。待ってるよとか、気をつけてとか。ますます気が重くなった。


高速バスではなくあえて新幹線で帰ることにしたのは、万全のコンディションで父への取材に臨むためだった。

東京駅から新神戸駅までは三時間弱。早めに並んで自由席に座れたが、この日はそわそわと落ち着かない。本を読んだり音楽を聞いたりする気分にもならなかった。車窓からの住宅街や田園風景も、どんよりした天気もあいまって憂鬱《ゆううつ》そうにうつる。

新神戸駅から電車とバスを乗りついで、丘の上にある住宅街に向かった。実家はそこそこ新しい小さな一軒家である。震災のあと両親がほぼ新築の物件を安く購入し、一人娘である私を連れて引っ越したのだ。

鍵を開けてリビングの照明をつける。父は昔から大半の家事をやってくれていたので、家のなかは変わりなく片付いていた。昨晩届いたメールによると、今日の帰宅は夕方になるらしい。

母が公立学校の国語教師をしていた関係で、家にはたくさんの本がある。私の部屋は、前来たときとなんら変わらない状態だった。

荷物を置いたあと、廊下の本棚に保管してあった、何冊もの連絡帳に目を留めた。いずれもピンク色のＢ５のキャンパスノート。使いこまれたせいでそれぞれ変色していたり、擦《す》り切れていたりする背表紙に、そっと指で触れる。

――自分を削ってつくるもの。

駒形さんからそう言われたとき、私にとっての中核のひとつは間違いなく、この連絡帳だろうと思った。

一番古い連絡帳を手にとり、最初のページをひらくと、母の達筆が目に飛びこんできた。日付を見ると、高校一年になったばかりの五月だった。

私は新しい環境に慣れなくて、反抗期にさしかかっていた。高校での悩みを家で愚痴っても、父はなにも言わないか自分で解決しなさいと一蹴《いっしゅう》するだけだった。話が進まず、そんな父に苛《いら》立《だ》った。

父は昔から雑談が苦手らしく、自分の気持ちや考えを伝えてほしい場面であっても、言葉にすることに消極的だった。過去についても滅多に話さないし、込み入った議論を嫌った。そのせいで私と父のあいだには距離が生まれた。

父を避ける私に、母は見かねたように言った。

――習慣の問題やと思うよ。お父さんは子どもの頃、なにかに悩んだり、迷ったりしても、自分のなかで折り合いをつけて、自分で考えて解決するしかなかったんちゃうかな。

私はそれを聞いたとき、耳の聞こえない両親のもとで育つとは、いかに孤独で、一筋縄《ひとすじなわ》ではいかないものなのかと思い知らされた。また、聴覚によって隔てられた溝は、何世代あとになっても影響するということを痛感した。

ある日、母は一冊のノートを用意した。

――つばめ。ここに、あんたが言いたいことを書きなさい。私たち親に伝えたいこと、答えてほしいこと、なんでもいいから。私たちも毎日目を通して、返事を書くようにする。お父さんもこれなら、きっと答えてくれるよ。

それ以来、連絡帳は食卓のうえに置かれた。おかげで油や調味料のシミも多い。

しかし連絡帳をはじめて半年も経たないうちに、母は亡くなった。死因はくも膜下出血で、以前に何回か通院していたこともわかった。母は自らの死期が頭をよぎり、父娘《おやこ》をノートでつなぎとめようとしたのだろうか。

その頃のページは、しばらく途絶えている。復活したのは、母の死後から数ヵ月経ってからだ。帰宅時間、晩御飯がいるのか、買ってきてほしいものなど、毎日生活するうえで必要なことだけが、乱暴な字で走り書きされている。

連絡帳がつづいたのは、父娘のあいだに直接のやりとりが戻らなかったからだ。月日が経ってノートを何冊も更新しながら、一年、二年が過ぎていく。最低限しか書いていない日もあれば、つらつらとできごとを長文にしたためている日もでてきた。

今ふり返れば、作家になろう、書く仕事をしようと思ったのは、このノートがきっかけだったのかもしれない。私は身近にいる人に想いを話すことができなかった分、書くことでフラストレーションを発散し、感情を整理するようになった。書くことは私の生命線だった。とりとめもない散文は、やがて物語へと形を変えた。

とはいえ、父から必要以上の返事はない。母の死後、父は自棄《やけ》になり、いっそう殻にこもるようになった。おそらく父は、このノートをちゃんと読んですらいなかったのだろう。

「お父さんもきっと答えてくれる、か」

生前の母の言葉を呟きながら、私はノートを閉じた。


日が傾いた頃、父は作業着にダウンジャケットという恰好で帰宅した。近所の内装工事を早めに切り上げてきてくれたらしい。冬場にもかかわらず、父は顔と手の甲だけ日に焼けていた。リビングのソファに座っていた私を見ると、「おかえり」とぶっきらぼうに言う。

「晩飯、食うやろ？」

「うん。ありがとう」

二人で暮らしていた頃と変わらない雰囲気で、父はすぐ台所に立って手際よく料理をはじめた。コンニャク入りの八宝菜。なつかしい香りだった。私は遠くから眺めながら、もっと早く謝ればよかったとも思うが、本人を目の前にすると、やはりできない。

「飯、よそって」

「はい」

立ちあがって、食器棚をあける。私の茶碗やお箸《はし》は、まだ以前のところにあった。準備していた炊飯器をあけて、二人分を盛る。他の食器や飲みものもテーブルに並べていると、父がおかずを持ってきて、私たちは席についた。

四角いテーブルに、向かいあってではなく、九十度になるように腰を下ろす。昔は母をあいだに挟んで、私たちは席についていた。父は癖《くせ》のように新聞を広げる。

「最近、便利屋の方は忙しいん？」

気詰まりになって、私は遠慮がちに訊ねる。

「まぁまぁやな」

その先がつづかない。相変わらずかと思いきや、父は新聞を閉じた。

「でもつばめが元気そうでよかったわ」

父はこちらの方を見ないが、ずっと気にしていてくれたことが伝わった。

「ありがとう」と私はほほ笑んでから、勇気を出してつづける。「あのときは急に帰ってごめん。じつは今日神戸に帰ってきたのは、お父さんに頼みごとがあって……」

勢いで切りだしたものの、取材をしたいと打ち明けるのには、想像以上の勇気が要《い》る。機嫌を損ねたり、口をきいてもらえなくなるかもしれない。それ以上に、自信がないままここに来たことを見抜かれるのが怖かった。

「なんや？　言ってみ。便利屋にできんことはないぞ」

どうやら父は機嫌がいいようだ。久しぶりに娘が帰ってきて、嬉しい部分もあるのかもしれない。

「私、デビュー作が刊行されてから、三年も経つねん。どうしても二作目が書けなくて、最初に担当してもらった版元の編集者からは、もう匙《さじ》を投げられてて。でもこのあいだ、別の出版社の人から連絡があって会いにいったら、話の流れで私のおじいちゃんの物語を書いたらどうやって言われた」

　私は父の顔を見ることができず、一息に伝える。「でも私は、おじいちゃんに会ったこともなければ、ろう者や手話のことも詳しくない。まずは、お父さんの話を聞かせてほしいと思って、今日はここに来ました」

　父の方を向くと、無表情でこちらを見ていた。まさかこんなことを頼まれるとは思わなかったのだろう。

「なんでや」

　父は眉根を寄せて、ぼそりと呟いた。

「なんで、おじいちゃんのことを書きたいんや？」

　答えられずにいる私に、父は強い口調になってつづける。「障害のある人の苦労を知ってもらって、社会をよくしたいなんて、笑えることを言うわけやないやろな」

「そんな偽善的な理由じゃない」

「じゃ、なんでや。単に出版社の人から言われたからか？」

　口数は少ないのに、やたらと鋭いことを言うのが父だった。だから私は、父のことを避けるようになったのだ。予定調和な会話ができず、間違いや弱さを自覚させられるから。でも今ここで逃げ帰るわけにはいかない。

「私はただ、おじいちゃんのことを知りたいんやと思う」

　口に出すと、それ以上の答えはなかった。

　とたんに言葉が溢《あふ》れてくる。

「このあいだ、おじいちゃんがろう理容師だったことを思い出して以来、ずっと私の心のなかに死んだおじいちゃんがいる。今よりも差別や偏見がひどかった時代に、自分のやるべき仕事を見つけて自立して、子どもを育てあげたおじいちゃんの人生から、私は生きる秘訣を学びたい。どんな困難があって、どうやって乗り越えたのか。なぜなら……」

深呼吸をして、自分の心と向き合う。

「私は作家になりきれず、なんのために作家になりたいのかもわからず、途方に暮れているから」

深く頭を下げてから、私は「どうか教えてください」と訴えた。

自分でも、祖父にこんなに強くこだわりはじめていることに驚きだったが、驚いたのは父も同じだったらしい。

「まぁ、わかった」

顔を上げると、父は困ったように苦笑していた。

「教えてくれるん?」

「ええよ。つばめが真剣に、情熱を持って話を聞きにきたってことは、よく伝わったし」

ホッとしながら思い出す。父にムカついて傷つける言葉を書きつらねた日もあれば、嬉しかったできごとを楽しく報告した日もあった。そんなことすら忘れるくらい、余裕を失くしていた自分が恥ずかしかった。

「ただな、つばめ。はじめに訊いておかずにはおられへんかったんや。俺だって、実家のことは忘れよう、封印しようとした時期もあるからな」

父は目を伏せて、急に神妙な口調になった。やはり事情があって、過去の話を避けていたのだ。

「……本当に、聞いてもいいん？」

「なにを今更。知りたいんやろ？」

「うん」

「それでいい。きっとどうして俺がここまで渋ったのか、つばめも話を聞けば、理由がわかるやろう。あの二人……とくにお袋には、人には言えん事情がある。墓場まで持っていくつもりの秘密かもしれん。とはいえ、つばめの力になれるんやったら本望かもしれんな」

父——五森海太《かいた》は、遠くを見ながら語りはじめた。

第二章　海の向こう

海太にとって最初のちゃんとした記憶は、小学校に上がるタイミングで、家族写真を撮りにいった日のことだ。

見渡す限りの田んぼの畦道《あぜみち》。春のうららかな日差し。自転車をこぐ父、五森正一《しょういち》の荒い息遣い。

エンジンの音が聞こえると、海太は目の前の背中をとんとんと叩《たた》く。すると正一がふり返って、道の脇の方にハンドルを切る。舗装されていない道は端がひどく凸凹なので、海太はお尻の痛さを軽減するために少し浮かす。

〈ありがとう〉

親指を立てて褒《ほ》められ、海太は背中に大きく丸を描く。

時折、農具をのせたオート三輪にうしろから追い越されるが、ハンドルを握る正一はそれに気がつけない。だから車が近づくたびに、自転車をこぐ正一の背中を叩いて知らせることが、うしろに乗っている海太の大事な役割だった。

風はまだ冷たいが、正一の背中は汗ばんでいた。あとどのくらいかかるのだろう。今すぐ訊きたいが、両手で背中にしがみついているし、正一も前方を向いてこいでいる。

結局、あっという間に徳島駅のバス停に到着したように感じた。

「おーい、こっち！」

八歳年上の姉、暁子《あきこ》の声がして、海太は大通りの方を向く。

通りの向こうで大きく腕をふる中学生の暁子は、髪をひとつに束ね、痩せ型で背も低いけれど、声は人一倍大きかった。となりでは、風呂敷を抱えた着物姿のふくよかな母、喜光子《きみこ》が丸い顔に笑みを浮かべて手を振っている。

海太は正一の腕を引っぱって、二人の方向をさす。

〈早いな。会えてよかった〉と、正一は手話で向こうに伝える。

〈遅いから心配した〉と、喜光子が返す。

〈今、自転車停めてくるから、ちょっと待ってて〉

遠くにいても意思疎通《そつう》ができるのは、手話の強みでもあった。

駐輪場に向かいながら、海太は唇《くちびる》をとがらせて正一に訴える。

〈僕もバスに乗りたかった〉

〈もったいないだろ。全員で往復したら、いくらかかると思ってるんだ〉

〈だったら、割引所に行けばいいのに〉

〈アホ。店が忙しくて、そんな暇はない〉

割引所とは、三年前にようやく徳島市にも設置された福祉事務所のことだ。おかげでろう者は、運転免許を取得できない代わりに、バスや電車に無料で乗れるようになった。しかし手続きがとにかく煩雑《はんざつ》で、いちいち事務所に申請書を提出しに行かねばならない。正一や知人のろう者は、皮肉を込めて〈割引所〉と呼んでいた。

家族そろって出発した徳島駅の前には、［皇太子様ご成婚おめでとうございます］という横断幕が張られている。祝賀ムードに胸を膨らませながら、駅前から延びる新町橋《しんまちばし》通りを歩く。新町川の橋を越えるとき、藍場浜《あいばはま》公園の並木のなかに、早咲きの白い桜を見つける。自分たちの外出を祝ってくれているようで、海太の心は弾《はず》んだ。五森家はいつも理髪店の定休日である月曜日にしか、全員で出かけられない。だから海太は長期休みを心待ちにしていた。

市内で唯一のデパート、丸新《まるしん》百貨店は六階建ての立派なビルディングだった。ヤシの木が生える交差点をはさんだ向かいには、眉山《びざん》ロープウェイの乗り場があって、皇太子様ご成婚記念のセールに合わせて、平日ながら大勢の人が往来している。

〈迷子にならないように、しっかり手をつないでね〉

〈大丈夫、私がついてるから〉

暁子はへらへらと答えるが、正一は顔をしかめた。

〈こんなに人が多いのにはぐれたら大変なことになるぞ。迷子のアナウンスだって、俺たちには使えないんだからな〉

正一から厳しく注意されたこともあって、おもちゃ売り場や食堂、屋上の遊園地に行きたいとは言えず、よそ見するのも我慢し、五階の写真館に直行した。

受付にいる女性に暁子が声をかけると、奥から片足を引きずった男性が出てきた。

「先週来てくれたお嬢さんか」

「はい、お世話になります」

「本当にしっかりした娘さんですね」

店主は両親にほほ笑みかけ、喜光子はあいまいに肯《うなず》いた。

暁子は耳の聞こえない両親の代わりに、いつも忙しく立ち振る舞っている。このときも両親に代わって、事前に打ち合わせをしてくれていた。

準備されていた衣装は、正一には灰色の背広、喜光子には黒留袖《くろとめそで》、暁子にはレースのついたワンピース、海太には子ども用の紺色のブレザーだった。着替えた姿をお互いに披露しながら、

〈急に金持ちになったみたい〉と笑いあった。

戦争で足を負傷したという店主は、両親にも親切に接してくれた。

「じゃ、そこに並んで……って、そうか、お二人は聞こえないんでしたね。そこに、いやもうちょっと右、行きすぎた、そうそう！　素敵ですよ、撮りますね」

店主は身振りで一生懸命に伝えながら、巨大なカメラのうしろに回って黒い布を頭からかぶり、大きく指で三、二、一と示してくれた。何枚か撮影するあいだ、店主は海太のことを「お坊ちゃん」と連呼した。気取ったブレザーを着ているせいもあって、海太はすっかり得意になった。「お父さんとお母さんを助けて、二人とも本当に偉いね」としきりに褒めてくれたのも気を大きくさせた。

買い物もせずデパートを出て、駐輪場に向かおうとする正一に、海太は駄々《だだ》をこねた。

〈もう帰るの？〉

正一は当然のように肯く。

〈用事は終わっただろ〉

得してくれた。

本当は、朝食をたらふく食べさせられたせいで、そこまで空腹ではなかったが、街に出てきていい気分になっているのに、このまま帰るのは惜しい気がしたのだ。見かねた喜光子が正一を説得してくれた。

〈えー、お腹すいた〉

〈今日くらい、食べていきましょう〉

駐輪場のとなりに、ちょうど［うどん］という看板を掲げた店があった。正一は仕方なくといった風に、顎《あご》でそこをしゃくった。

のれんをくぐると、すぐに店員に案内され、四人掛けのテーブルについた。暁子がお品書きを確認して、「鳴《なる》ちゅるうどんを四人前お願いします」と伝える。

まもなく運ばれてきたお膳に、海太は興奮した。一口食べてさらに感激する。徳島の店で出されるうどんは、麺《めん》がやわらかく不揃いで、チクワやお揚げがのっている。滅多に経験できない外の店の美味しさに、胸がいっぱいになった。〈嬉しいね〉と、手話で伝えて笑いあう。

そのとき、少し離れた奥の座敷にいた、海太と同年代の男の子と目が合った。すぐさま視線を逸《そ》らされて、いつもの胸騒ぎがする。好奇の目というか、どこか怯《おび》えるような目だった。男の子は向かいに座っていた母親らしき女性に耳打ちをして、女性がふり向いた。

男の子は襟《えり》付きのシャツを身につけ、髪も整えられている。母親の服装も百貨店のショーウィンドウに飾られていたような上下のツーピースだった。この日は喜光子も目いっぱいのお洒落《しゃれ》をしていたが、色褪せた着物が急に貧相に思えた。

こちらを見ていた女性が、無遠慮な声量でこう言う。

「見たらあかんよ。あの人たちはな、猿真似でしか話ができんのよ。耳の聞こえない親からは聞こえない子が生まれるっていうけん、きっとあの男の子らも聞こえんのやろな。可哀相になぁ」

「どうして聞こえないの？」

「ご先祖様が悪いことしたからよ」

「じゃあ、悪い人から生まれたの？」

「そうよ。よかったな、私たちは聞こえて。近づいたら聾唖《ろうあ》がうつるから、気をつけや」

「えー、怖い」

夢中でむさぼっていたうどんが、ゴムのように無味になっていた。

〈どうかした？〉

正一と手話で冗談を言い合っていた喜光子が、明るい表情で訊ねる。その笑顔が、海太の心を引き裂いた。あんなにひどいことを言われたのに、両親は気がつきもしないのだ。正面に座る暁子だけが、青ざめて箸を止めている。

声よりも手話を優先する五森家では、お互いの顔を見つめながら会話をするのが常だが、海太は俯いたままだった。自分たち一家だけが、てんで場違いに思えた。一刻も早くここから逃げだしたくなり、さっきまで有頂天だったことを、激しく後悔する。

「海太」

暁子の声が飛んできた。顔を上げると、厳しい目でこちらを見ている。

「気にしたらあかんよ」

きっぱりとした叱《しか》るような言い方だった。

「姉やんは……腹が立たんの？」

「そりゃ悔しいし、悲しいよ。でもああいう心ない言葉を鵜呑《うの》みにすると、自分まで心ない人になるけん。世間の人はすぐに同情はしても、そう簡単に理解はしてくれへんもんなんよ」

〈どうしたの、二人とも怖い顔して〉

喜光子がこちらの腕を強く叩いて、じれったそうに訊ねる。

〈気にしなくていいよ〉

説明できない海太の代わりに、暁子は喜光子にほほ笑みかける。そして海太に〈うどんがのびるから、早く食べなさい〉と注意し、また箸をとった。割り切れない想いの海太をよそに、喜光子との会話を再開させる。

暁子の手話は流暢《りゅうちょう》だ。単に年上だからではなく、物心つく頃から積極的に通訳を担ってきたおかげだ。語彙《ごい》、表現の幅、スピード、丁寧さ、すべてが海太より優れている。だから海太は、暁子の前では苦手意識や疎外感すら抱いてしまう。そのうえ、単語がわからなかったり複雑な内容を伝えたりするときは、つい暁子を頼り、助け舟を出してもらうので、手話の上達もある程度で止まっているという悪循環だった。感情面で伝えられるのも〈楽しい〉〈悲しい〉〈嫌だ〉といった端的な情報だけで、具体的な理由や思考までは及ばない。

さっきの親子の方をチラッと見ると、無視を決めこんでいる。これまでも両親を馬鹿にされることはあった。海太は同級生に比べて身体が大きく度胸もあったので、拳で応えることもあった。それでも、後味の悪さは残った。なぜなら両親のことを自分の弱点のように思ってしまうからだ。本当は大好きな両親に感謝し尊敬していたいのに、周囲の無理解がいつも邪魔をする。

それに、両親が助けにならないということが、いっそう海太を悲しくさせた。たとえば一緒に歩いていて海太が転んでも、聞こえない両親は気がつきもしない。いくら声で助けを求めても届かず、自力で立ちあがるしかなかった。今だってそうだ。見ず知らずの人に心をぐちゃぐちゃにされたのに、両親は説明を求めてくる。説明なんかしたくない。ただ慰めてほしいだけだ。

「最悪や」

うどん屋を出たあと、海太はつい呟いてしまった。

先を歩いていた暁子が、鬼のような形相でふり返った。

「まだ言うんか？」

「だって、いつも周りの人から同情されたり疎《うと》ましがられたりする。まるで聞こえないことは罪みたいや。本当は、さっきお父さんがお昼も食べずに帰ろうとしたのだって、今みたいな目に遭《あ》わないためやろ？」

「おまえは、なんてことを！」

暁子はこちらに走りよると、海太の頭や背中のあちこちを両手で思い切り叩いた。

「ほんまにそう思うなら、大きくなったら私らのことを誰も知らへん、遠いところに行ってしまえばええんじゃ！　全部忘れてしまえ！　私らもおまえのことなんて、一切合切忘れてしまうわ！」

姉に叩かれ、海太は泣きわめいた。なにもかも最悪だった。

喜光子がおろおろしながら、暁子に〈なにがあったの？　ちゃんと説明しなさい〉と何度も追及するが、暁子も泣きじゃくっている。

〈おい〉

海太の肩を叩いたのは、それまで静観していた正一だった。

思い返せば、うどん屋にいたときから正一はなぜかなにも言わなかった。

〈あそこに行くぞ〉

正一が指さした先には、眉山がそびえている。眉山は繁華街の方から見ると、眉の形にそっくりだ。地元の人たちにとって、吉野川《よしの》が祖母なら、眉山は祖父である。

〈眉山？　登るってこと？〉

喜光子の問いに、正一はニコッと笑った。


その日の正一は、思い出せるなかで一番気前がよかった。みんなで百貨店を訪れ、うどんを食べただけでも贅沢《ぜいたく》だったのに、さらにロープウェイに乗せてくれたのだ。いつもなら足腰が健康なのに乗り物を使うなんて、と断じていただろう。

眉山ロープウェイは一年半前に開業したばかりで、乗り場には行列ができていた。しばらく並んでから乗りこんだゴンドラ内は、汗っぽい臭いがこもっていた。窓からは眉山に生い茂る木々が間近に迫り、徐々に高度を増すと、添乗員が解説をはじめた。「眉山は万葉集にも登場し、徳島藩主、蜂須賀《はちすか》家の政策によって麓《ふもと》に寺社が集められ――」。しかし興奮の余り、海太の耳にはほとんど入ってこなかった。

到着した展望台からは、春霞《はるがすみ》のかかった徳島が一望できた。雄大な吉野川とその支流が、ハサミのように街並みを切り分ける。海には白い船がぽつぽつと浮かび、遠くでは紀伊《きい》半島が空の色に溶けていた。なにもかもが輝いて、澄んだ風が心地いい。

そのとき、ふたたび正一から肩を叩かれた。

正一はとなりにしゃがみ、同じ目線の高さでこう訊ねた。

〈どうして海太っていう名前をつけたと思う?〉

海太は首を左右にふった。

単に〈海〉という表現ひとつで、ろう者も呼びやすいからつけたのだろう、くらいにしか思っていなかった。

〈遠くへ超えていける人になってほしいからだよ。おまえは俺たちのことなんて気にせずに、海の向こうの広い世界で、自由に胸を張って生きていけばいい〉

自然と涙があふれてきて、指先でこすった。

〈でも、これだけは忘れてほしくない。おまえのお父さんは、耳が聞こえなくても理髪店を経営している。お母さんと一緒に毎日せっせと働いているおかげで、こうして家族そろって外出できて、記念撮影や外食もできるんだ。ロープウェイにだって乗れたんだからな。すごいだろ?〉

海太は何度も肯いた。

〈なぁ、海太。お父さんとお母さんは聞こえる人と同じくらい、いや、それ以上に一生懸命に生きている。おかげでお父さんは、ものすごく幸せだ〉

四本の指と親指をひらいて、顎をなで下ろしながら指を閉じる。指二本の〈好き〉によく似ているけれど、〈幸せ〉は指五本を使う。幸せそうな表情をするのも大切なポイントだった。

〈幸せ?〉

海太も口元をほころばせ、その動きと表情を真似た。

〈そう、幸せ。いくら耳が聞こえていても、自分のことを不幸だと感じている人はいっぱいいるのにだ〉

息子の頭にぽんと手をのせたあと、正一は目を覗きこみながら、海太のことを指さした。

〈だから、おまえは恵まれた子なんだよ〉

それ以来、海太はつらいとき、眉山に登って海の向こうを眺めるようになった。

正一は自らを〈幸せ〉と表現したが、そうは言っても一家の生活は裕福ではなかった。

暮らしているのは市街地から外れた、かつて水害の多かった旧吉野川の近くだった。大雨が降るたびに荷物を持って避難しなければならない。土地が肥沃《ひよく》なおかげで農業はさかんだったが人家は少なく、風向きによっては近くの牛小屋から臭いがただよった。

近所には、あからさまな嫌がらせをしてくる人もいた。たとえば、海太が子どもの頃その地区にはまだ水道管が通っておらず、毎朝バケツで近くの井戸に生活用水を汲みにいかなければならなかったが、バケツがよく田んぼに捨てられていた。

バケツの水を持ち帰ると、母が土間《どま》でお米を炊《た》く傍《かたわ》らで、姉がイモの煮っころがしをつくる。五森家の食卓はたいてい白米、漬物、味噌汁、根菜の煮物という献立《こんだて》だった。魚や肉はぜいたく品であり、たまに行商がやってきて干物を買うくらい。だから添えられたすだちが、深緑色の宝石に見えた。

広大な田畑のなかにぽつんと建っている歪《いびつ》な形をした建物が、一家の住まいでもある五森理髪店だった。

海太が生まれる前に、正一は中古の理髪店を改装し、少しずつ住居スペースを手づくりで増築していったらしい。おかげで家にはあちこちに隙間があってガタガタと音を鳴らしたが、ろうの両親は気にしなかった。むしろ通勤時間がゼロなので合理的だと正一は言った。たしかに居間の勝手口を開ければ、理髪店のバックヤードが目の前だった。

整髪剤の香りがただよう店内には、バーバー椅子が二台と、それぞれの正面に大きな鏡がある。棚にはスタイリング剤や髭剃《ひげそ》りのクリーム、練習用のマネキン頭部などが並ぶ。いつもピカピカに磨《みが》かれたあずき色の床の隅には、切った髪を捨てるための四角い穴が開いていた。そして店内のもっとも目立つ場所には、パトカーの赤色灯のような大きなサインランプがある。客が入ってきたら光が点滅しながら、くるくると回転して知らせてくれる視覚的なインターホンだった。

壁には他に、銀行のカレンダーや映画のポスターが貼《は》ってあった。当時、映画にはほとんど字幕がついていなかったので、両親は映画館に行くこともなかったが、興行主の客から頼まれて飾っているのだ。『鞍馬天狗《くらまてんぐ》』に『怪人二十面相』。縦一メートルほどもある色鮮やかなポスターのおかげで、店内は華やかだった。客はたいてい二、三人いて、週末になると漫画や雑誌が揃えてある待ち合いも満員になった。

店は繁盛していたので、海太は幼い頃、どの理髪店もろう者が営んでいると思い込んでいたほどだった。君のお父さんは腕がいい、と客から褒められることもあった。それは海太にとって最高の賛辞だった。正一は数ヵ月に一回、閉店後や定休日に子どもたちの髪を切ってくれた。そのとき鏡越しに父のことをこっそり眺めるのが好きだった。黙々とハサミと櫛《くし》をあやつる父は、寡《か》黙《もく》な職人のように絵になった。

――この店はしゃべらなくていい。

そんな風に言う客も、また多かった。理髪店といえば地元の情報屋としての側面もあるのだろうが、店主との会話が煩《わずら》わしい人も少なからずいる。ましてや戦争の痛手を引きずっている時代、身体や精神に傷を負った男性も珍しくなかった。彼らは身だしなみを整えるだけでなく、つかの間の静寂を求めてやってきた。

助手を務める喜光子にしても、おっちょこちょいでよく正一に叱られたが、一度来店した客の顔は忘れなかった。リピーターの客には、ずっとあなたをお待ちしていましたよ、と言わんばかりの笑顔でもてなす。耳が聞こえない分、客の顔を遠巻きにじっと観察して相手の求めることを先回りで提供していた。

そうした理由に加えて、店の集客に貢献したものがあった。

小学校四年生に上がる春、学校から帰ると、店先に人だかりができていた。両親の身になにかあったのか。大慌てで駆けていくと、電器店のトラックが駐車している。店内を覗けば、見たことのない不思議な機械が居座っていた。ウサギの耳のような針金がついた、紙芝居の箱に似ている。集まった人のなかには、祝い酒をくれる人もいた。

「うちは山が裏にあるんで、電波の調子が悪いけん」

「オリンピックの準備も万端やねぇ」

ナショナルの白黒テレビが地域で真っ先に導入された日を境に、店の客は倍増した。井戸水のバケツを捨てられることも、ぱたりとなくなった。夕方になるとプロレスや相撲《すもう》を観るために人が集まり、力道山《りきどうざん》の空手チョップが炸裂するたびに歓声が店を揺らした。

〈高かったから、元をとるためによく観ておくように〉

正一は子どもたちに言い聞かせた。

流行りものや目新しいもの好きである以上に、大人になってふり返れば、自分たちが教えてやれない日本語の語彙をテレビで補ってほしいという意図もあったかもしれない。ろう者のための番組や字幕のない時代、テレビは必ずしも両親の娯楽ではなかったが、それでも家族のため、売り上げのため、思い切ってテレビを導入した正一に、海太は尊敬のまなざしを向けた。


一方、喜光子に対しては逆だった。

学年が上がるにつれ、海太は母を疎《うと》ましく思うようになった。

きっかけは阿波《あわ》踊りだった。徳島では夏が近づくと、お囃子《はやし》の鳴りものが聞こえはじめる。有志の人たちが自宅や公民館に集まって稽古《けいこ》をはじめるからだ。喜光子はどこかの連《れん》に属してはいなかったが、路地や公園での踊りに飛び入りで参加するために、仕事の合間をぬって稽古にいくのを毎年楽しみにしていた。

阿波踊りでは、全員が同じ動きをして歩調を合わせるうえに、太鼓の振動がお腹のあたりを震わせる。だから運動神経がいい喜光子は、聴覚の有無を忘れさせるような踊りを披露した。しかし上手く踊れるとはいえ、耳の聞こえない喜光子を快く受け入れてくれる人ばかりではなかった。

同じ年の夏休み、郵便局にお使いに行くと、見知らぬ女性から声をかけられた。

「あんた、五森さんのご長男？」

「はい、そうですが」

「今度、あんたのお母さんが稽古に来るとき、一緒についてきてあげてよ。一人だけわかっとらんから、可哀相やけん」

しかし女性の口調と表情は、自分が嫌だからという本音を隠す気もなさそうだった。

喜光子は人となにかをするのが好きで社交的な性格だった。買い物に行っても、顔見知りを見つけると喜んで話しかけにいく。滅多に声を発さない正一とは違って、喜光子は聴力がゼロではなく大きな音ならわかるので、完璧ではないにせよ発話に躊躇はなかった。酔うと、さらに歌までうたいだす。音程もテンポもでたらめなのに、所構わない。親切な友人は多く、手話を憶えようとしてくれる常連客もいた。しかし面識のない人は、喜光子が発する声にぎょっとして眉をひそめた。

海太はそういった場面に出くわすたびに、喜光子と外出するのが億劫《おっくう》になった。かといって、黙っていてくれと面と向かって頼むほど冷たくもなれない。だから周囲の空気を読まずに声を出してふざけている喜光子を見ると、こちらの気も知らずにと苛立った。勢いあまって反抗的な態度をとっては、自己嫌悪に苛《さいな》まれた。

小学五年生の二月、徳島では珍しいほどの大雪に見舞われた。皆勤賞をねらっていたので、海太は苦労して登校したが、学校に着くなり、水道が凍っているので帰るようにと教師から促された。靴は濡れて冷たく、足先の感覚はなかったが、仕方なく道を引き返した。

家の裏手にあった寺の入り口で、偶然にも山門をくぐっていく喜光子を見かけたのはそんなときだった。

なにしに行くのだろう、雪が降っているのに――。

気がつくと、追いかけていた。すると喜光子は、境内《けいだい》の片隅にしゃがみこむ。うしろ姿からも真剣さが伝わって、声もかけられない空気だった。喜光子が手を合わせる先には、雪のつもった地蔵があった。うつむく喜光子の頬に、きらりと光るものがつたう。

普段の明るくおおらかな姿からは想像もつかない涙に、海太はうろたえた。しかもなぜ賽銭《さいせん》をあげるところではなく地蔵の前で、一人で手を合わせにきているのか。喜光子の姿を盗み見ながら、ひょっとして自分が生まれる前に、姉以外の赤ちゃんがいたのではないかという疑いが、脳裏をよぎった。

ふり返れば、子どもの目から見ても、喜光子の子育ては安心安全とは言えなかった。たとえば、海太が背後で遊んでいることに気がつかず、持っていた沸《わ》かしたてのヤカンを海太の頭に落としかけたことがある。海太の方も、首がすわる頃には声を出しても両親に伝わらないと理解し、母がこちらをふり向いてから泣くようになったらしい。我ながらよく無事に育ったものだ、とことあるごとに痛感した。

過失なのか、不可抗力なのかはわからないが、喜光子のせいで赤ちゃんが命を落としてしまったのでは――。

どうか誤解であってほしい。でももし本当だったら。本当に、赤子を死なせてしまっていたとすれば。そんな場面を想像するだけで怖くてしかたなかった。もし自分も同じ目に遭っていたら。

喜光子が寺から去ってからも、海太はしばらく動けなかった。身体が震えているのは、寒さのせいだけではなかった。

〈なにかあった?〉

喜光子からそう訊ねられたのは、寝支度をしている最中だった。家に帰っても、喜光子の顔を見られず、話しかけられても気がつかないふりをしていた。ついに喜光子と目が合ってしまう。

畳《たたみ》のうえに正座して、海太は意を決した。

〈今日、一人で裏の寺にいた?〉

喜光子は目を大きく見開いた。

〈昔、赤ちゃんが死んだの?〉

ぽかんと表情を動かさずに黙っているので、一瞬こちらの勘違いだったのかと安堵した。なにを言っているの、そんなわけないでしょ。そうだよね、それより今日はすごく寒かったね。そんなやりとりで、いつも通りに戻れるような気がしたし、そうしたかった。たとえ嘘《うそ》をつかれたとしても、それを信じてあげるつもりだった。

しかし喜光子は眉間に右手をやって、そのまま下ろした。

〈ごめんね〉

思いがけない謝罪に、海太の鼓動は速くなる。

喜光子は顔を隠すようにして、そそくさと寝室からいなくなった。まるでうしろめたい事実を隠すみたいに立ち去ってしまった。こちらは勇気を出して質問したのに、話を打ち切られ、置き去りにされるなんて。海太は胸の辺りに、はっきりと痛みを感じた。自分でも混乱するくらいに深く傷ついていた。昔に赤ちゃんを死なせたのだとしても、せめて事実を話してほしかった。それなのに、まさか拒絶されるなんて。

＊

そこまで話すと、父は黙りこんだ。

メモをとりながら聞き入っていた私は、小さな声で質問をはさむ。

「それから？」

父はなにも言わずに腰を上げて、冷蔵庫から缶ビールをもう一本出して、プシュッとあけた。

「それからは、もうその話はしなかった」

「一度も？　今に至るまで？」

「そうや。俺とお袋のあいだで、なかったことになった」

「おじいちゃんには確かめへんかったん？」

矢継《やつ》ぎ早《ばや》に訊ねると、父から睨《にら》まれた。父はたまにこういう目をする。冷たく遮断されているように感じ、私はいつも怯んだ。でも今は、なぜ父がそんな目になるのかわかる気がした。

「確かめるべきやったけど、できなかった。あけっぴろげなお袋にとって、それほど隠したい過去はどんなもんか。それに、申し訳なかった。立ち入ったらあかんことに、不用意に踏み込んでしまったわけやしな。そういう心のうちを、手話ではとうてい説明できんかった。一度だけ姉ちゃんに打ち明けたけど、そんなわけないって一蹴されたわ」

父はいまだにわだかまりを引きずっているように見えた。

「やから、そのあとも家では明るく振る舞って、店や家事も手伝った。でも両親……とくにお袋に対する見方は、決定的に変わってしまった。それで中学を卒業したら、県内の全寮制高校に入って、そのあとは実家に戻らんかったんや」

「そんなに……」

「でも家を出た理由は、そのせいだけやない。徳島を離れたのは、障害者の息子としての呪縛から逃《のが》れたいっちゅう動機もあったしな。両親も姉やんも、店を継げとは一言も言わんかった。むしろ、姉やんからは、私が両親の近くにいるからあんたは気兼ねせず好きなとこに行きなさいって言われたことがある。両親も姉やんも、そういう人やった。でも」

暁子伯母さんのことが頭をよぎったのか、父は自虐《じぎゃく》的に笑った。「でも？」と、私は問う。

「徳島から出ていったことにもまた、大きな罪悪感があった。いや、今もある」

コーダの心はいつも揺れ動いていると読んだことを思い出す。親を否定する気持ちと愛する気持ち。怒りと申し訳なさ。親への非難と罪悪感。

「今も、真相を知りたいと思う？」

「どうやろな」

缶ビールを机に置いて、父は頬杖をついた。

「俺にとって一番問題やったんは、俺自身の気持ちやったからな。ただお地蔵さんの前でお袋が泣いているのを目撃しただけで、子どもを死なせたんじゃないかと短絡的に思ってしまった。水子供養もそこまで一般的じゃなかった時代にや。つまり、自分にはろう者への偏見があるんやって気づかされた。この人たちにまともな子育てができるわけがないっていう偏見がな。だからどんなに時間が経って、お袋に対する怒りが薄れても、自分のことだけは許せんかった。そのせいで、お袋と気兼ねなく接する方法もわからなくなった」

返す言葉が見つからない。自分の親にそんな気持ちを抱くことが、どれほどつらいことか。

「両親には感謝しきれないくらい感謝してる。なのに俺はそのことさえ伝えられないまま徳島を出てしまった。手話が苦手なせいにして。とくにお袋にはずっと謝りたいと思いながら謝れずにいる。お袋がどんな世界に生きてきたか、俺は知らなすぎる。知らないがゆえに、さんざん傷つけた。ふり返るたびに胸がふさぐわ」

父は顔を逸らし、手ぬぐいで目の辺りを拭った。缶ビールは一口飲んだだけで、手をつけられないままだった。

「でも今、つばめに話しながら気がついたわ。便利屋をやってるのも、本当は両親の影響があるんやろうな。困っている人がいたら助けたい。その気持ちは両親からもらった一番の贈り物やな。せめて誰かに手を差しのべることで、両親への罪滅ぼしをしてるんかもしれん」

父はなにかを決意するように、部屋の目立つところに飾られた母の遺影を見つめた。

「悪かったな、おまえに対しても」

「私？」

「どうせ伝わらないだろうと諦める癖が、俺にはあるのかもしれん。お母さんが死んでしまってからは、おまえと向き合える自信がなくなった」

「そんな……」

「でも今こうして話してみると、内に秘めること、自分で解決することばかりが正解じゃないのかもしれんな。本当は、もっと話しかければよかった。拙《つたな》い手話でもいいから、お袋や親父に」

父も私も同じだったのだ――。

親に伝えたいのに、受けとってもらえないもどかしさで苦しんでいた。

「さっきは試すようなことを言ったけど、つばめはうちの家族のことを書くべきやと思うわ。つばめが小説を書くことで、なにかが変わるかもしれんから。ろう者当人のためだけじゃなく、俺みたいに、ろう者が身近にいながら大切にできずにいる人のためにも――」

父は首を振った。

「いや、伝えたいことがあっても伝わらないのは、聴覚の有無に関わらんのやろな。俺たちもそうやし、ろう者だけじゃない。もっと普遍的な問題なんとちゃうか？　たとえ聞こえる者同士でも、かえってわかりあえないときはある。同じ言語を話したからって、つながりあえるわけちゃうしな」

鼓動が速まるのを感じながら、私はペンを握りこむ。

「私、書けそうな気がしてきた」

「当然や。むしろ、おまえ以外に誰が書ける？」

父は居間に置きっぱなしにしてあった連絡帳を手にとり、こちらに差しだした。「おまえの書いたもの、いつも楽しみにしてたんやで」

「えっ、読んでくれてたん？」

「悪かったな。おまえは俺に、必死に伝えようとしてくれてたのにな」

ちゃんと届いていたんだ。私は連絡帳を受けとり、胸に抱きながら深呼吸する。

「お母さんも読書好きで文才があった。つばめが作家になりたいっていう夢を応援しきれんかったのは、そのせいでもあったんやろな。お母さんを思い出してしまってつらかったから。情けないけど」

父の本音に触れるのははじめてで、私はただ首を横に振るしかなかった。

そろそろ取材を締めくくろうとメモに目を落とし、最重要な質問を忘れていたことに思い当たる。

「ごめん、もうひとついい？」

「まだあるんか！」

「これで最後やから」と、私は両手を合わせる。「あのさ、おじいちゃんって、日本初のろう理容師やったん？」

「なんやそれ」

ぽかんと首を傾げる父に、私は慌てて訴える。

「えっ、前に言うてたやん。憶えてへんの？」

父は額に手をやると、「一応そうらしいで」と目を泳がせながら言う。

「おじいちゃんから聞いたんじゃなかったの?」

腕組みをして首をひねったあと、閃《ひらめ》いたように父は言う。

「そうや。何年か前にろう者の歴史を研究してるっていう男性が、徳島の店にやってきて新聞記事だかなんだかを姉やんに見せてくれたらしい」

「研究者ってこと?　そんな歴史を調べてる人がいるんや」

思いがけない情報に、私は身を乗りだしていた。

「たしか東京にいるはずやで。姉やんに連絡先を訊いといたるわ」

あれだけ取材に対する抵抗があった父に、逆に背中を押されるとは思わなかった。

「その研究者の人は、なんでろう理容師について調べてるんやろう」

「おまえもそうやないか」

「いやいや、私は身内やから」

私はその人に会ってみたくなった。

第三章　聞こえない側と聞こえる側

神戸から帰った直後、伯母に連絡先を確認してくれた父から、青馬宗太という名前と彼のメールアドレスが送られてきた。私はその日のうちにメールを打った。現在、祖父について調べており、一度お話を伺えないか、と。

［五森正一さんのお孫さんからの頼みとあれば、喜んで協力いたします］

丁寧な文面の返信だった。せっかくなので会って話さないか、と青馬から提案された。

青馬と待ち合わせたのは、恵比寿《えびす》ガーデンプレイスの動く歩道を出てすぐの広場に面したカフェだった。まだ一月の終わりだが、風もなく穏やかな昼下がりだった。広場は多くの人でにぎわい、なかにはマフラーやコートを手に持った人もいた。カフェはガラス張りの開放的な内観でそこまで混んではいなかった。

待ち合わせ時刻である午後二時の五分前に、三十歳くらいの男性が一人で店に入ってきた。その人は店内を見まわし、二人席にいた私のことを数秒見つめる。髪は短めで、紺色のダッフルコートの下に、白いシャツとセーターという恰好で、ショルダーバッグと紙袋を持っている。研究者然とした年配の人を想定していた私は、老舗和菓子店のようかんを手土産《てみやげ》に選んだことを後悔する。

彼は、立ちあがった私のところに近づいてきて、はっきりとした聞き取りやすい発音で言う。

「こんにちは、五森さんでしょうか？」

挨拶をしたあと、差しだされた名刺には［株式会社デフキャンプ代表取締役］［NPO法人デフキャンプ代表理事］という、ふたつの肩書が記されている。

「今日はお時間いただいて本当にありがとうございます」

お礼を伝えると、青馬は人なつこい笑顔になった。癖の強そうな人じゃなくてよかったと内心ホッとする。座るように促され、その通りにしてから、テーブルのうえに置いた名刺を見つめた。

「こちらの、デフキャンプというのは、どういった組織なんですか？」

青馬は一呼吸を置いて、滑らかな口調で答える。

「一言でいえば、聞こえない人と聞こえる人の架け橋になる会社ですね。双方にとってウィンウィンになるようなソリューション事業をしています。五年前に立ち上げたばかりで手探りではあるんですけど、会社では、ろう者だけでなくコーダや手話通訳者も働いているんですよ」

指折り数えながら、青馬は説明を重ねる。

「具体的には、ろう者を雇用している企業向けにコンサルサービスや研修をして、社内でのコミュニケーションのあり方をアップデートしています。希望があれば手話の出張教室をしたり、音声変換アプリなどのツールも紹介します。それから逆に、すべての世代のろう者に向けても、日本語学習のサポートをしていますね」

ビジネスに意識の高そうな青馬の話しぶりに合わせて、私は「多岐にわたることを手掛けていらっしゃるんですね」と答えながら、ふと浮かんだ疑問をはさむ。

「日本語学習っていうのは、読み書きということですか？」

青馬は肯くと、真剣なまなざしになった。

「ろう者には日本語に自信がない人が多いんです。だから学校や職場でつらい目に遭うそうです。ろう者といえば、筆談すればいいんだろうと勘違いされる分、つらいんでしょうね」

少し考えてから、青馬はつづける。

「聴者はイメージがしづらいんですが、じつは生まれてからずっと日常会話を聞いているから日本語を意識せずに使えるんですよね。赤ちゃんは言語獲得期と呼ばれるあいだに、およそ一万五千時間も自然に日本語が耳に入るとされます」

「一万五千時間も」と、私は呟く。

「はい。けれど、ろう者は違います。聞いたこともない言語を、正しく理解しているのかもわからないまま、目で追っていくしかない。たとえば、『あ』という音がどんな音かもわからず、ただ記号として暗記するしかないんです。だから聞こえる人の何倍もの努力が必要になるし、苦手意識を持つのはごく当たり前のことです。われわれが英語を学ぶようなものだという比喩《ひゆ》も使われますが、もっと次元が違う苦労でしょうね」

「なるほど。聾学校ではそういった教育を受けられないんですか？」

「聾学校では主に、国語の授業はあっても、日本語の授業というのはないんです。国語では日本語の基礎があるという前提で、より深く考える力をつけます。だからいっそう混乱し、意欲を削がれる生徒も多いと聞きます。あっ、口話《こうわ》教育のことはご存じですか？」

ここに来る前に勉強してきた単語が出てきて、私は肯く。

ネットや本で調べて、まず驚かされたのは、聾学校では手話が禁止されていた、という衝撃的な事実だった。

手話の代わりに推進された口話は、口の形から言っていることを理解し、舌の動きを真似て発声する。いわば聞こえる人に近づくための教育方法であり、手話とは対極にあった。聾教育は、いまだにこの二項対立に翻弄《ほんろう》されつづけているという。

このことを知るまで、私はろう者といえば、祖父母のように手話ができるものだと思い込んでいたが、実際は手話が得意ではないろう者もいるだろう。手話も日本語も苦手なら、いかに人とつながることに苦労するかは想像に難くない。

「口話教育は日本語獲得には欠かせないと考えられてきましたが、それによる弊害もかなり大きいんですよね」

私はメモをとりながら眩暈《めまい》がした。青馬と話すうちに、ろう者を書くということ、もっと言えば、ろう者が見ている世界や考えている内容を、日本語という言葉で表すことの難しさを実感したからだ。というのもろう者は日本語ではなく、おそらく映像でイメージし思考しているためだ。

「こうやってお伺いすると、青馬さんのご活動は貴重ですね」

「いえ、まだまだこれからですよ」

青馬は謙遜《けんそん》するように肩をすくめた。

この人は自分と世代が変わらないのに、やるべきことを明確にわかっている――。

私は感心する一方で、羨《うらや》ましくもなった。

また、祖父母が現役だった昭和の時代に、こういった志を持った理解者がそばにいてくれたら、どれくらい助かったかとも想像する。父も似たような立場の人と出会えて、悩みや知識を共有できたただろう。

「でもすごいと言えば、五森さんこそ。面白かったですよ」

なにを言っているのかわからず戸惑う私に、青馬は笑顔でつづける。

「僕、読んでいたんです。五森さんのデビュー作」

思いもしなかったことを言われ、私は固まった。伯母の暁子につないでもらう前に、私の本を偶然手にとってくれていたのか。いや、そんなはずはない。発表直後から本屋の隅に埋もれていたし、今はもう店頭にすらないだろう。きっと会う前にネットで名前を検索したか、伯母が連絡するときに「姪っ子は小説を書いている」と説明したのだろう。いずれにせよ、なんだか申し訳なくなった。

「どうお礼を言っていいものか」

「いえいえ」

さっぱりと笑う青馬は、小説について手放しに褒めてくれて、作家としての私を応援したいという気持ちも感じられた。

飲みものが運ばれてきて、私は気持ちを切り替えるように、本題を切りだす。

「まさか本当に〝日本初のろう理容師〟だったとは思いませんでした」

青馬は飲みものには手をつけず、「そうですね」と、一呼吸置いてから答える。

「たしかに五森正一さんは、日本で最初期のろう理容師の一人と言っていいでしょうね。ただし正確には、日本で最初に理髪科ができた聾学校を最初に卒業し、そのなかでも最初に店をひらいた生徒だった、と言った方が誤解はないと思います」

少し考えてから、私は確認する。

「聾学校の部分が大事なんでしょうか？」

「そうです。入学したのは徳島県立盲聾唖《もうろうあ》学校で、一九三三年、つまり昭和八年に全国ではじめての理髪科が設置されました。その五年後に七名が卒業したそうで、そのうちの一人が五森正一さんだという記録が残っているんです」

「記録というのは？」

「地元の新聞ですね。必要であれば、切り抜きのコピーをお渡ししますよ。あとは全国の聾学校——二〇〇七年に聴覚支援学校などの名前に変更されたんですけど、そこには今も理容科や美容科が残っていて、それぞれ協議会や研究大会をひらいて自分たちの歩みをまとめていらっしゃるんです。僕もそこでつくられた冊子から得た情報と、現役のろう理容師のツテをたどって歴史を掘り起こしました」

青馬の人脈と行動力に感服すると同時に、どうして青馬はそこまで労力をかけて調べたのだろう、という疑問が頭をよぎる。職業柄、ろう者の職業の歴史に関心を持つのはわかるけれど、理容師に特化しているようにも感じた。

ふと視線を感じ、メモをとる手をとめて顔を上げる。すると青馬がこちらを見つめていて、私はハッとした。

「どうかされました？」

「いえ、すみません。小説家の方とお話しをするのははじめてなので、どんなことをメモするんだろうって……」

そのとき、青馬の手が紙袋に触れていることに気がつく。資料でも入っているのだろうか。でも結局、青馬はそのまま手を飲みものの方にのばし、一口飲んでから明瞭なしゃべり方に戻った。

「それで、理髪科が設置された一九三三年というのは、文部大臣を務めていた政治家の鳩山一郎《はとやまいちろう》が口話教育を推進するという訓示を出したときでした。理髪科が世に受け入れられた一番大きな要因としては、当時の時代背景があったのではないかと考えています」

「歴史的な事情と無関係ではないんですね」

「はい。つまり、ろう者であっても聴者と同じように周囲の会話を読みとり、話ができるという理想が掲げられた時代だったんです。良くも悪くも、ですね。耳が聞こえなくても大切な働き手として社会に出ていくべきだという気運がありました。だから理髪科もつぎつぎに設置されたのだと思います」

「時代が追い風になった、と？」

青馬は肯き、指を折る。

「鹿児島、熊本、宮城、愛知、広島、群馬、兵庫……十年も経たないうちに、全国に波及していきました。全国の聾学校校長が視察に訪れ、モデルにしたのが徳島県立盲聾唖学校だったのです。やがて理髪科から理容科へと名称も新しくなり、最盛期の一九六〇年代には、全国で三十九の聾学校に理容科が設けられ、八百人を超える生徒が学んでいました。理容業は老年になってもつづけられる技術職ですし、努力すれば店舗経営者として自由に仕事ができるので、人気が高まったんでしょうね。今ではろう者が選択できる職業の幅も広がったので、廃科になったところも多いですが、ろう者の自立への道を拓いたわけです」

メモをとる手に、つい力が入る。

祖父が、ろう理容師にとって歴史的な転換点に生きていたことがわかったからだ。けれども、大きな流れがわかったところで、祖父という個人がどんなことを考え、その人生を歩んでいたかが見えてくるわけではない。とくに大切だと思っていた質問を切りだす。

「ろう者が理髪店をやるとなると、苦労も多かったと思うんです。とくに、どうやってお客さんとコミュニケーションをとっていたんでしょう?」

青馬は大きく肯いた。

「そうですね。口話教育を受けたといっても、実践はかなり難しかったと聞きます。僕の知り合いの何人かのろう理容師は、筆談やジェスチャーでたくましくコミュニケーションをはかってきたそうですが、その点は一般企業に勤める現代のろう者と変わらない苦労でしょうね」

「だからこそ、さっきおっしゃっていたデフキャンプの活動があるわけですね」

青馬は笑顔で肯いたが、すぐに真顔に戻ってつづける。

「いまだにろう者の苦労はつづいていると思います。聞こえる人と比較すれば、低賃金で雇用されたり不安定な身分だったりしますしね。能力があっても、周囲の無理解や法律の壁によって発揮しきれないことは多々あって――」

淡々と話していた青馬が、窓の外に目をやってぽつりと呟く。

「ろう者は言語的マイノリティですからね」

言語的少数者――。

青馬の何気ない一言によって、彼の芯にある強い信念のようなものに、私は少しだけ触れたように感じた。

ろう者は決して、障害があって周囲から助けられなければならない弱者ではなく、ただあやつる言語が違うだけの対等な立場にいる隣人なのだ。私は今まで聴覚障害をそんなふうに捉えたことはなかったが、すとんと腑に落ちる。

質問をつづけようと考えを巡らせていると、青馬のスマホが鳴り現実に引き戻された。私は腕時計を確認する。

「本当に申し訳ありません、予定の時間を過ぎてしまいました」

「いえ、僕も話しこんでしまいました。ただ、そろそろ職場に戻らないと」

「そうですよね。すみません、最後にひとつだけ質問しても？」

「どうぞ」

「どうして徳島で、最初に理髪科ができたんでしょう？　東京や関東圏の聾学校ならこうした疑問は抱かなかったと思うんですが、どうして地方の、本州ではなく四国で、そのような革新的な動きがあったのか、不思議に感じておりまして」

青馬は腕組みをしながら、何度か瞬きをした。

「それは……僕にもわかりません」

どこか喉《のど》につかえるように答えると、沈黙が流れた。

日が傾き、いつのまにか日陰になった広場には、人の数も減っている。

「長くお引き止めしてすみません。今日はお時間をいただいて、ありがとうございました。これ、よかったら職場のみなさんでどうぞ」

最初に渡しそびれてしまった手土産のようかんを差しだす。青馬は「お気遣いいただかなくてもよかったのに」と、恐縮しながら受けとった。

頭を下げると、青馬がさきほど手で触れていた大きめの紙袋が目に入ったが、彼はそれを自分で持ったまま席を立った。

ガーデンプレイスの広場を駅に向かって歩きながら、私は充実感をおぼえる。青馬との会話は示唆《しさ》に富んでいたし、今後どう調べるかというビジョンがより明確になってきた。取材することは膨大《ぼうだい》にありそうなので、まずは全体を把握するためにリスト化する必要がありそうだ。

「それでは、わからないことがあったら気軽にメールしてくださいね」

改札の前で、青馬はパソコンを打つ仕草をした。

「ありがとうございます。まずは、今日お伺いした内容を、自分なりに調べてみます。あとは手話も習おうと思っています」

「そうなんですか?」と、青馬は目を見開いた。

「私、祖母から少し教わったことはあるはずなんですが、まったく素人《しろうと》なので」

「もう教室は決めてます?」

「まだです」と、私は肩をすくめて答える。「行政が主催する奉仕員養成講座とか、地域の手話サークルとか、いろいろと探してはいるんですが、開講のタイミングが合わなかったり、ある程度できる人向けみたいだったりして」

青馬は「なるほど」と呟き、少し考えてから顔を上げてこちらを見た。

「よかったら、うちが主催する手話教室に通ってみませんか？」

「えっ、いいんですか」

「もちろん。初心者から学べて、誰でも参加できますから。クラスも複数あるので、五森さんのいいタイミングではじめられますよ。あとで詳細をメールしておきますので、ぜひご検討ください」

改札口を抜けて青馬の姿が見えなくなるまで見送ると、私は軽やかな足取りで歩きだした。

＊

二月上旬の夕方五時、私は手話教室をはじめて訪れた。

デフキャンプは、恵比寿駅西口から大通りをしばらく歩いた古いオフィスビルの二階と三階に拠点を構えていた。一階には障害者支援のカフェが入っていて、入り口には手話のイベントや、ろう者との交流会のチラシも掲示してあったので、迷わずここだとわかった。築年数の古そうな外観とは対照的に、内装は白や木目調で明るい雰囲気にリノベーションされ、脇のエレベーターにつづく通路もスタイリッシュである。

点字や音声アナウンスの完備されたエレベーターで二階に上がると、開放感のあるフロアに、図書の棚が並んだフリースペースの他、三つほど教室があった。すりガラスで仕切られているので、他の講座が行なわれていることもわかる。そのうちの一つに［手話教室］と書かれたボードが掲げられていた。

教室の前に長椅子が置かれ、女性が受付をしていた。彼女は頭を下げて、穏やかにほほ笑みかけてくる。目鼻立ちが整った色白の女性で、胸の辺りまで伸びたストレートの黒髪がつややかだ。モノトーンの服装が、彼女の華やかな美しさを引きたてている。

「青馬さんの紹介で来た、五森と申します」

彼女は大きな瞳でこちらの口元をじっと見つめたかと思うと、用紙を差しだす。私が記入を終えると、教科書を手渡された。

「すみません、お手洗いはどこでしょう」

しかし質問しても、彼女は頭を上げようとしない。よく見ると、長い髪に隠れて、耳に小さな機器——補聴器が装着されていることに気がつく。筆談をした方がいいのだろうか。迷っていると、彼女は書類から目を離して訊ねた。

「どうしました？」

ごく自然な発音だった。

「あの、トイレは」

「お手洗いですね。あちらです」

女性は躊躇することなく、廊下の先の方を指した。私は「ありがとうございます」と伝えてそちらに向かう。

最先端と思われるバリアフリーの多機能トイレを出て受付に戻ると、スタッフ証を首から下げた五十代くらいの男性が笑顔で立っていた。

「まもなく講座をはじめるので、なかでお待ちくださいね」

二十名ほど収容できそうな教室で、輪のように並べられた椅子には、すでに十人が座っている。男女五人ずつ。世代は私よりも上の人がほとんどで、いずれも仕事帰りの装いだった。空いている席につくと、最後にさきほどの受付の女性が加わった。スタッフ証の男性が壇上に立ち、この講座についての説明を、手話を交えながら話しはじめる。

「はじめまして、僕の名前は林《はやし》 智弘《ともひろ》です」

林さんはホワイトボードに［林］、そして脇に［辰野《たつの》］と記した。

「彼女は、辰野亜夜《あや》さん。僕は聴者ですが、彼女はろう者です」

やっぱりそうだったんだ。彼女の自然な発音を思い返して、改めて驚いた。

「この講座では、ろう者と聴者が一緒に講師を務めます。毎回九十分の全十五回の講座になりますが、この入門コースが終われば、そのあと中級、上級もありますので、みなさん頑張ってくださいね」

まずは二人一組になって、言葉を使わずに手や身体全体で伝える方法を考えて実践してみることからはじまった。たとえば、丸、三角、正方形、といった図形を表して、相手に当ててもらう。

私は勝手なイメージとして、語学の授業では「こんにちは」や「はじめまして」といった基本的な挨拶から習うと思っていたので、少し意外だった。

私はとなりに座った田川《たがわ》さんという女性とお互いに「こうですかね」「そうですね」と話しあいながら、両手の指をつかって丸や四角をつくる。つぎに、鞄、服のボタン、段ボールの箱など、身の回りにあるものを表現した。

さらに、ジェスチャーの練習は名詞だけにとどまらなかった。重い荷物を運ぶのを手伝ってほしいとか、書類づくりでミスをして謝るとか、もうすぐ電車に乗るので急ぐとか、動詞を含めた状況になると難易度は高くなった。相手になかなか伝わらず、額に汗を浮かべながら一生懸命にやりとりする。

あっというまに時は過ぎて、五分ほど休憩が入ったあと、林さんはホワイトボードに「自己紹介」と書いた。

「では、みなさんの名前を憶えてもらいたいと思います」

一人ずつ苗字《みようじ》を言って、講師二人が手話で表していく。

ペアを組んでいた田川さんは、左右の三本の指を縦横に交差させて〈田〉の字をつくったあと、右手の三本指をすっと下ろして〈川〉とするらしい。一方〈佐藤〉さんは、舌でぺろりと指をなめる〈砂糖〉という表現だった。〈佐々木〉さんは、佐々木小次郎《こじろう》になぞらえて、背中から刀を抜く動作ひとつ。

名前の呼び方は奥深く、ろう者同士では、サインネームと呼ばれる手話のあだ名を使うという。その人の外見的特徴や好きなもの、過去のエピソードに由来し、たとえば、メガネをかけていると〈メガネ〉、ラーメン好きだと〈ラーメン〉というように一言で表す。

「つぎに、五森さんは、こうですね」

林さんがこちらに向かって、数字の〈五〉を示したあと、両手の甲をこちらに向けて、上下に動かす。

「たくさんの木が生えているイメージです」

林さんが口頭で説明するとなりで、辰野さんがくり返してくれる。

〈五〉〈森〉

祖父母も同じ表現で、何度となく自己紹介をしたのだと思うと、少し距離が縮まった気がした。

「つばめは、こうです」

右手の薬指を曲げて、飛翔《ひしょう》するつばめを表すように、手を左から右に動かす。小指と親指が翼で、中指と人差し指が尾らしい。〈つばめ〉と、みんなが楽しそうにくり返す。

「とてもいい名前ですね」と、林さんが笑顔で言う。「普通、名前って指文字じゃないと表せないことが多いんですよ。たとえば、僕の名前の智弘は、〈と〉〈も〉〈ひ〉〈ろ〉と一音ずつ動かすしかない。でも〈つばめ〉さんというのは、サインネームみたいに伝わりますし、すぐに憶えてもらえると思います」

辰野さんも、真剣な顔で何度も肯いている。

私は、この〈つばめ〉という手話を、すでに知っている——。

おそらく祖母が、何度も呼んでくれていたからだ。

子どもの頃は学校でおかしな名前だとからかわれたこともあった。しかし父は祖父母に手話で名前を呼ばせることも考えていたのだろう。私は父の秘められた祖父母への想いに気がついた。

講座を終えてエレベーターに乗りこむと、ペアを組んでいた田川さんと一緒になった。

向こうから声をかけられ、「お疲れさまでした。この講座ははじめてですか?」と私は返した。

「お疲れさまです」

「そうです。でも辰野さんは、以前うちの会社で研修をしてくださったことがあるので面識がありまして」

「なるほど」

エレベーターを出たあと、彼女と恵比寿駅まで歩いた。

「今日の講座どうでした?」と、私は訊ねる。

「いやー、へとへとです。声や言葉を使えないと、あんなに疲れるんですね」

「たしかに。表情筋が痛いです」

「ね。この講座には、どうして参加を?」

取材のため、とは言えなかった。

「祖父母がろう者で、ずっと手話を習いたいと思っておりまして」

「そうでしたか」と、田川さんは神妙に肯く。

嘘ではないが、私は隠しごとをしている気分になり話題を変える。

「田川さんの会社には、ろう者の方が働いているんですか?」

「ええ」と言ったあと、田川さんは躊躇《ためら》いがちにつづける。「でも数ヵ月前に、一人の方がとつぜん辞めてしまって。その方は真面目でやる気もあって、部署としても必要としていたので、まわりに相談もなく退職されてしまったことが、私たちもショックでした」

田川さんは歩きながら、ぽつぽつと話してくれた。

彼女が所属する部署は障害者も多く働いていて、十分に配慮できていると少なくとも彼女は思っていた。田川さん自身も、それまで用事があるときはろう者の同僚の肩を叩いて呼んだり、マスクを外してしゃべったりと気を遣っているつもりだった。

しかしその後、会社が依頼したデフキャンプの研修を受けたとき、身につまされる事例がいくつもあった。

たとえば、会議の際に事前に資料を渡されていても、口頭での議論が白熱すると、ついていけないことがあること。電話対応ができないことで取引先から不満を伝えられても、同僚に相談しづらく肩身が狭いこと。休憩時間などに充分なコミュニケーションがとれず、少なからず仕事に影響すること。

すべてもう少し想像力を働かせればできたことなのに、田川さんやその他の社員にとっては反省すべき注意点ばかりだった。それまで自分たちがいかに残酷で、無意識に聞こえない同僚を追いつめていたかを思い知った。今はより意思疎通の図れる場をつくったり、ミーティングに音声変換アプリを導入したりと改善を進めているという。

「手話の勉強も、これまで忙しさにかまけてやってこなかったけど、まずは日常会話くらいできるようになりたいと思って。今日はまず、耳の不自由な同僚の大変さを少しだけ実感したような気がして、いい教訓になったと思います」

ちょうど恵比寿駅に到着し、私たちは地下鉄への降り口で別れた。改札階につづくエスカレーターで、私は手話教室に通いはじめた理由について考える。

どうして田川さんからの質問に、正直に答えられなかったのだろう。どうやら私はまだ、祖父について書くこと、ろう者のことを小説にすることにうしろめたさを抱いているようだ。

そもそも今日ここに来るまで、手話を習うのは取材をスムーズにするため、いわば聴覚の溝を埋める手段を得るためだと思っていた。手話さえ憶えれば、それなりにろう者のことがわかると都合よく捉えていたと言ってもいい。けれど実際に手話教室に参加して、もっと別のことを学びにきたように思える。上辺のスキルだけではなく、大切ななにかを知ることができるのではないか。通いつづけるうちに、その正体がわかればいいなと胸に手を当てた。

私は手話教室以外の時間でも、Ｅテレの手話講座や入門書で自習を重ね、一ヵ月ほどで日常会話ならできるようになった。

手話を勉強することは、純粋に楽しかった。手話は、落語や講談のように、さまざまな登場人物を演じ分け、場面を再現してみせるので、表現力が問われる。いわば、脳内のイメージを目の前に浮かびあがらせる言語だった。

具体的には、〈食べる〉と一口に言っても、ラーメンを〈食べる〉のとハンバーガーを〈食べる〉のとでは動きがまったく異なるし、同じ〈雨が降る〉でも、土砂降りと小雨を瞬時に伝え分ける。さらに抽象概念でさえも、抒情的に表現する。たとえば〈楽しい〉は、胸の前でひらいた両手を交互に上下させ、胸躍る感じが伝わる。身振りや表情の乏しい日本語が、どこか辛気臭く感じるほどだった。

今では言語ばかりが発達し、ジェスチャーよりも優先されている。しかし、いにしえの大昔、人がこれほど言葉に頼る前は、身振り手振りで伝えることは当たり前だったのだろうと思った。あらゆる場所で動作や表情での意思疎通が試みられ、少しずつ共通の形が広がっていったのが、手話の起源である気がした。

そんな奥深さに触れるたび、私は手話を習うこと、ろう者の文化を理解することが、いかに容易ではないかを知った。

一例として、同じ手話表現でも地域や世代によって、大きな差がある。代表例として〈水〉がある。関東では、手で流れるように波をつくるのに対し、関西では、水道からすくって飲む仕草をする。高齢の人では、井戸からバケツを汲みあげる動きをする人もいる。

とくに目から鱗《うろこ》だったのは、ネイティブが使う手話と、今こうして私が学んでいる手話は、構造がまったく異なるということだった。前者は日本手話と呼ばれ、後者は日本語対応手話という。文法がまるで違う。だから手話通訳になるのには最低でも十年以上、たいていは何十年もかかるという。

知りたいことはどんどん増えるが、追いかけるほどにわからなくなる。それに、いくら知識が増えても、初回で感じた、大切ななにかの正体もはっきりしなかった。

そのせいか、徳島の親族にだって早く連絡しなければならないのに、ぐずぐずと遠慮してしまうのだった。

そんな遠慮の本当の理由がわかったのは、三月半ばのある日、都筑《つづき》さんという年配のろう女性が辰野さんとともに講師として現れたときだった。都筑さんを一目見たとき、誰かに似ていると思った。一分も経たず誰だかわかった。祖母だった。

ふくよかな体形に、スポーティな服を身につけている。にこにこと笑う丸い顔には、しわや染みがあるが隠そうともせず、飾らない人柄が伝わってくる。目が合うと、すぐに手話で話しかけてくれた。

〈こんにちは。今日は暑いですねぇ〉

都筑さんは首元の辺《あた》りであおぐように手をひらひらとさせたあと、汗をかいているほどだというように、舌を出してうんざりした表情をコミカルにつくって見せ、その場を笑わせた。にこにこしながら、都筑さんは訊ねる。

〈みなさん、手話には慣れてきましたか?〉

となりに座っていた田川さんが、遠慮がちに答える。

〈難しいです〉

〈じゃ、楽しくやらなきゃね。頑張って!〉

拳《こぶし》を胸の前でにぎり、何度かぎゅっと力を込めて下ろす。

そのフレンドリーな雰囲気は、本当に祖母にそっくりだった。それだけではなく、〈頑張って〉と表現したときに発せられた都筑さんの「がんばって」という声が、消えかかっていた祖母の記憶をあざやかに呼びおこした。

震えがおさまらない。なぜ今まで忘れていたのか。いや、よく忘れられたものだ。忘れていたこと自体ショックだった。

私は、祖母に、ひどいことをしていた――。

気がつくと、いつものように講座がはじまっていた。壇上に林さんが現れ、都筑さんのことを講師として紹介する。「いろんな世代のろう者の手話を知りましょう」と。しかし講座の内容は、まったく頭に入ってこなかった。私は都筑さんの声を聞いて、祖母に抱いていた恐怖心を、生々しく思い出していたからだ。

――おばあちゃんって怖い。

それは幼さゆえの、悪気のない素直な態度だった。なにを言ってもわかってくれず、自分たちとは違う声を出す祖母のことを、ひどい話だけれど、私は怖がって遠ざけようとしていた。

だから祖母のところに遊びにいくときも、徳島に近づくと気が重くなった。幼い頃、大鳴門橋《おおなると》は開通していたが明石海峡大橋《あかし》はなかったので、フェリーで淡路島《あわじしま》まで渡るしかなかった。フェリーは本数が少ないうえに、年末年始やお盆に帰るので車中泊もした。しかし楽しかったのはフェリーに乗るまでで、四国に到着したとたんに恐怖をおぼえた。お腹が痛くなり鼓動も速くなった。

そんな気配を察した母は、祖母がどれほど私に会えるのを楽しみにしているのかを、くり返し語りかけてくれた。けれど、田んぼに囲まれた理髪店が見えてくると、私の緊張はマックスに達した。孫の到着を待ちわびてくれていた祖母の前で、私は泣いて逃げようとしたこともあった。

――嫌だ、帰りたい！

孫にそう叫ばれた祖母の心境はどんなだったろう。傷ついたはずだ。とてつもない後悔が押し寄せる。それなのに今、祖父母のことを小説にさせてほしいなんて、ちゃんちゃらおかしな話ではないか。傷つけた過去も都合よく忘れて、手話を勉強して面白がっていた自分のことが、じつに無知で尊大に思えた。

〈大丈夫ですか?〉

ふと都筑さんと目が合って、心配そうな顔で、手話だけで質問された。他の生徒が順番にみんなの前に立って、手話のスピーチをしている最中だった。

〈すみません、大丈夫です〉

そう返したものの、私はどんよりとした気持ちを切り替えられない。都築さんはそれから一度も声を発しなかった。

ろう講師の辰野さんから肩を叩かれたのは、他の生徒が帰ったあとだった。

「お疲れさまです」と、辰野さんは明瞭な声で言う。「ちょっといいですか」

辰野さんは両手の指で〈小〉と表したあと、手のひらを二度重ねながら、「小説」と声に出した。私はドキッとする。

「書くんですよね?」

「えっと、まだ確定というわけじゃないんですが……」

「そうですか。今日都筑さんの講座を受けて、どうでしたか?」

返答ができない私のことを辰野さんはじっと見つめながらつづける。「私の思い過ごしだったらすみません。五森さんは都筑さんに対して、どこか戸惑っているように見えました」

「いえ、そんなことは」と、私は口ごもる。

「青馬から少し聞いただけですけど、私はそういった動機で手話を習われるのは嫌です。もちろん、五森さんの自由だし、ろう者のことを広く知ってもらえるのはありがたい面もあるけど、どうしてあなたが書くんですか？」

辰野さんの整った顔は無表情で、大きな瞳は揺らぐことなく私を見据えてくる。私は胃の辺りがぎゅっとなる。でもここで、なにも答えないわけにはいかなかった。

「私は祖父母がろう者で、そのことを題材に小説を書きたいと思っています。ただ、私は祖父母のことをなにも知らないから、こうして教室に通うことにして――」

「なにも知らないのに書きたいんですか？」

話すほどに墓穴を掘っているような気分になって、私は言いよどむ。

「すみません、まだ私も考えがまとまってなくて」

辰野さんはため息を吐いた。

「わかりました。私もいきなり質問して申し訳ありませんでした。ただ、今日の五森さんの反応がどうしても気になって。都筑さんはとてもいい方なので、悪いように書かれたら嫌なんです」

「まさか、そんなことは！」

「それならいいんです。でも、ろう者に関する本や映画って、ほとんど聞こえる側の視点で描かれていたり、稀《まれ》に聞こえない側を主人公にした物語だったとしてもリアリティがなかったり、きれいごとだなって思うことが多いんですよね。だから五森さんに一度訊いておきたかったんです。私たちのなにを、どうして書くんだろうって」

私たちという一言で、私は理解した。辰野さんにとって、聞こえない側と聞こえる側のあいだには、明確な境界線がある。聞こえる私は境界の外側、いわば彼女にとって別の世界にいる存在なのだ。ましてや今日都筑さんを前に、祖母への記憶がよみがえって動揺していた私のことを見て、不信感を抱かずにいられなかったのだろう。

なにを、どうして書くのか。

辰野さんが去ったあと、その問いに答えられない自分に腹が立った。

エレベーターを待っていると、うしろから声をかけられた。

「あれ、五森さん?」

立っていたのは思いがけず、青馬宗太だった。「もう講座は終わってますよね?」と、青馬は腕時計を見る。

「これから帰ります。先日はありがとうございました。資料のことも」

青馬とは手話教室の申し込みのためにメールでやりとりしていたが、一度会って以来顔を合わせていなかった。その後、資料も講師を通じて受けとっていたので、そのお礼を改めて対面で伝えたいと思っていた。

しかし今は先程よみがえった祖母との古い記憶や、辰野さんから言われたことが頭を巡ってうまく言葉にならない。すると、青馬から「お時間あれば、少しお茶でもしませんか」と誘われた。

ビルを出ると、辺りはすっかり暗くなっていた。青馬は駅までの道沿いにある「みんなとも食べにいくお店」を紹介してくれた。食事をしているグループもいれば、打ち合わせの延長のような雰囲気の人たちもいたが、広々とした店内の配置のせいか静かでゆったりした空気が流れている。

「その後、講座はどうですか?」注文を終えたあと、青馬が訊ねた。

「とても勉強になっています。ただ、講師の辰野さんから今日、どうしてろう者の小説を書くのかって訊かれてしまいまして――」

「えっ、そんなことを?」と、青馬は戸惑いの声を上げた。「申し訳ありません。僕からはただ、取材のためにここにいらっしゃっているという話を良かれと思ってしたんですが……もちろん小説のことは話していませんでしたが、ネットとかで調べたんですかね、すみません」

「いえ、いいんです、お気になさらないでください」

私は大きく首を左右に振ってから、視線を落としてつづける。

「辰野さんのおっしゃることは正論です。だからこそ、私も打ちのめされました。ろう者のみなさんは日々伝えることに苦労して、伝わらないもどかしさをよく知っている。それなのに、私は書くという伝える手段にだけは長けていても、肝心の書きたいことが見つからなくて悩んでいる。なんだか皮肉というか、情けないです。ろう者のみなさんを利用するようなことだけはしたくないんですが……」

なるほど、と青馬は呟いてコーヒーを一口飲んだあと、顎に手を置いた。

「でも五森さんは、書きたいことがないってわけじゃないですよね?　むしろ伝えたいことが確実にあるからこそ、書く仕事を目指していらっしゃる。今はただ、それを見失っているだけで」

私は青馬の言葉に励まされ、悔恨《かいこん》の念を打ち明けることにした。

「じつは今日、特別講師だった都筑さんの講座を受けながら、私とつぜん祖母との記憶を思い出したんです。ずっと忘れていたんですが、幼い頃の私は祖母のことが怖かった。だから泣いたり、避けたこともありました」

胸の痛みを感じながら、改めて、私はなにをしているんだろうと自己嫌悪に陥る。青馬はいくぶん目を見開いたが、黙っている。

「だから今日の講座を受けて、祖母への罪悪感を再確認しました」

私は小学校中学年くらいの頃から、徳島に行かなくなった。とくにきっかけとなる出来事があったわけではない。勉強や部活が忙しくなり、父も徳島に帰ろうと言いださなくなったのだ。祖母を支えていた親族の輪の、いわば外側にいた私は、無意識のうちにうしろめたさを強めていった。これまで徳島への連絡を先延ばしにしていた本当の理由は、間違いなくそこにある。小説うんぬんは関係なく、私は親族に会いにいかなければならない。

沈黙が流れたあと、青馬は声を低くしてこう告白した。

「じつは僕も、右耳がほぼ聞こえないんです」

「えっ、そうだったんですか？　すみません、まったく気がつかなくて」

慌てて顔を下げると、青馬は困ったように笑った。

「気にしないでください。実際、補聴器も要らないくらい左耳だけで聞こえてますし、こうやって向かい合って話す分には、まったく苦労もしないので」

話すと長くなるんですけど、と断ってから青馬は遠くを見る。

中学に入学した頃、青馬の耳の不調は、眩暈をきっかけにして、病院ではじめて判明したという。二年生の夏には、右耳の聴力はほぼなくなり、もっと悪いことに、左耳も具合が悪くなりはじめた。周囲が話していることが聞きとりづらく、何度も訊き返さなければわからないうえに、大勢になるほど会話が困難になった。また、人混みでは頭痛や吐き気に悩まされるようにもなった。多感な年頃とあって、彼は不登校になった。

「よく言われるんですが、視覚障害は〝人と物〟のあいだを隔てる障害で、聴覚障害は〝人と人〟のあいだを隔てる障害なんです」

「〝人と人〟を」

　青馬は肯き、つづきを話しはじめた。

「病院でも、聞こえなくなった原因はわかりませんでした」

　耳の構造というのは本当に複雑で、どうやって内耳から脳神経に音のシグナルが伝達されているのかも、多くがいまだにわからないらしい。難聴を治療する最前線の方法とされている人工内耳にしても、本物の耳の機能にはほど遠い。だから問題なく聞こえることの方が、奇跡に近いのだと青馬は知った。

　右耳の聴覚は戻らなかったが、幸い、左耳は回復に向かい、いわゆる一側《いっそく》ろう者になった。高校受験もなんとか無事に終えることができ、大学卒業後は広告代理店に就職した。しかしいつまた聴覚を失うかわからないという不安から、青馬は学業や仕事の傍ら、手話を習っていた。

「けれど、手話サークルに入って、いろんなろう者と出会うなかで、ほとんどの働くろう者が聴者との人間関係で幸せそうではないことを知ったんです。職場で孤立しているとか、うつ病になってしまったとか、そういう話ばかり聞きましたね。それで、僕にできることはないだろうかと考えたんです」

　そうして青馬は安定を捨てて、聞こえない側と聞こえる側の架け橋になるという使命に奔走している。そんな青馬の生き様は、書くことに中途半端な向きあい方しかできていなかった私の姿勢を、否応なく省みさせた。

「強いですね、青馬さんは」

「そんなことないですよ」

「いえ、強いです。私なんてほんと、情けないです……」

「でも徳島に行くんでしょう?」

　顔を上げると、青馬は穏やかにほほ笑んでいる。

　たしかに機は熟していた。徳島への訪問を躊躇していたのは、なにより準備が必要だったからだ。ただ遊びにいくわけではなく、踏み込んだ取材をしなければならないので、最低限の知識や手話のスキルがないと、不愉快な思いをさせたり溝を深めたりするおそれがある。

「そうですね、そのために手話教室にも通って――」

　そのとき、私はあることに気がつき、胸の奥が熱を帯びた。

「私が書くべきことのヒントは、祖母や親族に抱いているうしろめたさにこそあるのかもしれません。そのために、相手とわかりあえなかったり、自分の気持ちを伝えられなかったりする現実を、正面から一度受け止める必要があった。祖父がどんな困難を前提として生きていたのかを確かめるために、私はこの教室に通いはじめたのかもしれない」

　大きく肯いた青馬に、私はつづける。

「聞こえる側と聞こえない側のあいだにある溝を埋めるための手段として、むしろ取材の機会を利用したいくらいの気持ちでいます、今は」

言い終えると、私は胸のつかえが取れて、すっきりした気分になった。

青馬はほほ笑んだ。「あと、これは僕のお節介な励ましですが、大人になった今、おばあさんに抱く感情は全然違っていると思いますよ。そんなに心配しなくても、きっと純粋に、会えたら嬉しいんじゃないかな」

私は笑顔を返した。

「ありがとうございます。だんだん祖母に会えるのが楽しみになってきました」

「おばあさんも喜びますよ、きっとね」

第四章　明けない雪夜

朝の羽田《はねだ》空港の慌ただしい待合ロビーで、私は駒形さんに、これから徳島に一泊して祖母と伯母に会ってくるという旨のメールを書き送った。

伯母の五森暁子は、今年六十八歳。「讃岐《さぬき》男に阿波女」ということわざのごとく、働き者で明るく自立心が強い人だ。

暁子の夫は安宏《やすひろ》といって、ろう者であり、二人のあいだに子どもはない。暁子は婿に入った安宏とともに、正一がはじめた五森理髪店を継いだ。ろう者の両親だけでなく、同じく耳の聞こえない安広と結婚し、ずっと支えてきた暁子は、青馬の活動を家庭や地域でやってきたと言っていい。

伯母のことで思い出すのは、小学校のとき、彼女が長年趣味でつづけている阿波人形浄瑠璃《じょうるり》の上演会を見にいったときの姿だ。上手前方まで張りだしたところで、太夫《たゆう》と呼ばれる語りをつとめた暁子は、小柄で痩せた身体からは信じられないくらい、太く艶《つや》やかに朗々《ろうろう》と謡《うた》っていた。

私の母は生前、暁子のことを「頭のいい人」と評した。暁子も店を継ぐ前は学校の先生をしていたらしく、二人は気が合ったようだ。母が亡くなったあと、暁子は誰よりも私や父のことを心配して、何度も電話をくれた。しかし私も父も、暁子に甘えたり頼ったりはしなかった。

数週間前、父から教えてもらった番号に電話をすると、夜に折り返しかかってきた。

――つばめちゃん、久しぶりやね。元気にしてる？

溌剌《はつらつ》とした声に、私はなつかしさよりも緊張の方が勝った。

そのことを感じとったのか、暁子は本題について訊ねる前に世間話をふってくれた。気遣いに申し訳なさとありがたさを感じながら、私は近況を話した。父の仕事の具合からはじまり、三年前にとった新人賞のことも訊かれた。ちょうど二作目についての話題になったので、私はぎゅっと目をつむった。

――暁子さんには私の小説のことでご連絡したんです。今、おじいちゃんのことをお伺いしたいと思っていて。

思い返せば、伯母から祖父のことを聞いた例《ため》しは一度もなかった。暁子は話し好きではあったが、亡くなった正一の話題だけは避けているような空気があった。父のときのように渋い顔をされるのを覚悟で、私はつづけた。

――おじいちゃんがどんな人だったのか、どうやって理髪店を営んでいたのかということに興味があるんです。細かな内容はまだ決まっていないんですが、まずは、暁子さんのお話を聞かせていただけないでしょうか。

――わかった、ええよ。

――本当ですか？　徳島にお伺いしてもいいですか？

――当たり前よ。大歓迎やで。

こちらが拍子抜けするくらい、暁子は快諾《かいだく》してくれた。私の意図をそれ以上確かめてくることもせず、祖母の話も聞きたいのなら通訳してくれるという。

そうして私は四月上旬に徳島に一泊する日程を決めた。日曜日に徳島に到着して、月曜日に祖母の介護施設にお見舞いにいくというスケジュールである。学習塾のシフトが入っていたが、他の講師に代わってもらうなどして私の方も調整した。


徳島阿波おどり空港までのフライトは、羽田空港から一時間十五分だった。十一時過ぎに空港の到着ロビーで待ってくれていた伯母の五森暁子は、目が合うと手をぶんぶんと振って声を張りあげた。

「つばめちゃん!」

最後に会った母の葬式のときよりも痩せたと感じるが、声の大きさと姿勢のよさは健在だった。派手な色合いのワンピースやきちんと結いあげた髪型も、若々しさに一役買っていそうだ。

「よう来てくれたね」

握られた手は、冷んやりして骨ばっていた。

「こちらこそ、忙しいのに空港まで迎えに来てもらってすみません」

私は父から言われていた、暁子が好きだという焼酎の手土産を渡す。

「ありがとう。それで、あの子は元気なん?　全然顔も出さへんし」

「元気に仕事してるみたいですよ。近いうちに父も来るって言ってました」

「そんならええんやけど。ほな、車に乗りましょか」

ターミナルを出ると、東京よりも暖かい春風に包まれた。かすかに潮の香りもする。暁子は閑《かん》散《さん》とした駐車場の手前の方に停めてあった、年季の入った赤い軽自動車に乗りこむ。フロントガラスにはお守りが複数ぶら下がり、手前には〝すだちくん〟のぬいぐるみが置いてあって賑やかだが、ゴミや埃はなく清潔感があった。

　片側三車線ある国道を走ったあと、車は高速道路に入った。私たちが遊びにきていた昔に比べれば、橋やバイパスも整備されて徳島駅周辺も様変わりした、と暁子は運転しながら教えてくれる。たしかに高速を下りると、畑やビニールハウスのつづく国道沿いにコンビニやチェーンの飲食店があって、年月の経過を実感した。

　さらに一本入ると、見渡す限り田んぼの風景が現れる。水が張られた大地は、空の鏡になって青く輝いていた。

「きれいですね」

「この辺りは、もうすぐ田植えの時期に入るけん」

　やがてぐるぐると回転する赤青白のサインポールが、遠くの方に現れる。あいまいだった記憶が、徐々に輪郭をとり戻していく。

　あの家だ。あそこが理髪店だ。

　二階建てで、一階の駐車スペースはピロティになっていて、車が二台停まっている。ガラス張りの店先には、色褪せたポスターが貼られている他、営業中という札が入り口のドアにかかっていた。

「今は接客中やけど、気ぃ遣わんといて」

　私は店に入る前に、一瞬ひるんでしまった。

もう後戻りはできない——。

意を決し、ドアハンドルを強く握って押し開ける。暁子の夫であり、ろう者でもある安宏がバーバー椅子に座るお客さんの髪を切っていた。点灯するサインライトに気づき、こちらを見る。

〈お久しぶりです〉

私は決心して、手話でそう伝える。安宏は少し眉を上げたあと、〈こんにちは。大きくなったね〉と会釈した。はじめてデフキャンプの人たち以外に手話が使えて、私はひそかに感激する。ちゃんと伝わってよかった。

〈ありがとうございます。安宏さんも、お元気そうで嬉しいです〉

そのやりとりを見ていた暁子が、感激した声で言う。

「つばめちゃん！　手話習ってるって、ほんまやったんやなぁ」

「まだ初心者ですが」

「いやいや上手よ。おばあちゃんも泣いて喜ぶやろなぁ」

シャンプーやローションのさっぱりした店内の香りは記憶となんら変わらない。クリーム色の壁にせよ、重厚な革張りのバーバー椅子にせよ、あずき色の床にせよ、古くとも隅々まで手入れが行き届いている。バーバー椅子のひじ掛けには、いつでも安宏をサインライトで呼べるように手作りの電子ボタンとホワイトボードが備えてある。目の前の壁には「いつでも筆談してください」という貼り紙があった。

ああ、そうだった。こんなにも優しい場所だったのに——。

私はなつかしくなると同時に、鼻の奥がつんとする。

二階に荷物を置き、簡単な昼食をいただいてから店に戻ると、散髪を終えたばかりのお客さんに、暁子が「いつものでいい?」と声をかけていた。お客さんは立ちあがると「うん、緑茶でね」と答えて、待合のソファに腰を下ろした。待合のテーブルには、無料で出される飲みもののメニュー表があった。

「姪っ子さんなんやって?」

暁子が出した緑茶を飲みながら、お客さんは私に話しかけてきた。五十代後半ほどで、よく日に焼けて体格がいい。

「はい、そうなんです」

「この店は早くて上手いし、最後のお茶も美味しいし、おじさんとおばさんは二人ともすごい人やで」

お茶を飲み干すと、お客さんは〈ありがとう〉という手話を安宏に向かって表し、晴れやかな顔で出ていった。

安宏はドアのところまで行ってお客さんを見送ったあと、こちらに向き直り、顔に剃刀《かみそり》をすべらせる仕草をしてみせた。

「顔剃り、ですか?」

驚く私に、安宏はほほ笑んで肯く。その様子を遠くから見ていた暁子が言う。

「つばめちゃん、遠慮せずしてもらいなさい」

「えっ、いいですよ、私は」

「そう言わずに。化粧はクレンジングで落としてあげるし、終わったあとBBクリームくらいなら貸したるけん」

「いえ、その辺りに抵抗はないんですが……他にお客さんが来たりしないですか？」

「大丈夫、予約もないし、来ても待たせれば済むことよ」

私は戸惑いながらも、断りきれずにバーバー椅子に腰を下ろした。

その瞬間、全身の重力が消えた。床屋のバーバー椅子というのは、こんなにも座り心地がいいものだったっけ。すると、すかさず暁子が乾燥したタオルを首元に巻き、その上からシェービング用のクロスをゆるくかぶせる。

暁子が手際よくクレンジングを済ませるそばで、安宏が脇の棚からカレーのルーを入れるような黒い容器を手にとって、液体せっけんと熱湯を流し入れる。お抹茶《まっちゃ》でも点てるようにブラシで泡立てながら、こちらに近づくと、さっぱりした香りがただよう。

椅子が倒され、私の顔は天井に向いた。黒い容器を持った安宏が、ブラシで頬の辺りをさっとなでて、泡がパチパチとはじける音が耳をくすぐる。泡はじんわりと温かく、やわらかい刷毛《はけ》の感触とあいまって、なんとも気持ちがよく眠気さえ誘われた。

すると剃刀は登場しないまま、その泡はいったん蒸《む》しタオルでぬぐいとられた。剃る前に、皮膚についた汚れや菌《きん》を泡で取りのぞくらしい。消毒のような意味合いや、泡で肌にうすい膜をはって刃から守る目的もあるのだとか。

たしかに蒸しタオルが顔にかぶせられるたびに、鼻や目元の凹凸にぴたりと密着してくる。顔がさっぱりし鼻通りまでよくなって、産毛が正しい流れ方で立ちあがっているのが、鏡を見なくても感覚でわかった。

二度泡をつけて拭いたあと、安宏はようやくレザーを手にした。持ち手もすべて金属製であり、熟練の道具としての風格を備えたレザーだった。プラスチックでできた素人用カミソリとはまったくの別物である。

部分的に泡をつけたところから、レザーの硬質な冷たさが動いていく。右頬から右顎、左頬から左顎、鼻の下、口の下、前顎、首。全体を通して統一されたリズムで、無駄なく正確に滑っていく。爽快《そうかい》だった。

剃り終えると、少しぬるめのタオルで顔全体を蒸したあと、細部の施術《せじゅつ》に入る。耳たぶや耳のうしろといった細かな部分まで余さず行なう。レザーを持っていない方の手は、肌を押さえているはずなのに負荷を感じなかった。

気がつくと、暁子に交代されていた。火照《ほて》った肌を冷やすさっぱりしたクリームが、顔全体に塗られていく。暁子のひんやりした指は、指圧マッサージを加えながら、さいごにローションで肌を保湿する。

すべてが終わり、ふんわりしたタオルで顔をぬぐわれたとき、その感触の心地よさには驚かされた。空気に触れる感じも、それまでと全然違う。摩擦《まさつ》ゼロなのだ。

「化粧のりもよくなるよ」

歌うように暁子は言う。

鏡の前で起きあがった自分は、栗の渋皮をむいたように、ぱっと血色のいい顔に生まれ変わっていた。眉もちょっと凛々《りり》しい。安宏が鏡越しにほほ笑みかけ、〈どう?〉と訊ねる。鏡のなかの私は、はにかみながらも〈ありがとうございます〉と返した。時間が経っても痛痒《いたがゆ》くはならず、心地のよさだけが残った。

その夜は、「徳島一」と暁子が評する寿司屋から出前をとってくれた。手土産に持ってきた焼酎を開け、ハウス物のすだちをライム替わりにする暁子と安宏は、気持ちのいい飲みっぷりだった。

私の手話はあまり役に立たなかったが、暁子の通訳や筆談をまじえながら、安宏から聾学校理髪科の話も聞くことができた。中途難聴者である安宏は、正一が卒業した理髪科の後輩でもあった。

話の流れで、古い写真のアルバムも何冊か見せてもらった。

〈これ、見てごらん〉

安宏から手渡された一枚は、ずいぶんと昔に撮影された聾学校の集合写真だった。木造校舎を背にして、最前列の中央には先生らしき成人男性二人と、男女の生徒七名が何列かに並んでいる。

安宏の手話を、暁子が通訳してくれる。

「一九三八年、理髪科ではじめて卒業生が出たのを記念した写真やって。この人がお父さんで、この二人の職員のうち、こっちが校長先生で、こっちは理髪科の先生。安宏さんが生前のお父さんから、大切な資料として受け継いだらしいわ」

青年期の正一は、どちらかというと海太よりも暁子に似ていた。引き締まった口元と、挑むような目をしている。また、理髪科の先生は二十代半ばから後半くらいに見え、髪型や眉毛が精悍《せいかん》で垢《あか》ぬけている。

「理髪科の先生、お若いですね」

「二十歳そこそこで赴任なさったらしいけん」

「お名前は？」

〈なんやったっけ？〉と、暁子は安宏に問う。夫婦の手話のやりとりは速く、くだけていて、二人三脚でやってきた道のりを感じさせた。

「宮柱《みやばしら》先生！　そうやった、宮柱栄次郎《えいじろう》先生よ」

重要人物の名前を、私は脳内にしっかりと刻む。

「まだご存命でしょうか」

「ずいぶんご高齢だけど、年賀状のやりとりはつづいとんよ。お父さんは卒業後もなにかとお世話になっていて、お店を改装したときもお祝いに駆けつけてくれてね。私も何回かお会いしたわ。ねぇ、安宏さん？　そうそう、今は神奈川の方にいらっしゃるみたい」

「へぇ、関東に」

「お元気だといいね」

アルバムのなかには、先日海太から聞いた白黒の家族写真もあった。

うつっているブレザー姿の海太は、六歳には見えないくらいしっかりした顔つきだ。となりで海太の肩に手を置いている正一は、すらりとして俳優のようである。暁子と祖母がどことなく緊張した面持ちなのも、かえってほほ笑ましい。幸せに満ちあふれた理想的な一家にしか見えないが、海太の話をすでに聞いたおかげで、彼らが生きていた環境の厳しさに想いを馳せることができた。

　気がつくと口数が少なくなっていた暁子が、さりげなく涙を拭ったように見えた。

「大丈夫ですか？」

「ううん、なんもないよ」

　話が一段落すると、安宏は立ちあがって〈おやすみ〉と言った。まだ八時だったので、不思議になって「もうですか」と訊ねたが、安宏は訳知り顔で肯いただけで、先に居間を出ていってしまった。

「たぶん気ぃ遣ってくれたんちゃうかな。私の話を聞きたいんでしょ？」

「ありがとうございます。お願いできますか」

　私はアルバムを閉じてレコーダーを机に置いたあと、居住まいを正した。

　日中暖かかったせいか、気の早い夏の虫が鳴いているのが聞こえた。

「正直、つばめちゃんからの電話を切ったあと、ちょっと考えたんよ。お父さんのことを語るのは、こっちも覚悟が要ることやけんな」

　暁子は厳しい目で、こちらを見つめていた。やはり取材を進めていくことや物語を書くことで、親族の心を痛めてしまうかもしれないのだ。

　反射的に、頭を下げていた。

「まず、謝らせてください。ずっと音信不通で、本当に申し訳ありませんでした。それなのに急にやってきて話を聞かせてほしいなんて、自分でもほんとに図々しいと思っています」

「いやいや、えーんよ。どうか頭を上げてね」

暁子は優しく言いながらも、視線を逸らしてつづける。

「つばめちゃんに話したくないとかじゃなく、お父さんが理容師になった経緯とか、じつは私もよう知らんのよ。どんな気持ちでこの店を営んでいたんか。ずっとそばにいたくせに訊けずに終わったことも多かったけん」

こちらに目を合わさない暁子のことを、私はじっと見つめる。

「わかります。私にとっての父もそうでした。それに、ここに来る前、手話教室に行ったり、ろう文化についての資料を読んだりして、聞こえる側と聞こえない側にある溝の深さを実感しました。だからこそ、そんな溝を超えて理髪店を営んでいたおじいちゃんの生き様から学びたいんです。もちろん、今こうして暁子さんを巻きこんでいることに申し訳なさや迷いはありますが、知ってる範囲でいいので、どうか教えていただけないでしょうか？」

暁子はようやく顔を上げたが、まだどこか厳しい表情だった。

「溝を超える、か。言っとくけど、そう簡単には超えられへんよ。お父さんも超えられてたんかどうか」

私はひるむ。

暁子は沈黙し、なかなかつぎの言葉をつむがない。

時計の針の音が聞こえるほど、室内は静まり返っていた。

暁子は「でも潮時かもしれん」と呟くと、深く息を吐いた。

「今なら、つばめちゃんにならら、話していいのかもしれん。ずっと誰にも言えなかったし、面白くも楽しくもない話やけど、聞いてくれる？」

私は唾を飲みこんで、大きくひとつ肯いた。暁子は焼酎をあおってから、もう一度深呼吸をした。

＊

その日、四十三歳だった暁子は、朝から冷たい雨が降るなか、午前中にとなり町の産婦人科まで診察を受けに訪れていた。

子どものいない人生を歩んでいこう、と少しずつ折り合いをつけていた矢先のことである。その月の生理が来ていないと気がついたので、淡い期待を抱きながら医師に相談したのだった。

昼過ぎに店に戻ると、正一が忙しそうに接客をしていた。傍らに立っている安宏と、暁子は真っ先に目が合う。妻の暗い表情を認めると、安宏は肩を落としながらも励ますように笑顔で肯《うなず》いてくれた。安宏とは不思議と、会話をしなくても十分にお互いの気持ちを察知できるときがある。

行事の多い師走とあって、ひっきりなしに接客に追われた。店がうまくいっていることは暁子にとってせめてもの救いだった。子どもがいなくても、安宏と店を頑張って幸せな人生を送っていこう。そんな風に気持ちを切り替えながら、忙しく働いた。

三時過ぎに客足が途絶えたので、正一は遅めの昼食をとりにいった。安宏は実家の法要を手伝うために外出し、夜まで留守にする予定だった。一人になった暁子は、ストーブで暖まった店内で束の間うとうととした。

ドアの開く音がして、われに返る。

「いらっしゃい」

入ってきたのは、見慣れない男性客だった。背が低く痩せていて、きょろきょろと店内を見回している。この店の客はほとんどが常連やその家族だが、稀《まれ》に正一と安宏の耳が聞こえないことを知らない新規客もいる。

「どうぞこちらへ。少々お待ちください」

ピカピカに拭き掃除をしてあったバーバー椅子に案内した。

居間に引っこんでいた正一を呼びにいくと、おにぎりを食べ終わったところだった。昼休憩もろくにとらない正一の昼食は、決まっておにぎりとお茶であり、それ以外のものを昼に食べているところを見たことがない。客が来たと察した正一は、鏡の前で髪をくしで整え、ネクタイを締め直すと白衣を羽織った。

連れだって店に戻り、正一がハサミ類の準備をしているあいだに、暁子は「いかがいたしましょうか」と笑顔で訊ねる。鏡越しに、怪訝《けげん》そうな顔をされた。

「あんたが切るの？」

女性が施術するのを嫌がる客も、稀にいる。

「いいえ、父がやります。ただ、父はろう者で、耳が聞こえないんです。なにかあれば、私が通訳しますので」

すると客は、聴覚障害者へのあからさまな差別語を口にした。

「腕はたしかなので、どうかお任せください」

暁子が努めて冷静に対応すると、客は「じゃ、角刈りで」と呟いた。相手の表情や口の動きから、正一もこの不穏さに気がついているはずだったが、いつも通り深々とお辞儀をしたあと、他の客に接するのと同じように散髪をはじめた。

鏡に向かいながら、客は途中でブツブツとなにかを呟いていたが、暁子は数メートル離れたところにいたので聞きとれなかった。正一は素早く仕事を終え、暁子は会計の段取りをする。しかし客はいつまでも椅子から立ちあがらず、不満げに髪を触っていた。

「千二百円になります」

しびれを切らして伝えにいくと、客は顔をしかめた。

「思ってた仕上がりじゃない」

「えっ？」

「短すぎや。こんな下手くそで、金なんて払いたくない。むしろ、慰謝料を払ってほしいくらいや」

暁子は固まった。

傍らで見ていた正一が、〈どうした？〉と訊いてくる。

〈支払いたくないって。気に入らんらしい〉

しかし正一は表情を変えなかった。

「おーい、どうするんや！」

客の歪《ゆが》んだ笑みを見て、暁子の胸はざわついた。

この男は、ろう者の店と知らずに来たのではなく、ろう者の店だから来たのでは。ろう者の店であれば、ストレス発散のごとく好き勝手にいちゃもんをつけられるから。そもそもろう者は嫌がらせや詐欺《さぎ》の対象になりやすい。知人は数十万円も騙《だま》しとられていた。訊けば、相手は巧妙にも手話を憶えてきて、信用に足ると思い込ませてきたらしい。

つぎの瞬間、男が高い声でわめいた。

「障害者のくせに店なんて持つな！　ハサミの扱いにしても、何度も注意したのに無視されたんや！」

理不尽な言いがかりに、我慢ならなくなった暁子は「そうおっしゃるなら、最初から別の店に行けばいいじゃないですか」と抗議するが、その肩を正一が強くつかんできた。ふり返ると、正一は平然とした顔で〈やめなさい〉と言う。

〈どうして？　この人、言ってることおかしいよ〉

〈抵抗しても仕方ない〉

正一はくるりと男に向き直り、改めて深々と頭を下げると、〈いくらでもやり直しますから、ご希望をおっしゃってください〉と暁子に通訳させる。しかし男は急いでいるから無理だし時間内にできなかったおまえが悪い、の一点張りだった。

暁子は確信する。やはりこの男は、最初から、適当な文句をつけて支払いをしないですませるつもりだったのだ。

「警察に通報します」

受話器に手をかけたとき、またしても正一から止められた。

〈どうしてよ？〉

暁子は動揺しながらふり返る。

正一は答えず、受話器を強く押さえつけたまま、目で強くダメだと訴える。

〈こっちはなんにも悪くないのに引き下がるなんて――〉

〈前に警察を呼んだときのこと、忘れたのか?〉

暁子はぐっと唇を嚙《か》みしめる。こういうことは何度となく経験してきたが、十年ほど前に仕上がりに関して因縁をつけてきた客が、正一につかみかかったことがあった。正一はメガネを壊され、手に怪我《けが》をした。運悪く、暁子は不在だった。

駆けつけた警察からは、客の了解なく髪を切った店の方も悪い、と弁解の余地なく責められた。警察はこちらが食い下がれば逮捕してきそうな剣幕だったという。かつて不当に逮捕されたろう者が通訳士すら呼んでもらえず、謂《いわ》れのない罪を着せられたという話が頭をよぎる。

〈でも今日は、私もいるし〉

〈おまえが説明したところで、ろう者の方が悪者にされる〉

暁子と正一が揉《も》めているのをおかしそうに眺めながら、男は悠々と去った。

正一は追いかけもしなかった。おそらく万が一向こうに怪我でもさせてしまえば、徹底的に難癖をつけられて金銭やらなんやらを要求される恐れがあるからだろう。そうなれば本当の地獄が待っている。こちらにできるのはああいった招かれざる客が、二度と戻ってこないように祈ることだけだ。

〈店の物を壊されなかっただけマシだ〉

正一は癖のように身なりを整えると、入れ違いでやってきた客に頭を下げ、それまで通り仕事を再開させる。

暁子は怒りの向けどころを失い、さっきの男が座っていたバーバー椅子をこれでもかというほど力を入れて拭《ふ》いた。それでも腹の虫がおさまらないので、台所の塩壺を持ちだし、店先で粗塩を花吹雪のように撒《ま》いた。

「暁子ちゃん、どうしたん？」

客にぎょっとされたが、暁子は構わなかった。

店を閉めたあと、安宏はまだ法要の手伝いから帰らず、母も友人と約束があるというので、暁子は正一と二人で近くの定食屋に行った。

テーブルにお膳をふたつ置くと、おかみさんは暁子たちを見比べた。

「あら、喧嘩でもしたわけ？」

おかみさんは妙に鋭い。長年通っているせいか、その日の気分まで見抜かれる。おかみさんは正一に愛想よく手話と声で、〈いつもありがとうございます〉と伝えている。

店に設置されたテレビでは、今年あった出来事をまとめて報道する番組をやっていた。ちょうど九月に天皇の健康状態が悪化したというニュースをふり返っていて、それを見ていたおかみさんがしみじみと呟く。

「来年には、新しい年号になるかもしれないね」

暁子は箸を手にとり、「時代が変わる感じがするわ」と口先では同意しながら、いったいなにが変わるのかと投げやりだった。

「あ、雪や」

「やっぱりか」

そんな声がして、周りの客がいっせいに窓の方を向く。しかし目の前の正一だけは一人なにも気がつかず、険しい顔でどんぶりをかき込んでいる。正一の手に浮いている血管と骨を見ていると、時間だけが無情に過ぎていくのだと虚しくなった。

〈病院、どうだった?〉

あっというまに完食すると、正一は訊ねた。

〈なんともなかった〉

正一は肯いただけで、それ以上踏みこまなかった。

暁子が黙っていると、正一は思い出したようにつづける。

〈ところで、先週、カット佐藤の店主が来たんだって?〉

〈来たよ〉

カット佐藤とは、うちから一番近いところにある理髪店だ。付き合いはほとんどない。

〈料金を高くしろって。カット佐藤よりも百円安いから。たぶん、あっちは商売がうまくいってないんだと思う〉

〈なんの用事だった?〉

〈なんて答えた?〉

〈言い負かしてやった。いきなり来て指図するなんて失礼だし、料金設定をとやかく言われる筋合いはないって。あと、うちの店主はお客さんとおしゃべりできないし、最後にありがとうござ

いましたと言うこともできないんだから、少しくらい安くてもいいじゃないですかって皮肉を言ってやったよ〉

我ながら爽快な返し方だと思い、暁子は笑った。しかし正一は、眉間のしわを深めた。

〈明日、すぐに謝りにいきなさい〉

〈はっ？　なんでよ〉

〈料金も来月から百円上げるって伝えなさい〉

思わず拳を握りしめた。どうしてそんなに弱気なの。うちが繁盛しているのは、お父さんの腕が立つからでしょう。都会で流行《はや》っているスポーツ刈りやテクノカットをいち早く取り入れ、上手く仕上げてきたからこそ客足が絶えないんでしょう。決して料金が百円安いからじゃない。カット佐藤の店主は、ろう者を差別し、不当な嫉妬をしているだけだ。暁子は歯がゆかった。

「なんにも悪くないのに」

声に出して呟くと、正一は〈なんだって？〉と爪楊枝《つまようじ》を片手でとりながら訊ねる。

〈どうして戦わないの？〉

さっきもそうだった。

正一はしばらく真顔で暁子を見たあと、楊枝を置いて答えた。

〈相手を打ち負かすことだけが戦いじゃない。自分のすべき仕事を淡々とつづけることもまた立派な戦いだ。今のおまえみたいに、こちらの希望を通すためにむやみに反発したところで損するだけだ。他人っていうのは変えられない。変えられないことを悔《く》やんでも仕方ないだろ？〉

正一の手話はいつになく情熱的だった。

〈理不尽だが、怒ってもどうしようもないことはある。そういうことにいちいちこだわっても体力の無駄だ。だからおまえも、くよくよするな。自分にどうしようもないことを後悔するより、今ある幸せを大切にしろ〉

心臓がどくんと脈打った。

お父さんは暗に、今の私を責めているのだろうか。子どもができず悩んでいる私を――。

暁子は手をテーブルの上について、席を立った。

正一がこちらになにかを訴えようと手招きをするが、上の空だった。もうこれ以上やりとりするのが面倒だったし、気分も悪くなっていた。病院で長く待たされたり嫌な客に腹を立てたり、今日は疲れることが多かった。

暁子は調理場の方にいたおかみさんに声をかけ、注文していた持ち帰りのおかずを受けとる。代金を渡して店を出ようとする暁子に、おかみさんは心配そうに訊ねる。

「お父さんは？　今日は手話教室の日でしょ？　一緒に行かなくていいの？」

一家は、未来のろう者のためにと、手話教室のボランティア講師を長年つづけており、今夜は正一が町内の公民館で教える予定だった。

おかみさんの視線を追って、暁子は正一の方を見つめる。

隅の方に座っている正一は、もうこちらを向いていなかった。その背中は小さくて哀愁さえ帯びている。暁子は今すぐ駆けよって謝らなければならないような衝動《しょうどう》にかられる。もし正一の耳が聞こえていたら「お父さん！」と咄嗟に叫んでいたかもしれない。

お父さん、ふり返ってよ。一緒に行こう――。

しかし正一の背中は、微動だにしなかった。結局、暁子の方も、わざわざ席に戻って謝罪を伝えることはなかった。

「いいよ、今日くらい一人で行かせれば」

「でも雪も降ってるし」

「大丈夫」

暁子は目を逸らして答え、のれんをくぐった。


店先に出ると、雪は積もるほどではなかったが、舗装《ほそう》されていない道はぬかるんで、視界もクリアではなかった。また、この辺りは街灯も少ない。

道の向こうの暗闇を睨みながら、暁子は出発できない。呑みこまれそうな暗闇だった。店に戻るべきだと理解しながらも、公民館までは一キロも離れていないし、と自分に言い聞かせる。なにより、また店に入っていくような素直さはもうない。

暁子は自転車にまたがり、地面を蹴《け》った。

――〈俺たちの犠牲になるな〉

いつだったか、父から言われたことが頭をよぎる。

暁子が徳島市の学校教員を辞めたのは、三十二歳のときだった。当時、職場でも頼りにされていた暁子は、校長先生から呼びだされ、大阪の名門学校に数年間研修を兼ねて赴任しないかと打診されていた。給料もよく、業務内容もやりがいがありそうで、校長からは栄転だと祝福された。けれど、暁子は首を縦にふらず、その話をきっかけに教職を辞する決心をした。職場でも引きとめられたが、一番反対したのは正一だった。

――〈どうして辞めるんだ？　俺たちのためか？　俺たちの犠牲になるな〉

しかし暁子は、あのときの決断を後悔していない。なぜなら、両親だけでなく、大好きな安宏のことを支える、という覚悟が決まったからだ。

安宏と出会ったのはお互いに二十代前半で、教職の傍らでつづけていた、ろう者を支援する地域活動を通じてだった。その頃、安宏は事故で中途難聴になったばかりで、人生に絶望していた。暁子はそんな安宏に、聾学校の理容科に入ることをすすめ、さらに正一のもとで修業をしないかと提案した。思い返せば、出会ったときから実直で人の痛みがわかる安宏に惹かれていた。

徳島を離れることを考えたとき、真っ先に浮かんだのは安宏のことだった。彼と離れ離れになるのは、どうしても嫌だった。それに表立って口には出さなかったが、両親のことも心配だった。暁子はできる限り店の手伝いをつづけ、両親の耳の代わりとなっていたからだ。だから暁子にとっても他のみんなにとっても、最善の選択だったはずである。

誰かを支えること、誰かのために尽くすことは、暁子の本望だった。

時折、ろう者のために我慢や苦労を強いられている、と周囲から同情されるが、自分でそんなふうに考えたことは一度もない。生まれたときから当たり前だったたし、今では家族以外のろう者からも頼りにされることを誇らしく感じる。この充足感を、正一にもわかってほしかった。

他人の人生を支える人生って、そんなに悪いものじゃない――。

阿波人形浄瑠璃に惹かれたのも、似たような理由からだった。人形浄瑠璃は、太夫、三味線、人形遣いの三者が一体となってつくりだされる。徳島には数多くの人形座があって、暁子は婦人会活動から生まれた、女性ばかりの人形座に所属している。はじめて人形遣いの一人として参加させてもらったとき、人形を引き立たせるために黒子《くろこ》に徹する悦びを知った。自分の気配を消して、光を浴びる人形に命を吹きこむ。全員で力を合わせて、ひとつの世界をつくりだしていく。誰かのためであっても、私は他ならぬ自分の人生を歩んでいる。そう確信できたのも、人形浄瑠璃をつづけてきたおかげだった。

父が帰ってきたら、自分はなんの後悔もないのだと、改めて伝えよう。安宏と一緒になれて、両親を支えることができて、本当に幸せだ、と。今日は先に帰ってごめんね、と。伝えることを諦めないでいよう。

雪は降りやむ気配もなく、暁子は自転車のスピードを上げた。家に到着すると、急いで自転車を停めて、家のなかに入る。寒さに震えながら、すでに帰宅していた喜光子に持ち帰りの弁当を渡したとき、真っ先に訊かれた。

〈お父さんは手話教室に行けた？〉

〈まぁ、うん〉

暁子は適当に誤魔化した。

喧嘩して一人で行かせたことは、つい伏せてしまった。

小さな嘘だったが、どうしても喜光子の顔を見られなかった。

そのとき、家の前に車が停まる音がした。お店のガラス戸が叩かれる。誰だろう。カーテンを開けると、定食屋のおかみさんだった。髪を乱して血相を変え、震えながら、おかみさんは叫んだ。

「正一さんが事故に！」

その夜、正一は亡くなった。

定食屋を出てすぐの細い裏通りで、後方から走行してきたセダンのフェンダーミラーと接触し、転倒したはずみで側溝のコンクリートに強く頭部を打ったことが死因だった。セダンの運転手は制限速度を大きく超えた時速六十キロで走っていたうえに、クラクションで正一が避けるものと思い込んだという。正一はすぐに救急車で運ばれ、徳島大学病院の集中治療室に入った。

〈どうして？　なにがあったの？〉

病院の廊下で、取り乱す喜光子からも、あとから駆けつけた安宏からも、それまでの事情を何度も訊かれたが、暁子はただ黙って自分を責めることしかできなかった。口に出すことさえ恐ろしかった。どうか目を覚ましてください。どうか謝らせてください。しかし正一は集中治療室に入ったまま、あっけなく息を引きとった。

自分のせいだ。

ろう者が交通事故で亡くなる事例は何回も耳にしていたし、とくに夜道や雨のなかを走るときは注意しなければならないと、よく承知していたはずだった。それなのに、自分は雪の降る夜に父を店に置いて、一人で先に帰ってしまった。

いくつもの後悔が押しよせて渦を巻き、呼吸もうまくできなくなる。暁子は手で顔を覆って、膝《ひざ》から崩れ落ちる。固く握った手で、自分の太ももを殴った。静かな病室に響く鈍い音と、中途半端な痛みが、やるせなさを増幅させた。安宏から無理やり止められるまで、暁子は自分の太ももを力いっぱい殴りつづけていた。

父を殺したのは自分だった。


翌日の正午頃、しばらく疎遠になっていた海太が駆けつけた。同行した妻は、見た目にもわかるくらいお腹が膨《ふく》らんでいた。喪主だった安宏を助けるために、海太はさまざまな役割を黙々と果たした。寝込んでしまった喜光子の代わりに、義妹も暁子をよく手伝ってくれた。

葬儀には、予想をはるかに超えた人が集まった。常連客や同窓生、手話の教え子やろう理容組合の仲間、地域の知り合いなど、その関係性もさまざまだった。正一がいかに多くの人に支えられ、また支えてきたのかを目の当たりにした。

そのうち一人の参列者から、暁子は声をかけられた。

岡山で理髪店を営んでいるという、ろう者の男性だった。正一と同じか少し下で、正一とは三十年来の付き合いらしい。男性が店を出すときに、正一は力を貸し、その後もたまに相談に乗っていたという。

男性は人目をはばからずに泣きながら、正一の死を悼《いた》んでくれた。

〈五森さんは本当に強い方でした。あの方がいたからこそ、僕たち後輩も理容師をやってこられたようなもんです。五森さんが店をはじめてしばらく、どの業者も道具や薬剤を正しい価格で売ってくれなかったのに、五森さんはそれに対して怒ることなく、根気強く何度も頭を下げて、少しずつ信頼関係を築いていきました。おかげで今ではろう者ともきちんと取引してくれる業者が増えています〉

男性の切実な手の動きを、暁子はただ茫然《ぼうぜん》と見つめていた。

〈たしかに組合にも、そこまで低姿勢になる必要はないんじゃないか、悔しくないのかって否定的な人もいましたよ。でも時間が経つほどに、正一さんのやり方が正しかったとわかるんですよ。きっと正一さんは、いくら横暴なことをされても、感情に流されるんじゃなく乗り越えるのが、一番の方法だと知ってらっしゃったんでしょうね――〉

〈すみません、失礼します〉

暁子は耐えがたくなり、その人のもとを離れた。

ただただ父に申し訳なかった。自分はなにもわかっていなかったのだ。父の姿勢は、人生でいろんなものを乗り越えてきたからこそ身につけた処世術だった。自分は誰よりも父のそばにいて、父を支えてきたつもりだった。でも今は、それすらも傲慢《ごうまん》に思える。本当は父のことをなにひとつわかっていなかったからだ。そして、私はこんなにも弱い。

なぜ父はそこまで強くいられたのか。なんのために。

今ほど父のようにありたいと思ったことはないのに、もう二度と訊けなくなってしまったなんて――。

*

暁子が涙をぬぐったり鼻をかんだりしたティッシュが、テーブルのうえで山のようになっていた。涙で話が途切れることもあったし、話し終えてもしばらく暁子は泣いていた。二十年以上内に秘めて溜《た》めこんだ罪悪感を吐き出すのは、それほどまでに大変なことだったのだ。私はとなりでただ背中をさすっていた。

　暁子の呼吸が落ち着くのを待って、私は伝える。

「話してくださって本当にありがとうございます」

「いや、こちらこそ。こんなふうに自分やお父さんのことを話すなんて、なかったけん」

「そうですよね」

　しばらく沈黙があった。

　なにも言えずにいる私に、暁子はこうつづけた。

「あの日のことを思い出して、いまだに眠れなくなったり、夢に見たりもするんよね。ほなけんど、どうやっても過去は変えられん。お父さんの言った通り、ね」

　耳の聞こえない親を幼少から支えてきた暁子だからこそ、自分のせいで、という思考回路に陥るのだろうと思った。悪いことが起こると、これまで尽くしたことをすべて忘れて、自分に責任があるように思い込んでしまう。

　私は暁子の手をそっと握った。やはり冷たくて細い。暁子は泣き腫《は》らした赤い目で、こちらを見た。

「……暁子さんのせいじゃない」

　私は衝動的に、そう口にしていた。

「偉そうなことを言うようですが、暁子さんは悪くないと思いました」

　遠くから、雨の音が届いた。

暁子は両手で顔を覆ったあと、畳に突っ伏してまた泣きはじめる。

私は激しく反省して、暁子に「すみません」と頭を下げた。

「私なんかが、こんなことを言える立場じゃないのに」

すると暁子に抱き寄せられた。

「ありがとう」と、暁子はかすれた声で呟く。「私は誰かに、そう言ってほしかったんかもしれん、ずっと」

暁子は身を離して、私のことを見つめる。

「孤独やったんよ。とくに海太が出ていってからは、家族みんながろう者なのに、私一人だけ聞こえていたから。安宏さんと結婚したあとも、ずっとずっと私は寂しかった。聞こえるのが当たり前の世の中で孤独を感じるろう者のように、いつのまにか逆転して、私は一人だけ違う世界に生きていたから」

聞こえない側と聞こえる側の溝は、そう簡単には超えられない——。

話を聞く前に、暁子が厳しい表情を見せたことを思い出す。

「だからこそ、今つばめちゃんにこうやって、目を見つめながら手を握って話せて、本当になんというか……どれほどこの時間を求めていたんやろうって思う。ありがとう」

「いえ、お礼なんて」

「ううん。つばめちゃんには、どうか小説を書いてほしい。私のことを書いてほしい。まだ存命のお母さんにも、この気持ちを伝えたいから。それにお母さんの方も、きっと私に言いたいことがあると思うから」

暁子はもう一度、私の手を握った。

夜十一時過ぎ、お風呂を借りてから二階の部屋に戻ると、駒形さんから不在着信が入っていた。今朝のメールを見てくれたのだろうか。私は折り返したが、つながらなかった。

スマホを脇に置いて、布団に横になる。車のエンジン音などは一切聞こえない。慣れない場所のせいか、それとも暁子から話を聞いたせいか、いっこうに眠くならなかった。畳の匂いを感じていると、ここで生活していた一家のことが思い浮かぶ。

私は眠るのを諦めて窓を開けた。湿度の高い、どこかなつかしい土の香りに包まれる。田んぼに囲まれた五森家の窓の向こうには、やはり雨の降ったあとの灰色の夜空が広がっていた。遠くの方に点在する民家の光が、蛍のように田んぼの水面《みなも》にうつっている。

正一が事故に遭《あ》って、命を落とした雪の夜は、どれほど寒くて暗かったのだろう。

そのとき、スマホに着信があった。駒形さんからだった。

「今朝はメールをいただいて、ありがとうございました。今はもう徳島でしょうか？」

「はい。伯母のところに泊まっています」

「話は聞けましたか？」

「そうですね」と、私は濃密だった一日のことをふり返り、ずいぶんと時間が経過したように感じた。「伯母からは、思っていた以上に、いろんなことを教えてもらいました。というか、駒形さんにはまだ、祖父が本当に日本で最初期のろう理髪師だったっていうことを、ご報告してなかったですよね？」

「やはり、そうでしたか！　徳島から戻ったら一度お会いしませんか？　これまでの取材のことも聞かせてください」

「ぜひお願いします」

私はノートをひらいて、今日感じたことを整理する。

「今まで父と伯母という二人から、祖父の話を聞くことができました。ですが、同じ子どもという視点でも、祖父に対する見え方がまったく違っていることに驚いています」

「というと？」

「二人とも両親に罪の意識を抱いているという点では同じなんです。でも、父にとって祖父はスーパーヒーローのような誇りだったのに対して、伯母にとっては助けるべき存在でした。伯母いわく、祖父は挫折も多かったし、たびたび理不尽に傷つけられて苦労していた。だから晩年の祖父は、父が語ったような情熱的な人というよりも、ある意味で達観していました」

「なるほど。たしかに同じ人物でも、相手によって全然違う人にうつるって往々にしてありますよね」

祖父は亡くなるその日まで、辛酸《しんさん》を嘗《な》めつづけていた。果たして成功者と言えるのかもわからない。我慢の連続のまま、あっけなく人生の幕を下ろしたのだ。

私はノートから顔を上げた。

「そのせいか、ますます疑問が大きくなっています。いったいなぜ祖父はそんなに強くいられたのか。自分に置き換えて考えたら、絶対に投げだしていると思うんです。伯母の話を聞いて、一層わからなくなりました。それほど辛い目に遭っても、なぜ頑張れたのか」

「原動力はどこにあったのか、ということですね」

「そうです。だから明日、祖母に会いにいくしかないと思っています。祖父のことを誰よりも長いあいだ、近くで見つづけてきた人だから」

駒形さんとの電話を切ったあと、私は布団に横になりながら、祖母になにを、どうやって伝えるのかを、頭のなかで何度も、何度も反芻《はんすう》した。

第五章　白昼の月

私は鏡の前に座っていた。首から下はつややかな白いクロスをかぶせられ、バーバー椅子に腰を下ろしている。その背後には、白い上着をはおった祖父、正一が立っていた。私の傷んだ茶色い髪を霧吹きで湿らせ、べっこうの櫛《くし》でとかしている正一は、どんな仕上がりにするかを考えているのか真剣な表情だったが、私と目が合うとほほ笑んでくれた。

正一は手元に視線を戻し、髪を各ブロックに分けてピンでとめると、ハサミで几帳面《きちょうめん》に毛先の長さをそろえていく。切られた毛先は、かすかな重さをともなって、クロスから床へとすべり落ちる。時折、鏡越しに確認するために手を止めることはあっても、てきぱきと作業を進めた。

おじいちゃん——。

私は口をひらいて、そう呼ぶが、なぜか音はなかった。

喉が震えている感触はあるけれど、周りの空気がまるで振動しないのだ。いや、ひょっとすると、振動していないのは空気ではなく、自分の鼓膜《こまく》なのかもしれない。私は動揺しながら、おじいちゃん、ともう一度声を出そうとする。案の定、鏡のなかの自分は、無声映画のように口が動くだけだ。

周囲もまったくの無音だった。ハサミのチョキチョキ、櫛とぶつかるカチャカチャ、髪が落ちるパラパラなど、すべての音が消えている。手話を使おうにも手がクロスに隠れているので、淡々とハサミをあやつる正一のことを、ただじっと見つめるしかなかった。

音のない世界で、私は必死に、正一に問いかける。毎日朝から晩まで店に立って、こつこつと働いた人生は、さぞかし骨が折れたのではないでしょうか？　嫌な客もいたのに、どうしてそんなことができたんですか？

そして、なにより訊きたいこと。私が進んでいくべき方向の先には、なにがあるのでしょうか？　あなたの人生の物語を、そして私の物語を書くことを、どういう風に進めていけばいいのでしょう？

しかしいくら鏡越しに、大げさに口を動かして問いかけようとしても、正一に伝わらないどころか、こちらの変化に気がつきもしない。正一はただ髪を切ることに集中し、顔を上げようとしない。じれったくなった私は、思わずふり返った。

すると、そこには誰もいなかった。ハサミをふるう正一が、たしかに鏡のなかにうつっていたのに、私はたった一人で誰もいない理髪店のバーバー椅子に座っていた。直前まで髪を触られている感覚も、毛先が落ちる重さも、誰かが立っている気配もあったのに、そこにはもう自分しかいなくなっていた。

目が覚めると、畳の香りがする和室で横になっていた。

とたんに、もう正一は亡くなっていて、髪を切ってもらうなんて不可能なのだという現実に打ちのめされる。この数ヵ月たまに祖父が夢に現れたが、あんなふうに髪を切ってもらうのははじめてだった。涙が耳の方につたう。髪をさわられること、さわることは、愛情表現のひとつでもあるのだ。

布団で大の字になりながら、ふと簞笥《たんす》のうえから、凜々しい顔で見下ろしてくる正一と目が合った。ろうあ協会の冊子用に撮影された写真らしいが、なるほど、夢に出てきた正一と同じ六十代くらいで髪型もそっくりである。わざわざ夢に出てきてまで孫の髪を切ってくれるなんて、本当に勤勉な人だ。


夜に雨が降ったせいか、理髪店の周囲には靄《もや》が立ちこめ、水の張られた田んぼと相俟《あいま》って幻想的だった。

店先を掃除していた暁子は、昨晩と打って変わって顔色も明るい。

「あ、そうそう。あれ見てごらん」

暁子が指しているのは、ピロティになった駐車スペースの天井近くだった。お椀《わん》くらいの茶色い巣がある。

「もしかして、つばめの巣ですか?」

「そうなんよ。うちの店には、私たちが子どもの頃から、毎年つばめが巣をつくっていってね。うちのお父さんは縁起がいいって大切にしてたんよ。つばめって人通りが多いところに巣をつくるけん、商売繁盛の象徴とも言われるし」

今は空っぽだが、巣の下には段ボールで糞除《ふんよ》けがつくられ、きちんと管理されてきたことがわかった。

「いつ戻ってきても大丈夫なように、ああやって待ってるんよ。とくに海太は、子どもの頃によう世話してたわ。巣から落ちてしまったヒナを夜通し心配したりしてね。つばめは海の向こうに渡って、いろんなところを旅するけん羨ましいって」

「そうだったんですね」

　巣を見つめながら、「つばめ」という自分の名前の由来を、もうひとつ知った。


　祖母との面会時間は午後からだったので、私は近所を散歩した。理髪店は正面から見るとどこにでもある二階建てだが、脇にまわるとレゴブロックのような外見をしていて増築やリフォームをくり返したことがよくわかる。

　細い水路と田んぼに囲まれた道を直進していくと、突き当たりに例の寺があった。海太の話にも登場した、地蔵があるという寺である。瓦屋根の小さな山門は黒ずんで歴史を感じさせ、人気《ひとけ》のない木造の寺務所《じむしょ》は閉じられていた。境内には一人で抱えきれない太さのクスノキがそびえ、風が吹くたびに葉をカサカサと鳴らす。その音に耳を澄ませ、春の潤《うるお》った空気を吸っていると、生まれ変わっていくようだった。

　本堂に歩いていき、賽銭箱に五円玉をあげてから、姿勢を正して拝する。ふり返った目線の先に、いくつか並んだ古い灯籠《とうろう》に隠れて、一体の地蔵が立っていた。近づくと、灯籠には苔《こけ》が生《む》していたけれど、地蔵はきれいな状態に保たれている。しかも手前には、スミレの花がガラスのコップに供えてあった。その鮮度からして数日も経っていないように見えた。

　早めの昼食を済ませたあと、私は暁子の軽自動車で出発した。市街地にある介護施設に向かう前に、まずは正一の墓参りに立ち寄る。理髪店から車で約二十分のところにある、本家から近い寺院墓地だった。

五森家の区画には、いくつかの墓石が並んでいる。正一は長男でありながら、脇の石にその名が刻まれていた。

「お父さん、つばめちゃんが来てくれたよ」

暁子は慣れた手つきで周囲を掃除したあと、柄杓《ひしゃく》の水で墓を清め、線香をともした。私は目をつむって合掌し、今朝は夢のなかまで髪を切りにきてくださってありがとうございました、と心のなかでお礼を伝える。語りかけたいことは他に山ほどあったが、うまく言葉にならなかった。

駐車場まで戻る道すがら、私は思い切って訊ねた。

「あの……ひとつ質問してもいいですか」

「うん?」

「言いにくいんですけど」

「いいよ、なんでも訊いて」

「おじいちゃんとおばあちゃんのあいだには、昔、お二人以外に別のお子さんがいたんでしょうか?」

暁子は立ち止まり、私のことを見据えた。

「なんで、そんなこと?」

「父が気にしていたんです。子どもの頃、暁子さんにも打ち明けたことがあると、父から聞いたんですが」

　海太が大雪の日に寺で目撃した喜光子の姿や、そのあとで推測したことを、私はかいつまんで説明した。

「うん、聞いたことがある。でもそれは違うよ」

「よかった、誤解だったんですね。でもそれなら、どうしておばあちゃんは、父が子どもの頃にすぐ否定してくれなかったんでしょうか。父の話を聞く限り、単なる思い過ごしではないように思うんですが」

　暁子は小さく「どうなんやろね」と唸ったあと、また歩きだして車に乗りこみ、「じゃ、お母さんのところに向かうわね」と言って、エンジンをかける。黙りこんでしまった暁子に、私は空気を変えるために訊ねる。

「最近、おばあちゃんの体調はどうですか?」

「悪くないよ」と、暁子は答え、徐々にいつもの調子に戻っていく。「ほんまは在宅でも問題ないって医者からは言われたんやけどね。お母さんは私に相談もなく、さっさと自分だけで今のところに入るって決めてしまったんよ。評判もいいし、大きな病院にも近いからって。自分の面倒は自分で見るっていうプライドがあるのかもしれんね」

「暁子さんは反対だったんですか?」

　ハンドルを握りながら、暁子は顔をしかめる。

「そりゃ、母親と離れるのは寂しさもあるからね。育ててくれた実母の面倒くらい見てあげたいと思うのが、娘の本望っちゅうんかな。でも助かった部分もあるんよ。私たちも理髪店の仕事があるけん、四六時中、面倒を見るわけにはいかんし。それに、家に一人引きこもってるより、知り合いもいる施設にいた方が健康でいられるって言うし」

「なるほど」

「まぁ、娘一人じゃ力不足なんよね。お父さんもいないし」

暁子はそう言ったあと、黙り込んだ。

「おじいちゃんがいたら、また違ってました?」

「そりゃそうよ。お母さんはお父さんのことが大好きやったけん。二人の結びつきは特別やったで」


やがて車の窓越しに、「へ」の字の形をした眉山が現れる。まだ満開のソメイヨシノに目を奪われていると、いつのまにか高いビルが林立する大通りに出ていた。この辺りが新町《しんまち》だろうかと海太の話を思い出す。

ついに祖母に会えるのだ。

緊張と期待がないまぜになって、鼓動が速まるのを感じた。

大通りを少し走ると、何棟か建物がある敷地の広い施設にたどりついた。祖母がいるのは、東側にある三階建ての真新しい建物で、駐車をして入り口すぐの受付で手続きを済ませる。

最上階の共有スペースには見晴らしのいい大きな窓があり、午後の自由時間とあって十人ほどの高齢者がいた。ほとんどが車いすで、点滴スタンドを携えた人もいる。静かでゆっくりとした独特の時間が、そこには流れていた。

窓の近くに、見覚えのある高齢の女性がいるのに気がつく。

おばあちゃん、と私は心のなかで呟いた。

ふくよかなイメージを持っていたけれど、車いすに座っているせいか、一回り小さくなったように感じる。灰色のカーディガンを羽織った背中は曲がり骨ばっていた。暁子がとんと肩を叩くと、こちらを見た。

目が合ったとたん、目尻や口元だけでなく、顔じゅうがしわだらけになる。まばらに染められた髪は、地肌が見えるくらいに薄くなっている。それでも眉墨《まゆずみ》やおしろいでしっかりと化粧され、ピンク色の口紅もさされていた。

「つばめちゃん」

なつかしい祖母の声に、私は狼狽《うろた》えてしまう。手話の挨拶《あいさつ》をくり返し練習してきたのにうまくできない。さまざまな感情が押し寄せて、喉が詰まり、両手の拳を握りこむ。これまでお見舞いに来なかった謝罪。手話教室に通っていること。なにより、久しぶりに再会できた喜び。本当はすべて伝えたい。でも伝えられない。会っていなかった年月の長さと、怖がり傷つけた記憶が邪魔をする。

「お土産があるんよね？」

暁子から促されて、おずおずと紙袋を手渡す。デパートで悩み抜いた結果、最初に目に留めたお花の装飾のついた毛糸のブランケット。その包みをひらいた祖母は、目を丸くして喜びを表現したあと、私にほほ笑みかけながら、立てた小指を、もう片方の手でゆっくりと優しくなでた。

〈可愛いね〉

その瞬間、すべての音が消えた。

私はそれまでも旧知の手話表現と出会うことがたびたびあった。たとえば〈つばめ〉という名前。〈好き〉や、今の〈可愛い〉もそうだ。どの手話も、おそらく祖母が私に伝えつづけてくれていたメッセージだった。祖母は〈可愛いね、好きだよ、つばめちゃん〉と私にくり返してくれていたのだ。遠ざけようとした私のことを、祖母はそれでも可愛がってくれていた。

走馬灯《そうまとう》のように、とうに忘れていた光景がよみがえる。

神戸の家に祖母が遊びにきてくれたとき、私は小学校低学年で、祖母の膝のうえに抱かれていた。私たちはなにかをするわけでもなく、ベランダに面した床で日向ぼっこをしていた。語りあわずともお互いの体温を感じるだけで幸せだった。ただそれだけの、ほんの一瞬の、ちょっとした記憶だったが、私はたしかに祖母に愛されていると感じ、一緒にいられて嬉しかった。私も祖母のことが大好きだった。

これほどの映像がどこに眠っていたのかと不思議になるほどに、断片的な場面がつぎつぎと光った。一緒に歩くときはいつも手をつないでくれたこと。会ってすぐには近づきがたくとも、しばらく一緒に過ごせば最後には私も離れたくないと泣いたこと。祖母がいかに愛情深い人だったかを、私はようやく理解した。

〈ごめんなさい〉

私は涙で顔をぐしゃぐしゃにしながら伝えた。

〈なにも謝ることはない〉

祖母は心配するように私の肩をさすったあと、膝のうえの布袋からあるものを出した。それは私のデビュー作であり、発売後すぐに海太から送られてきたのだ、と暁子が教えてくれる。〈読んだよ〉と祖母は言ってくれるが、読書が得意ではなく目も悪くなっていると聞いている。文字を懸命に追っている祖母の姿を想像して、私は切なくなった。

〈私たちのこと書くんだって？〉

穏やかにほほ笑む祖母に、私は小指を立てて顎に二回置き、首を傾げる。

〈構わないですか？〉

〈もちろん。憶えていてくれて、ありがとう〉

暁子に促されて、私たちは丸いテーブルの席につき、祖母と向きあう。三人で正三角形になるような位置だった。

私は呼吸を整えて、暁子に通訳をしてもらいながら伝える。

「おじいちゃんのことを教えてください。これまで父や暁子さんから話を聞いて、その人となりに驚いています。心を動かされたというか。とくに暁子さんと話して、その苦労は並大抵じゃなかったこともわかりました。だからこそ、不思議でもあるんです。どうしておじいちゃんはそんなに強くいられたんだろうって」

祖母は少し考えたあと、暁子に素早く手話をして、つぎに暁子が私に伝える。

「お母さんが知る限りでは、お父さんには信念があったからじゃないかって。ただ、その信念のことは話せても、どうやって手に入れたのかまでは、お母さんにもわからないみたい。というのも、二人は同じ聾学校に通っていたけれど、接点は少なかったけん。お母さんはお父さんよりも学年が二つ下で、お母さんは寄宿舎暮らしで裁縫《さいほう》科、お父さんは自転車通いで理髪科やったけん。だからお母さんに話せるのは、卒業したあとの出会いとか、結婚してからどうやって子どもを育てたかとか、といった話になるんやけどいいかな？　って」

「わかりました。ぜひお願いします」

祖母は私を見つめながら肯くと、窓の外を眺めた。鳥のさえずりが届くが、静寂の世界にいる祖母――五森喜光子はもう過去へと意識を飛ばしているのがわかった。膝に置かれていた両手がすっと掲げられ、語りはじめる。その語りは画家の絵筆のように、目の前にありありと過去の情景を浮かびあがらせた。

＊

喜光子が正一と正式に知り合ったのは、聾学校を卒業した三年後だった。

一九四三年の秋、とつぜん正一の父、五森ツネ助《すけ》が実家に訪ねてきたのだ。正一が自分に会いたがっていることを、親を介して知らされた。

当時、二十歳だった喜光子は体調を崩しがちで、親から外出を禁止されていた。そもそも戦時中で、銃後にいる市民もその苦労をともにするようにとあちこちで釘《くぎ》を刺されるような時代だ。気軽に人と会うことさえできない。それでも両親は、行ってきなさいと娘を後押しした。

喜光子の実家がある鳴門《なると》市から正一の自宅までは、鉄道とバスを乗り継いで一時間ほどかかった。バスの車内でつり革につかまっていた喜光子は、ふと、過ぎ去る木々の上に、小さな三日月が浮かんでいるのを発見した。

本来、夜空にいるべきなのに、白昼の青空をただよっている。そんな白昼の月に、喜光子はひそかに自分の存在を重ねた。場違いで、誰にも気がつかれない。せめて文句を言われぬように、息を潜めて生きているろう者の自分と、よく似ている。

突然、背後から肩をつかまれたので驚いてふり返ると、恰幅《かっぷく》がよく帽子をかぶった白髪の男性から、唾《つば》を飛ばしてまくしたてられた。なにを言っているのか、口の動きが速すぎてわからない。聾学校では口話法も学んだが、喜光子は苦手なままに卒業してしまった。とにかく明らかなのは、男性が怒っていることだけだった。喜光子は慌てて鞄から擦りきれた紙を出し、発声して伝える。

「わたし、ろうあ、です」

ぎょっとした顔で、相手は一歩後ずさった。怖いのは喜光子の方なのに、その反応にいっそう呼吸が苦しくなる。男性は喜光子に停留所かなにかを訊ねたが、返事がないので無視されたと勘違いし、勝手に苛立ったのだろう。白髪の男性は喜光子を突き飛ばすと、大手をふって降車口へと向かった。喜光子が尻もちをついたはずみに、持っていた荷物が車内に散乱する。それまで好奇の目を向けてきた乗客から、示し合わせたように視線を逸らされた。

何事もなかったかのようにバスは発車し、喜光子は何度も転びそうになりながら一人で荷物を拾った。途中、別の乗客から近寄るなというふうに蹴られたが、ひたすらに頭を下げつづけた。

普段から使っているバスでは、たいてい運転士や乗客に顔見知りがいるけれど、今日ははじめての路線なうえに母や他の兄弟もいない。どうか迷いませんように、と喜光子は拾い終えた荷物をきつく抱きかかえて願う。

戦争のせいで日常に不自由が生じるごとに、ろう者への風当たりも強くなっているように感じた。

バスから降りると、辺り一面が金色だった。

収穫期を迎えた田んぼに見惚れながら、喜光子はしばらく畦道を歩いた。やがて赤と青と白のポールが立つ理髪店に辿りつく。姉から借りた赤い花柄の着物を整えてから、カーテンの引かれたドアを叩いた。

すぐさま五森正一がドアを開けてくれる。正一は洋装で、身だしなみも整っていた。彼はこちらに目を合わさず、にこりとも笑わずに頭を下げた。

〈お久しぶりです〉

喜光子はかしこまって挨拶を返す。

〈お招きありがとうございます〉

正一はどこか神経質そうに、耳の後ろに手をやった。

ひょっとして、自分から望んで私を招待したわけじゃないのかも――。

不安がよぎったが、正一はおずおずと手を動かしはじめる。

〈僕が父に無理を言って、あなたに会わせてほしいと頼んだのです。気楽に話せるように、あなたの同級生も呼んでいますよ〉

喜光子が目を見開いて驚きを表すと、正一は顔を赤くした。おかげで、喜光子の緊張もほんの少し解けた。

招き入れられた店内を、喜光子はさり気なく見回す。休業日らしく、正一を雇っているはずの店主の姿はない。勝手に入っていいのだろうか。

設備はずいぶんと古そうだ。散髪六十銭、顔剃り三十銭という値段表の他に、海軍の志願兵や救護員を募集するポスターも貼ってある。店の奥にある生活感のある空間に、正一は喜光子を案内した。

六畳間でちゃぶ台を囲んでいたのは、聾学校のなつかしい友人たちだった。彼らは喜光子を見るなり、〈おさげ〉という手話で歓迎した。それは聾学校でつけられた喜光子のサインネームである。喜光子は入学したときに髪をおさげにしていたので、〈おさげ〉というあだ名がついた。一方、なぜか正一はその名の通りに、〈正一〉とやや手間でも毎回名前で呼ばれていた。

集まったのは、喜光子と同じ学年にいた女子学生の〈まんじゅう〉と、正一と同じく理髪科の同級生だった男子学生の〈池〉だった。〈まんじゅう〉は当時まんじゅうが好きで、見た目もふっくらしていたため。〈池〉は誰よりお調子者で、初等部の頃に近くの池に落ちたことから、そんな愛称が定着した。

四人はそれぞれの近況を報告しあった。

正一も〈池〉も、本当なら戦争に行くはずの年齢と健康状態だが、ろう者は志願しても徴兵検査で不適格とされる。だから〈池〉は従軍できなかった悔しさをバネにして、軍需工場の部品をつくる仕事をはじめたというが、工場長からなにを言われているのかわからないので叱られてばかりいると愚痴をこぼした。そのあと〈まんじゅう〉は万歳三唱《ばんざいさんしょう》で見送った兄を戦地で亡くした、と涙ながらに打ち明けた。四人はこうして生きているだけでも幸運なのだと思い知らされ、しんみりとした。

〈店の方はどう?〉

話題を〈池〉からふられた正一は肩をすくめた。

〈このお店、一人で切り盛りしてるの?〉

と〈まんじゅう〉が確かめると、ここはなんと正一の店らしい。営業して五年が経つそうだが、もともと中古の店舗らしく、だから設備が古かったのだ。喜光子は驚きを隠せず、〈まんじゅう〉と〈すごいね〉と言い合った。

〈とはいえ、いつ潰れてもおかしくないよ〉

訊けば、営業日を減らすように行政から指導を受け、客足もめっきり減っているという。代わりに理髪科の先生の計らいで、海軍病院に行って入院中の兵隊に理髪奉仕をしているのだとか。だから、ああいうポスターが貼ってあったのか。

〈ここで一人暮らしをしているの?〉

〈うん〉

他の三人は思わず顔を見合わせてしまった。

家族から見放されて物乞《ものご》い同然になってしまったろう者は身近にいるが、自分の店を持って立派に独り立ちしたろう者なんて聞いたこともない。ましてや、正一はお国のためにできることをしている。

喜光子はまぶしさに目を細めながら、それに比べて自分には誇れるものがなにもないと実感した。だから〈池〉から近況を訊かれても、誤魔化すことしかできなかった。

どうして私を呼んだんだろう――。

他の二人が自転車で帰ったあと、バス停まで正一に送ってもらいながら、暗がりに沈みゆく畦道の先に、喜光子はそれを問いかけた。

どこに行っても厄介者扱いされ、びくびくしながら隠れるように生きている。幸せになれるわけがないし、そう望む資格もない。そんな自分は、正一と一緒に歩くのさえおこがましい気がして、ずっと俯いていた。

すると正一の方から、立ち止まって頭を下げた。

〈急に呼んで、すみませんでした〉

喜光子は目を逸らし、首を左右にふる。

〈驚きましたよね。聾学校でも話したことがなかったのに、申し訳ないです〉

どうやら正一は、こちらがなにも話さないのは、急に呼ばれて困っているせいだと勘違いしたらしい。喜光子はせめて、彼の不安を解きたくなった。

〈でも私、あなたが描いた絵のことは、よく憶えています〉

〈絵？〉

〈はい。阿波踊りの絵です。素晴らしかったです〉

正一は何度か瞬きをくり返し、頭に手を当てた。

ほとんど接点はなかったとはいえ、正一の描いた絵のことだけは、喜光子の印象に強く残っていた。

正一は全校生徒のなかでも成績優秀な方だったが、わけても絵が上手かった。図工の授業では、絵の描き方の指導を先生から任されていると聞いたほどだった。正一の絵は手本として、よく廊下に貼りだされていた。普通、掲示される絵は戦地や軍事訓練といった教師受けしそうな内容のものばかりだったが、正一だけは風景や人といった日常的な題材で選ばれていた。

とくに鮮やかに思い出せるのは、阿波踊りを描いた一枚の絵である。夜空の下で一心不乱に踊るさまざまな人たちが、躍動感たっぷりに描かれていた。また、闇に浮かびあがる提灯《ちょうちん》の色使いも美しく、こんな絵を描く人の目に世界はどううつっているのだろうと見惚《みと》れた。

正一は歩きだしながら、〈あの〉と合図を送ってくる。

〈卒業後にあなたがどうしていたのか、父から聞きました。大変でしたね、本当に〉

〈いえ〉

喜光子は顔を逸らす。足元の落ち葉が、物悲しく風で揺れていた。

〈また会えますか？　今度は二人で〉

答えずにいると、正一はまた歩みを止めた。

〈学校では話しかける勇気が出ませんでしたが、遠くからよく見ていました。卒業したあともずっと、ずっと気になっていたんです。だから、あなたの近況を父から聞いたとき、どうしても会いたいと思いました〉

喜光子は鼓動が速くなった。

〈今日はうちまで来てくれて、とても嬉しかったです〉

彼なりの告白なのだと思い、また目を逸らす。昔の喜光子なら、正一の気持ちを素直に受け止め、舞いあがっていただろう。しかし今は自信のなさがすべてを否定する。ろう者の友人たちはみんな聞こえる相手と結婚している。それに、正一がそこまで言ってくれるほどの価値が自分にあるとも思えなかった。

　肩を叩かれ、真剣な表情をした正一と目が合う。

〈僕たちろう者は、聞こえる人たちに負けないように、助け合って生きていかなければならない。僕はあなたとならばできるような気がしています〉

　どうしてこの人は、こんなに堂々としていられるのだろう。聞こえる人たちに負けないようにだなんていう発想を、喜光子は持ったことがない。いかに聞こえる人たちの迷惑にならないか、機嫌を損ねないかばかりを考えてきた。

〈すみません、急に〉

〈いえ、私こそ。ただ、圧倒されてしまって〉

　停留所まで歩くと、ちょうど道の向こうからバスの光が射した。二人とも別れを切りだすことができず、どちらから言うでもなく一本見送った。かといって、お互いの手話がはっきりと見える時間は、もう長くない。

〈じつは阿波踊りの絵を描こうと思ったのは、路地裏の空き地で踊っていたあなたを見つけたときでした〉

〈じゃあ、私も描かれていたんですか？〉

　正一は照れくさそうに肯く。

〈踊っているときの気持ちを、僕にも教えてもらえませんか？〉

喜光子は少し考えてから、両手で翼をつくり、舞うようにたゆたいながら、飛翔していくところを表した。

それは一般的な手話には含まれない、喜光子が即席でつくりだした、自己流の表現だった。息を合わせて踊っていると、ふわふわと身体ごと浮かんで自由になれる。男でも女でも聞こえても聞こえなくても、孤独ではなくなって、やがて命は平等なのだという感動が押し寄せる。だから幼い頃から、阿波踊りの夜は一年で一番幸せだった。

目の前に指を向けられ、喜光子ははっとする。

〈やっと笑ってくれましたね〉

夕暮れの冷たい風が心地よかった。

正一は真顔に戻って、強弱をつけてつづけた。

〈あなたの踊りは上手だったけれど、それだけじゃなく、あなたが聞こえる人たちと笑顔を交わしたり、自然に息を合わせたりする姿を見て、僕にはできないと思ったんです。すごいなと感心しました〉

どのくらいの時間が経っただろうか。もう正一の手は、闇に溶けこんでいる。道の遠くから、ふたたび光が届いた。つぎのバスだった。一瞬、正一が優しい目でこちらを見つめているのがわかった。自分だけ乗りこんで、手を振りあう。互いの姿が見えなくなるまで。

乗客の少ない車内で、喜光子はもう一度、ひそかに両手で翼をつくった。膝のうえに濃い影が落ちる。もちろん、現実は甘くない。自分はろう者で、自由なんてない。それでも、一歩踏みだしたい。抜けだせると信じたい。踊っているとき、たしかに私は幸せになれたのだから。自分の両手を見つめながら正一となならできる気がした。

再会した半年後、喜光子は正一と結婚した。

身内で杯《さかずき》を酌《く》み交わすこともせず、理髪店の裏手にある寺に二人で詣《もう》でて手を合わせただけである。けれども、派手な行事が禁止された時代でなくとも、喜光子には、そのくらいが身の丈に合っているように思えた。

しかし結婚してまもなく、妊娠していることがわかった。

手放しに祝福したのは正一だけだった。実家の親からは縁を切られそうな勢いで叱責《しっせき》されたし、喜光子自身も素直に喜べなかった。ろう者同士で子育てなんて無理だ、ろう者の赤ちゃんが生まれてきたらどうするんだ、ましてや生活も苦しいのに、という両親からの言葉がぐるぐると頭を巡った。

めまぐるしく変化する体調に振り回されながら、喜光子は憂鬱《ゆううつ》な日々を過ごした。

生まれてくる子が不憫《ふびん》でならなかった。なんの罪もないのに、この世に引きずりだしてしまっていいのか。自分が受けてきた不当な仕打ちを、この子にも経験させるのか。それならば最初から出産しない方が、将来的にこの子のためではないか。取り返しのつかないことをしているという恐怖で、時折、手が震えるほどだった。

その夏の日の深夜、喜光子は尿意で目を覚ました。

寝返りを打つと、正一の背中がかすかに上下している。灯火管制がしかれているので、実家から譲りうけた古いカンテラも使えないが、もう慣れっこだった。正一を起こさないように注意を配りながら、喜光子は手探りで厠《かわや》に向かう。

ここ一週間ほど降りつづいていた雨が、やっと止んでいた。見上げると、夜空に星が瞬いている。梅雨明けにはまだ早いが、いよいよ夏本番という気配がした。

〈大丈夫ですか？〉

部屋に戻ると、正一も起きていた。月明かりの下で、その手が白く浮かびあがる。

〈息が苦しいですが、なんとか〉

正一が腹をさすって訊ねる。

〈こっちは？〉

〈今、しゃっくりをしています〉

お腹に耳を寄せる正一が、振動を感じるたびに笑うのを、喜光子は複雑な心境で見守っていた。

そのとき、障子の外がパッと光った。誰かが間違えて電気でも点けてしまったのか。でもこの辺りは住民も少ないし、その割には大きな光だった。そんなことを瞬間的に思った矢先に、ふたたび一閃する。

〈雷か？〉と、正一が眉をひそめる。

〈でも、雨は止んでいましたよ〉

またしても、光が放たれた。

胸騒ぎがして、とっさに両手でお腹を守る。

〈あなたはここで待っていてください〉

そう言い残して、正一はおもてに出ていった。

一ヵ月ほど前から、徳島市を中心にたびたび爆弾が投下されていた。六月下旬には秋田町《あきたまち》で大規模な空襲があり、百人を超える犠牲者が出た。姫路《ひめじ》と呉《くれ》を爆撃した編隊の一部が立ち寄ったのではないか、と先日義父のツネ助が話した。

数日前の新聞には、空襲の標的が主な大都市から中小都市に変わりつつあると書かれていたらしい。県知事からも、地域の警備体制を強化して、防空法を厳守しろという呼びかけがくり返された。防空法では、逃げずに火を消すことが義務づけられている。

しかしいざこの一帯が焼野原になって、理髪店が炎に包まれたら、本当に自分はここに残って火を消しつづけられるのだろうか。お腹もこんなに大きいのに。この辺りはまだ攻撃を受けていないだけに不安は募った。居ても立ってもおられず、下駄をつっかけて正一を探しにでた。

通りをしばらく行くと、防空頭巾《ずきん》をかぶって防空壕《ぼうくうごう》に逃げこむ人もいた。

心のなかで、正一の名前を叫ぶ。

どこにいってしまったの、正一さん！

喜光子はたまらず泣きそうになる。耳の聞こえない者同士だと、離れたところから相手を呼ぶ術がなくなるのだ。

そのとき、肩を叩かれた。驚いたような顔の正一だった。

〈なぜここに？　家で待っていてって言ったのに！〉

〈すみません。心細くて〉

〈仕方ないですね〉

呆れたように笑われて、恐怖が少し薄らいだ。

〈なにがあったか、わかりました？〉

正一は首を左右に振った。

そのとき、南東の空が明るくなっていることに気がついた。そちらには徳島の市街地が広がっている。吉野川を挟んでいるので遮るものなくよく見えるが、ここから約十キロは離れていた。市街地には喜光子と大の仲良しであるろう者の弟と、同級生や親族などが暮らしている。

喜光子は正一と身を寄せあって、その方向を見つめた。夜明けにはまだ早いのに、たしかに裾《すそ》の方が赤く染まりはじめている。その赤は息を呑むくらい鮮やかだった。朝焼けとはまるで違う、血のような赤だった。不謹慎にも、魅入られている自分がいた。

〈焼夷弾《しょういだん》？〉

正一がいっせいに燃えさかる表現をする。まさか、そんなわけない。こんな田舎に。心のなかで否定しながらも、鳥肌が立つ。

〈防空壕に逃げましょう！　今すぐに〉

正一に手を摑まれ、近所の人々につづいて喜光子も駆けだした。

いつも訓練で使っている防空壕は少し離れているので、最寄りの防空壕に向かった。しかしお腹が重くてうまく走れず、足がもつれて転倒しそうになるのを正一が何度も支える。やっとの思いで近くの防空壕に辿りついたが、満員状態だった。もうここには余裕がない、と冷たく突き放された。「妻は妊婦です」と、正一は懸命に口話と身振りの両方で伝えようとするが、ろう者独特の声を怖がられて、周囲は殺気立つ。正一は男たちに蹴り飛ばされ、命からがら逃げだした。町内の防空壕に戻るしか方法はなかったが、距離がある。たとえ空きがあっても、こんな状況ではまた追いだされるかも——。

動揺と不安で足がもつれる。それでも必死に逃げていると、周囲の人たちが急に立ち止まり、口を大きく開けて空を指していた。見上げると、何機かの黒い戦闘機がすぐ頭の上を飛んでいる。終わりだと思った。爆弾を今、ここに落とされたら。戦慄《せんりつ》した直後、戦闘機はそのまま通りすぎていった。喜光子はその場にへたり込んだ。先を走っていた正一が、ふり返って駆けよってくるが、もう一歩も動くことができなかった。

結局、爆弾はこの辺りには落とされなかった。とはいえ、火の手がどこまで迫ってくるかはわからない。家に着いたのは、明け方になってからだった。恐怖に煽られるように、お腹もずんと痛くなっていた。

昼前になって、国府町《こくふちょう》に暮らすツネ助が、吉野川を越えて理髪店まで走ってきた。ツネ助はこちらの体調を心配してくれたあと、〈街の方がとんでもない状況になっている〉と青ざめた顔で説明した。正一はツネ助や弟とともに、街に住んでいる親族を救出しにいくことになった。

正一が戻ったのは、その日の夜遅くだった。一日中休まず歩き回っていたのだろう。憔悴《しょうすい》しきった顔つきの正一に水を飲ませて、薄めた雑穀《ざっこく》の粥《かゆ》を準備する。徐々に体力が回復してくると、正一はぽつぽつと語ってくれた。方々を探しまわったが、結局親族は見つからなかったという。

〈どこかに逃げたんでしょうか〉

喜光子が訊ねても、正一の返事はない。ややあってから、こう答えた。

〈というか……全部燃えていたんです〉

焼夷弾が落とされたのは、たったの二時間だったというが、眉山のふもとの寺や神社にまで火の手が及んでいたらしい。消防団も歯が立たず、明け方になっても燃えつづけていたので、道は歩くのもままならないほど熱かった。もくもくとあがる煙が太陽を紫色に覆い隠し、周囲はずっと薄暗かった。すべてが灰になっていた。だから誰の家がどこにあるのかさえも見当がつかなかった。

〈黒焦げになった子どもを、母親が必死にあおいでいました〉

正一はすすり泣きはじめた。

昭和二十年七月四日に起こった徳島大空襲は、街の三分の二を焼き、千人を超える犠牲者を出した。重軽傷者はもっと多かった。火葬しきれない遺体が、しばらく吉野川の河原に放置され、理髪店にまで臭いがした。喜光子の弟やツネ助の両親の行方は、わからないままだった。

それから一ヵ月の記憶は、ほとんど残っていない。

ある日の正午少し前に、普段からなにかと世話を焼いてくれる親切なご近所さんが、血相を変えて、あなたたちも来なさい、と言わんばかりに手招きしてきた。ご近所さんに連れられて公民館の広場に向かうと、夏の日差しの下で大勢の人たちが神妙な顔つきでラジオに向かっていた。

〈なにを言っているんでしょう〉

〈さぁ〉

正一も困惑したように、首を左右にふった。

周囲の人たちの反応は異様そのものだった。拳で地面を叩きながら泣き叫ぶ人、生気が抜けたように宙を見つめる人。さっき声をかけてくれたご近所さんを含めて、耳の聞こえない夫婦に放送の内容を伝える余裕がある者は、その場に誰もいなかった。ただならぬことが起こっているのはわかったが、これ以上に状況を悪くさせることがあるだろうか。いや、ひとつだけある。

正一はただ首を左右にふった。まさかそんなわけがない。誰かに確認したいが、間違っていてもいなくても、やはり不謹慎《ふきんしん》に思えて憚《はばか》られた。だから、それが日本の敗戦を告げる昭和天皇の肉声、つまり玉音《ぎょくおん》放送だったと知ったのは、そのあとツネ助に訊ねにいってからだった。

八月末の蒸し暑い夜、予定日より一週間早くに陣痛がはじまった。

通っていた産院が無事だったのは、不幸中の幸いだった。そこにはテキパキした産婆《さんば》さんがいて、夜中にもかかわらず到着した喜光子を迎えてくれた。産婆さんはこれまで筆談でやりとりをする他に、あらかじめ［深呼吸］［イキム］［痛ミヲ逃ス］［子宮口開カズ］といった紙片を準備してくれていた。

とはいえ、薬も器具もなにもかもが足りなかった。医師は大きな軍事病院に駆りだされているとかで、健診も十分に受けられていなかったし、空襲から終戦までの大混乱で喜光子自身も参っていた。

産院には他に妊婦はおらず、喜光子一人きりだったので、正一も分娩《ぶんべん》室に入らせてもらうことになった。産婆さんから内診されるたびに、陣痛は激しさを増した。それでも［痛ミヲ逃ス］を掲げられるばかりで、やがてどのくらい時間が経過したのか、昼夜さえわからなくなった。

いつのまにか、喜光子の意識は徳島大空襲の夜に引き戻されていた。しかも自分はいなかったはずの市街地で、劫火《ごうか》に逃げまどいながら、大勢の人が死んでいくのを目の当たりにしていた。戦争が終わるまであと数十日だったのに。

そんな今、ろうの女が一人くらい出産で命を落としたところで、なんの重みがあるのか。もういいんじゃないか。悪あがきはもう――。

そのとき、思いっきり頰を引っ叩かれた。遠のいていた意識を取り戻すと、正一が目を吊り上げて、口を大きく動かしている。

がんばれ！

たしかに正一は、そう叫んでいた。

正一は普段、恥ずかしいのか悪目立ちしたくないのか、喜光子と違って滅多に声を出さない。それなのに、その正一が、必死に叫んでいる。その声は、鼓膜《こまく》で聞くことはできなくとも、喜光子の心にはっきりと届いた。

喜光子が目を覚ましたことに気がつくと、正一は手話で訴える。

〈赤ちゃんは一人負けずに、命がけで生まれてこようとしている！　だから、おまえもがんばってくれ！〉

その瞬間、痛みに立ち向かう最後の底力が、じわりと湧いた。

本当にその通りだ。私はろう者で、一人前の母親になれる自信もないし、今の世の中は絶望しかない。それでも、この赤ちゃんは生まれてこようとしている。必死に、お腹から出ようとしている。だったら、余計なことはすべて忘れて、私にできる、たったひとつのことに集中しなきゃ。

死ぬもんか、死なせるもんか。

ついに産婆さんが、「イキム」を見せる。産婆さんの表情と一緒に、息を吸いこんでは力を込める。終わりが近い予感が、たしかに広がる。なにがなんだかわからないうちに解放感に包まれ、目の前に火花が散った。痛みがなくなっている。

あの子はどうなったのか。

最後の力をふりしぼり、首を伸ばして確認する。ぼやけた視界のなかに、正一と、サルのような生き物がうつりこんだ。

私の赤ちゃんだ、と思った。他の誰でもない、私の。

赤ちゃんは喉をふるわせて泣いていた。となりの正一も声をあげて泣いていた。二人の泣き声が、喜光子の心を揺り動かす。歓喜の声だった。涙がとめどなく流れ落ちる。女の子らしい。抱っこして近くで見ると、全身血まみれで小さな擦り傷もあって、本当に命がけで生まれてきてくれたのだとわかった。

ありがとう。生まれてきてくれて、ありがとう――。

心のなかで何度も呼びかける。ずっと、そばにいるからね。正一さんと力を合わせて大切に育てていくからね。年月が経ったときに、あなたが幸せかどうかを決めるのは、他人でも私たちでもなく、あなた自身だよ。

平和な時代の幕開けと、新しい人生のはじまりを祝して、娘には、暁子という名前をつけることにした。手話のサインネームで〈暁〉または〈夜明け〉と呼びやすいことも、命名の理由だった。

*

窓の外に広がる花曇りの徳島は、大空襲の夜が想像できないくらいのどかだった。

暁子が涙を流しながら「少しだけ待って」とハンカチを手にとる。私も内容に圧倒されたうえに、メモをとる手が攣《つ》りそうだったので助かった。

「それにしても、お母さんはよく冷静に話せるね」

暁子は椅子にぐったりと深くもたれかかり、声を交えながら訊ねる。

語り部である喜光子は、涼しい顔で答える。

〈涙なんて涸れたよ。なんといっても、大切な思い出だもの。泣くことないでしょ？　それに私はつばめちゃんに、きちんと伝えたいの。自分が生きてきたことを、そして正一さんに救われたことをね〉

喜光子は私に向き直って、真面目なトーンでこうつづける。

〈つばめちゃんから連絡をもらって、私は何度も人生をふり返った。それを伝えることが、最後の役割かもしれないと思ってね。だから真剣に聞いてくれて、とても嬉しいよ〉

〈ありがとうございます、本当に〉

私が改めて頭を下げると、喜光子はにこりと笑い、ちょうど様子を見にきたスタッフの方に手招きをして、〈お茶〉と一杯飲むジェスチャーをする。その身振りは、これまでの流暢な語りとは対照的に、コミカルで笑いを誘った。

「とはいえ、あと一時間もすれば、お母さんも体力の限界が来ると思う。つばめちゃんから質問があったら、早めに頂戴ね」と、暁子が小声で言う。

「わかりました」

私は席について、運ばれてきたお茶を飲み干した。

喜光子も両手を軽くほぐしてから、ふたたび切りだす。

〈私はね、暁子が生まれてきてくれて本当に嬉しかったの。私たちは耳が聞こえないから、絶対にあなたに危険が及ばないように、ほぼ寝ないで付きっきりで世話をしたんだよ。暁子はとても可愛くて、不思議とまったく苦じゃなかった〉

暁子はほほ笑みを返したあと、躊躇しながら問う。

〈でも……私の耳が聞こえるってわかったとき、どう思った？〉

〈そうね〉と肯き、喜光子は遠くを眺める。〈最初にわかったのは、生後三ヵ月ほどだったかな。土間で派手に鍋を落としたら、あなたと目が合ってね。ああ、この子は耳が聞こえてるのかもなって思った。そのあとツネ助さんから暁子って呼びかけたら振り向いたよって教えてもらった。聞こえる親族はみんな、すごく喜んでいた〉

そう言いながらも黙りこんだ喜光子に、暁子は訊ねる。

〈お母さんやお父さんは？〉

喜光子は悲しそうな目をして答える。

〈正直、複雑だったね。私たちには聞こえない音が、あなたには聞こえる。自分と同じ苦労をせずに済むんだって誰よりも祝福している一方で、わかりあえない親子になるような気がして、やっぱり寂しかった。なにより、母親としての自信がなかったからね。育てられるのかという不安は、あなたが大きくなるにつれて、どんどん膨《ふく》らんだ〉

ペンを握り直す私の手に、ふたたび力がこもった。

＊

暁子が三歳になった夏、小児科で健診を受けた。

時間をかけて検査をしていた医師は、同行してくれた義母になにやら難しい顔で説明した。早口すぎて喜光子には内容がわからなかったが、途中から義母は青ざめ、ただ肯いて聞くだけになったので、嫌なことなのだろうと気が重くなった。

診察室を出てから、義母は簡単な手話で教えてくれた。

〈この子〉〈言葉〉〈遅れている〉

〈遅れている？〉

喜光子が訊き返すと、義母はじれったそうに顔をしかめる。

〈うまく話せないの。同い年の子と比べて、話すことができていないってこと。あなたたちが話さないから〉

喜光子は心臓を摑まれたような心地がした。しかし義母はこちらに構わず、暁子に同情するように、なにかを話しかける。支払いを済ませたあとバスを待ちながら、義母から問われた。

〈本当に、この子を育てられる？〉

暁子が生まれた当初から、実家の両親も義父母も、暁子を引きとって代わりに面倒を見てあげようか、という提案をくり返した。なにかあってからでは遅いし、二度と会うなと言っているわけではない、と。

〈育てられます〉

喜光子は笑顔で答えたが、聞こえる人に引きとられる方がじつは娘にとっては幸せなのではないか、という迷いは内心くすぶりつづけていた。

義母は暁子を指したあと、こちらを責めるような顔でこう表した。

〈可哀相〉

暁子は可哀相なのだろうか。自分たちの言葉は手話なので、最愛の娘に自分たちの言葉で接することは、なんら間違っていたとは思わない。けれども聞こえる人からすれば、そんな暁子は可哀相なのだろうか。

〈考えさせてください〉

喜光子が答えると、義母は口の動きを小さく隠し、暁子になにか言う。なにを言われたのかがわからないことで一層、傷つく。義母は去っていった。

バスに乗りこんでから、義母とのやりとりについて考えていると、目を離した隙《すき》に暁子が席を立って歩きだしていた。慌てて止めるが、駄々をこねて口を大きく開けている。

〈なにが気に食わないの？〉

手話で訊ねても、暁子はこちらを見ようとしない。

一歳の頃はときどき手話の真似事のような仕草をしてくれたが、今年に入ってから、手で伝えることはおろか肩を叩いてこちらを呼ぶことすらなくなった。言葉を憶えるので手いっぱいなのか、それとも聞こえない母親を暗に責めているのか。いや、そんなのは被害妄想だと自ら叱咤《しった》激励《げきれい》しながら、苛立ちを抑えた。

泣きじゃくる暁子の手を引いて、バスを降りる。

〈どうしたの？〉

しゃがんで訊ねるが、案の定なにも答えない。

察するに、暁子なりに伝えたいことがあったのに、こちらが反応しないので癇癪《かんしゃく》を起こしたらしかった。申し訳なさで泣きたくなる。

市場に向かうと、すぐに暁子は笑顔に戻った。聞こえない親を置いて、顔見知りの店主や近所の人と楽しそうにしゃべりはじめる。喜光子はありがたく見守りつつ、親なのに言葉を教えてやれないのがもどかしかった。

赤ちゃんの頃は、会話なんて要らなかったのに。どんなに大変でも、寝不足も疲れも吹き飛ぶくらい充実していた。それなのに、お互いに伝えたいことが増えるにつれて、暁子は遠ざかっていく。

暁子の成長を、本当は喜ぶべきなのに、もう少し赤ちゃんでいてほしい、と時の流れを恨んでしまう自分が、身勝手でひどい母親に思えた。

ふと、昼下がりの空に、白い月が浮かんでいるのが、呪いのように目に入った。

帰宅後、土間にやってきた暁子が、「おうどん、おうどん」と口を動かして訴えてくる。夕食までは時間があるけれど、病院で疲れただろうから、言われた通りに高級品ながら三味線うどんをゆでた。

しかしいざ食卓に出すと、暁子は首を左右にふる。

「ちがう、ちがう！」

「ちがう？　どうして？」

口話で訊ねるが、暁子は「おうどん、おうどん」とくり返すだけで、とうとう泣きはじめた。

「おうどん、ある！」

懸命に言い聞かせようとしても、暁子は大粒の涙を流しながら、暴れるばかりだった。どうしてわがままばかり言うの。こっちだって必死なのに。腹が立ってきて、手足を振り回す暁子を力ずくで抑えつける。暁子はますます泣き叫んだ。

〈どうした？〉

仕事を中断してきたらしい正一から、肩を叩かれた。子どもの泣き声がひどいから行ってあげた方がいい、と客から促されたらしい。

〈おうどんが欲しいっていうから、ゆでてあげたんだけど〉

正一は泣いている暁子を抱きあげ、まじまじと顔を見つめたあと喜光子に言う。

〈おうどんじゃなくて、おふとんだったんじゃないか？〉

正一が寝室に布団をしくと、泣き疲れたのか、暁子はべそをかきながらも、数秒で寝息を立てはじめた。母親としたことが、「おうどん」と「おふとん」を間違えるとは。こんなふうに暁子の訴えを誤解することは、何度もあった。

〈許してね〉

暁子の寝顔に詫《わ》びたあと、きつく目を閉じる。

通じないつらさは、痛いほどわかった。どれだけ伝えようとしても、母に正しく受け取ってもらえない寂しさ。なにを言われているのかを理解できない憤り。幼い頃の自分のように、伝わらないことに疲れ果て、諦めてしまう前に、暁子を助けだしたかった。

――暁子が可哀相。

義母の指摘が頭をよぎる。

まだ日が沈まないうちに仕事を終えた正一が、浮かない顔で居間に戻ってきた。終戦から街が復興に向かうなか、ろう者であるせいか、正一の理髪店はなかなか軌道に乗れないままだった。客も少なく、薬剤や道具の業者を探すのにも苦労している。

〈今日の健診はどうだった？〉

義母とのやりとりも報告すると、正一は憤ったように答える。

〈今は知っている言葉が少ないとしても、暁子は聞こえるんだから、学校に行けば他の子たちと変わらずやっていけるさ。暁子はうちで育てるし、母さんに心配いらないと強く言っておくよ〉

〈でも……本当にそれでいいのかな〉

気弱になっている喜光子に、正一は厳しい目で訴える。

〈もし暁子がうちの両親と暮らしはじめたら、僕たちにはとりかえしのつかない距離ができる。暁子はもう手話なんて覚えないだろうし、僕たちは実の娘と意思疎通もできなくなる。今だって、暁子と両親がなにを話しているのか、わからないじゃないか〉

正一の言う通りだった。それこそが喜光子を思いとどまらせる一番の理由だった。聞こえる人たちに暁子を奪われたくない。聞こえる人の世界に行ってしまえば、暁子はもう二度と戻ってこないに決まっているからだ。

〈でも、暁子が可哀相じゃない？〉

義母の表現をとっさにくり返していた。

〈可哀相？〉

〈だって暁子を自分たちだけで育てるというのは私たちの身勝手であって、あの子を聞こえない世界に縛りつけることにならない？　せっかく耳に問題なく生まれてこられたのに、ろう者の苦しみを無理やりに背負わせることになるんじゃない？　普通の人と同じように、何不自由なく生活させてあげることもできるのに〉

〈でも君は暁子を出産したとき、暁子が幸せかどうかを決めるのは暁子自身だと思った、と僕にも話してくれただろ？〉

喜光子は答えられなかった。

正一はもうその話題には触れず、なにやら考え事にでもふけるように黙々と夕食をとりはじめた。

食べ終えてから、正一は正座し、喜光子に向かってこう切りだした。

〈今日、宮柱先生が店に来てくれたんだ〉

なつかしい名前に、喜光子の口元も思わずほころぶ。校舎が焼けて青空学校になったと聞いていた。

〈お元気だった?〉

〈相変わらず、お忙しそうだったよ〉

すると正一は、指文字をはじめた。

ヘ・レ・ン・ケ・ラ・ー。

〈彼女が来るんだって、徳島に〉

〈たしか耳が聞こえず、目も見えないっていうアメリカ人だっけ?〉

正一は肯く。

〈宮柱先生が苦労して徳島での講演会を頼んでくれたらしい〉

喜光子の困惑をよそに、正一は身振りを大きくする。

〈前回、ヘレン・ケラーがはじめて日本を巡回したときも、徳島にぜひ来てほしいと手紙を出したことがあってね。結局、彼女の旅程に四国は含まれなかったから、すごく残念に思っていた。今回やっとチャンスが巡ってきて、本当に感激してる。僕に手伝えることがあったら、なんでもするつもりだよ〉

〈待って。お店も休まなきゃならないし、暁子はまだ小さいのに〉

〈君や暁子にこそ、講演会を聞かせたいんだ〉

〈えっ、なんのために?〉

少し考えたあと、正一はきっぱりと答えた。

〈僕たち自身のためだよ〉

はぐらかされている気分になり、喜光子は苛立った。遠くアメリカから来た障害者女性の話を聞いたところで、いったいなんになるのか。そもそも耳が聞こない喜光子は、これまで偉い人たちの講演会の類とは無縁だった。だから、仕事のあいまをぬってヘレン・ケラーを迎える準備に奔走《ほんそう》する正一は、喜光子には、店がうまくいかないので現実逃避をしたいだけのように思えた。


当日しぶしぶながら、講演会場のホールに向かった。

講演会を主催したのは、徳島県立盲聾唖学校だった。

この頃、新しい憲法が公布され、教育のあり方もアメリカ式に変えられたことを背景に、盲聾学校では義務制が実施されようとしていた。それに伴い、新校舎に移転するだけでなく、聾学校と盲学校が分離され、別々に教育が行なわれることが決まった。本来、まったく異なる障害であるがゆえに、両者を組み合わせること自体に無理があったのだ。これは関係者にとって大きな福音となったが、長らく両者が力を合わせた歴史を讃えるように、最後に実現されたのが、GHQの主賓であるヘレン・ケラーの徳島訪問だった。

再建されたホールは、青空の下で堂々とした佇まいであり、なかに入ったとたん新築の木材の香りに包まれる。講演会がはじまるまで一時間以上あったが、すでに数えきれない人が廊下で待っていた。在校生や卒業生ばかりかと思いきや、知り合いは一人も見当たらない。

想像と違う——。

会場となる大広間に向かいながら、喜光子は浮き足立つ。指定された後方の席に三人並んで座ったあとも、聴衆が引っきりなしに入ってくる。改めて見回すと、ろう者以外にも、目の不自由な人や身体障害者などさまざまな事情を抱えた人たちや、彼らを支える家族や教育者らしき人が席についていた。会場は満席となり、通路にまで立ち見ができた。

全員がただヘレン・ケラーに会いたいという一心で、ここに詰めかけている。しかも講演会は徳島の人にしか宣伝されてないはずだ。街中では滅多に会わないからこそ、同じ境遇の人が同じ場所に集まっているというだけで高揚感を抱いた。私たちだけじゃなかったんだ、と全身が湧きたった。

〈来てよかったでしょう?〉と、となりに座る正一が得意げに笑う。

悔しいながら認めざるをえなかった。

〈わかってたの?〉

正一は当然のように肯いた。

やがて聴衆の前に、二人の高齢女性が現れた。二人とも白人である。一人は新聞でもおなじみのヘレン・ケラーその人で、もう一人はポリーという秘書だった。

ヘレンは袖《そで》近くにいる日本人男性たちよりも身体が大きく、六十八歳という年齢を感じさせない。濃紺のスカートに白いブラウスを身につけ、白髪《しらが》交じりの髪をスカーフで包んだ装いだった。客席に向けられた碧眼《へきがん》は、光がうつらないことが信じがたいほど美しい。

演壇には、複数の通訳者がいた。まず、ヘレンが口話法で発する英語を、日本語に通訳する日本語通訳者たち。さらにその日本語の内容を、となりで手話にする手話通訳者たち。

講演を聞きにきたすべての人を、さまざまな方法で等しく受け入れようとする姿勢が感じられた。

喜光子はそれまで公の場で手話通訳を見たことなんて一度もなかった。玉音放送をはじめ、建前としては全員に向けた報せでも、聞こえない人はいないものとして無視された。けれども今、ヘレン・ケラーの声は、たしかに自分たちにも向けられている。

見過ごされていないという事実が、なによりも喜光子の心を打った。暁子もその空気を察しているのか、別人のようにおとなしく座っている。暁子の横顔を見つめていると、三歳の彼女なりに感じることがあるようだった。

そうしてヘレンが口を動かしはじめると、会場の人々がぴたりと動きを止めた。ヘレンは、一歳のときに聴覚と視覚を失ったことを話した。見回すと、みんなが息を詰めて聞き入っている。ヘレンは巧みな話しぶりで、滞りなく飽きさせることもない。喜光子はヘレンが同じように耳が聞こえないとは信じられなかった。しかも目まで見えないのだ。

圧倒されながら、喜光子はこれまでの自分のことを顧みずにはいられない。道を歩いていても、買い物をしていても、聞こえる人から怒られないように、目立たないように身を縮めて生きてきた。不当な目に遭っても、自分は悪くないのに謝ってばかりいた。しかしヘレンは逆境を撥ね返して、大勢の人に勇気を与えている。

気がつくと、数えきれない手が一斉に挙がっていた。質疑応答がはじまったらしい。秘書のポリーが指話通訳者として加わっている。敗戦や障害をどうやって乗り越えていけばいいのか。ヘレン・ケラーは迷うことなく相手を奮い立たせる答えを返しては、会場を沸かせた。

最後に、若い男性が挙手する。指名されると、彼は手話でこう訊ねた。

〈私はろう者です。市内の印刷所で働いていますが、苦労ばかりしています。なにか助言をいただけますか?〉

少し考えたあと、ヘレンは正面を向いたまま答える。

〈すぐにどうにかしようとしても、失敗することが多いものです。とくにわれわれのような者は何事にも時間がかかります。食事や着替え、移動や仕事。この会場でも、私のスピーチは通訳を何人も挟んで、ゆっくりしていただでしょう?〉

ヘレンの茶目っ気を感じ、喜光子はほほ笑む。

〈それと同じで、私たちは人になにかを伝えたり、意思をつなぐのにも骨が折れます。しかし忍耐力を以《もっ》て継続していけば、なにかの弾みで変わるかもしれない。はじめは難しいことも、つづけていけば必ずできるようになりますからね。たとえ今、あなたが成し遂げられなくとも、別の人がつないでくれると信じてください〉

手をぎゅっと握られた。となりにいる正一だった。

卒業後久しぶりに再会した日、聞こえる人たちに負けないように、力を合わせて生きていこうと正一から言われた。正一はあのときから、ヘレンと同じ信念を持っていた。そんな正一だからこそ、ヘレン・ケラーの話を聞きたいと強く思ったのだろう。

ヘレンはやや間を置いたあと、こうつづける。

〈それに、目の前に壁が立ちはだかっているように見えても、じつは思い込みにすぎない場合もあります。本当は壁なんてないのに、ただ自分が怖がっているだけではないか、と胸に問うてく

ださい〉

これは私へのメッセージだ——。

思わず、暁子の方を向くと、曇りのない瞳でヘレンを見つめている。

これまで娘の成長を複雑な気持ちで受け止めるときもあった。もう大きくならないでほしいと。けれど今なら、やっと誇らしく感じられる。自分たちの手で、ここまで娘を育てられたからだ。喜光子はこのとき、自らのすべきこと、そして進むべき道を、はっきりと自覚できた。

やがて司会者が講演会の終わりを告げ、ヘレン・ケラーは舞台袖へと歩いていった。

そのとき、会場が揺れはじめた。地震だろうか。

慌てて暁子を抱き寄せる。どうしよう、逃げなくちゃ——。

〈大丈夫、よく見てごらん〉

となりの正一からハンカチを差しだされ、涙を拭うと、みんなが立ちあがっている。会場にいる全員が、拍手喝采《かっさい》していた。床が揺れるほど、ヘレンに拍手が送られていたのだ。正一が立ちあがり、ろう者特有の、手のひらをひらひらさせる拍手を送る。喜光子も暁子とともに、力一杯拍手した。

外に出ると少し日が傾いて、昼間の暑さが引いていた。

〈来てよかった。ありがとう〉

正一はほほ笑んで〈僕こそ〉と答える。

そのとき、背後からお尻を叩かれた。ふり返ると、手を引いていた暁子が、〈ねぇ〉ともう一度、ぽんと叩いてくる。ろう者のやり方で呼んでくれた。

〈あれ〉

暁子が指したのは、青空に浮かぶ月だった。細くて誰も目に留めない、頼りなさそうな存在だが、人知れず輝きつづけている。暁子はどういうわけか、そんな月にこのとき目を留めたのだった。

〈月だよ〉

小さな指で宙に描いたのは、青空に浮かぶ三日月にそっくりだった。

それは、暁子が自分の意志で、はじめて使ってくれた手話になった。

第六章　秘密

喜光子の骨ばった手は、それまでの雄弁な語りを終えて、膝のうえに重ねられている。阿波踊りの名手だったのも、手の運動を日常的にこなしてきたおかげだろうか。また、喜光子の手話をここまで詳細に理解できたのは、暁子の力だった。暁子は時折、喜光子に質問をはさみながら、さらに話を掘り下げてくれた。プロの手話通訳士に頼んでも、ここまでうまく訳してもらえなかっただろう。手話を第一言語とする親子は、これほど息が合うのか、と感じ入ったほどだ。

〈正一さんには出会ったときから信念があった。私は最初、単に同じろう者として驚かされたけれど、その信念のことを本当の意味で理解できたのは、ヘレン・ケラーの講演会がきっかけだったのかもしれない〉

意味深にも、喜光子は最後にこうつづける。

〈聞こえない世界と聞こえる世界、つい分けて考えがちだけど、本来境界線はない。私はこの歳になって、よくわかるようになったよ〉

私がそのことの意味を考えていると、喜光子は訊ねる。

〈こんな話でよかった？〉

私は深く肯く。

〈伝えてくださって、ありがとうございました〉

そのとき、それまで泣いていなかった喜光子の目に、安堵《あんど》の涙が溢れた。

体力もなくなっているなかで、気を張って、一生懸命に伝えてくれたのだろう。喜光子はしばらく肩をふるわせ、両手で顔を覆っていた。母の肩をさする暁子に、喜光子は手話で伝える。

〈生まれてきてくれて、ありがとう。それから、そばにいてくれて〉

〈なによ、恥ずかしいじゃない〉

暁子は笑顔で答えるが、喜光子は首を横に振った。

〈お父さんも、ずっと同じ思いだった。あの夜のことは仕方なかったから、気にしないでほしい〉

その瞬間、暁子の動きが止まった。喜光子もまた気にかけていたのだ。長年、暁子が抱えつづけた罪悪感を。正一が亡くなったのは自分のせいだと責めていたことを。

〈私が何度大丈夫だって伝えても、あなたにはどうしても届かなかった。でもこれだけはわかってほしい。お父さんが事故に遭ったのは、あなたのせいじゃない。あなたのおかげで、私もお父さんもやってこられた。だから、ありがとう〉

暁子を抱き寄せたあと、喜光子はこちらを向いた。

〈つばめちゃんも、ありがとう。あなたが徳島に来てくれたから、私の気持ちをちゃんと暁子に伝えられた〉

私は〈いえ、そんな〉と首を左右に振る。

〈生きているうちに、伝えるべきことは伝えなきゃいけないね〉

喜光子の手話を通訳する暁子が、私の方を見ながら、かすかに息を呑んだのがわかった。理髪店の近くにある、寺の地蔵のことが頭をよぎる。しかし今、私の口から伝えていいのかがわからない。迷っている私の心を見抜くように、暁子は喜光子に訴える。

〈だとすれば、もうひとつ海太にも、伝えなきゃいけないことがあるんじゃない？　海太は今も、気にしてるみたいだから〉

〈そうね〉と、喜光子は目を伏せたまま黙りこんでしまう。

〈私が代わりに、つばめちゃんに話そうか？〉

喜光子の手は宙をさまようが、〈ごめんね〉となぜか口癖のように謝っただけだった。


三時になると、おやつの時間がはじまり、スタッフが喜光子に声をかけた。スタッフの計らいで、私と暁子も一緒に談話室でおやつをいただいた。

リラックスした様子の喜光子は、私の近況を知りたがったので、私は手話を交えて、わからない単語は質問しながら、神戸や東京、手話教室のことなど他愛のない話をした。阿波踊りの話題になると、喜光子はいっそう優しい顔をした。

暁子は疲れたらしく、言葉少なに私たちのやりとりを見守っていた。途中、スタッフにコーヒーをもらって、山のような砂糖を入れて飲んでいた。

「そんなに入れるんですか？」

思わず指摘すると、暁子は「エネルギー補給」ときっぱりと答える。

「このあと帰りに話さなあかんこともあるけん」

さっきやりとりしたことは、私も気にかかっていた。

面会時間が終わると、うしろ髪を引かれながら〈また来ますね〉と言って、私は喜光子に別れを告げた。施設を出るともう四時半を回っており、日は低くなっていた。車の減った駐車場を歩くあいだ、暁子は無言だった。駐車場を出発したあと、ハンドルを握りながら「じつは私も話していいものか、ずっと迷ってたことなんよ」とためらう暁子は、いつもきびきびしている分、余計に歯切れ悪い。

「お母さん、じつは別の人と結婚してたんよ」

「えっ、正一さんの前ってことですか」

「そう。本人も自分の口からは言いたくなかったんやろうね。いや、言えなかったのかもしれん」

「……もしかして寺のお地蔵さんは、その頃のことと関係が？」

暁子は肯いた。

「つばめちゃんには、まず、ひどい時代やったってことをわかってほしい。ろう者への差別も今じゃ考えられないくらいひどかった」

曖昧《あいまい》に肯く私に、暁子はこうつづける。

「たとえば、正一さんは長男なのに、五森家を継いでいない。でもそれには複雑な事情があってね。一九七九年までの民法第十一条では、障害者は準禁治産者《じゅんきんちさんしゃ》っていって、実際には財産に関する法律行為の対象から外されて家業も継げなかったからなんよ。知り合いには、長男なのに障害者だから追い出された、なんて嫌味を言う人もいたけど、そうするしかなかったわけ。正一さんたちは本家と協力したり工夫したりして、店をなんとか保っていたんよ」

私は目を見開いたまま、暁子の横顔を見つめた。

「差別って、人の意識だけじゃないんですね」

「そう。しかもお母さんの場合、女性やったから、人間扱いしてもらえない場面も多かったんやと思う。結婚、出産、子育て、そういう重要なことも、自分の意志で決められなくて当然やったわけ」

「どういうことですか」

暁子は覚悟をするように息を吐いたあと、私の方を見た。

「この話をお母さんから聞いたんは、私が流産をしたときやった。妊娠初期の流産やったんやけど、なかなか立ち直れなかった私に、お母さんが昔のことを話してくれた。私も一度、母親にさせてもらえなかった過去があるって」

「母親にさせてもらえなかった？」

「うん。お母さんはお父さんと結婚する前、耳が聞こえないという理由で、嫁ぎ先で中絶させられたんよ。おそらく本人の同意もなく、とつぜん病院に連れていかれて、騙《だま》されるようにして手術を受けさせられたんちゃうかな。そういう話は、他のろう者から何度か聞いたことがあるけん」

私は絶句した。

「つばめちゃん」

長い沈黙のあと、暁子はそう呼んだ。「ろう者の苦労は、ただ耳が聞こえないだけじゃない。

じつはそれ以外の、恐ろしくて怒りに震えるような扱いを受けてきたことは知っておいてほしい」

　気がつけば、車は空港内の敷地に入り、広々とした空き地や倉庫のような巨大な建造物をいくつか通り過ぎていた。そのまま車は、正面玄関のロータリーで停まる。

「もっと話したいけど、飛行機に遅れたらあかんし」

「すみません。帰ったら、またお電話します」

「うん、待ってるね」

「すぐにまた、徳島にも来ますね。つぎは必ず、もっと早く来ます」

「ありがとう。でも無理しなくていいよ。それより、いい小説を書いてね」

　暁子は私の目を見つめながら、手を握りしめた。

「今回いろんな話をして、混乱させたかもしれん。でもつばめちゃんには、それでも書いてほしい。そう思ったから、伝えさせてもらったんよ。小説を書くって、私にはわからん大変さがあると思うけど、どうか、お願いね」

　私は戸惑いながらも「頑張ります」と答える。

　暁子は励ますようにほほ笑んで手を離し、「じゃ、またね」と私を送りだす。

　車から降りたあと、私は暁子の車が見えなくなるまで手を振った。

　帰りの搭乗手続きをするあいだ、ずっとうわの空だった。ただ機械的に、荷物を預けてゲートをくぐり、出発ロビーの席に腰を下ろす。ガラス越しに、機体が光を点滅させながら並んでいた。向かいに腰を下ろすサラリーマンの二人組は、出張帰りなのか晴れやかな顔で缶ビールを開けている。

しかし私は、なぜか手や指先が凍《こご》えるように冷たく、息苦しかった。空港内は空調がよく効いているはずなのに、全身の血流が止まったようなのだ。深呼吸をしても、かえって胸が痛くなるだけだった。今、自分はどこにいて、なにをすべきなのか。襲いかかってくるさまざまな感情さえ、うまく表す言葉を見つけられなかった。

＊

徳島から戻って一週間と経たず、私は駒形さんと喫茶店で打ち合わせをすることになった。事前に送ったメールでは、祖母から直接聞いた話については細やかに報告したけれど、祖母が中絶させられていたという件だけは、どうしても伝えられなかった。伝えるべきなのかもわからなかった。

「ご報告いただいて、ありがとうございました」

駒形さんは声を弾ませながら、紙束のうえに手を置いた。これまでのことを報告したメールのコピーだった。コーヒーが運ばれてくるまで、駒形さんは感想を話してくれた。しかし書類を見つめるばかりの私に、駒形さんはコーヒーに口をつけたあとトーンを変えて訊ねた。

「なにか気がかりなことがありましたか？」

「いえ。ただ、その……今回の物語は、自分の手には負えないんじゃないかという気がしてしまって」

「手に負えない？」

駒形さんは目を見開いてから、「というのは？」とつづきを促す。

「……難しすぎる題材だったのかもって」

駒形さんはしばらく黙っていたが、「そうかな」と独り言のように呟いて首を傾げた。

「もし五森さんが前回お会いしたときに、コーダやろう者の問題は社会的に重要だから書きたいと正義感からおっしゃっていたら、私は正直止めていました。でもそうではなく、五森さんの話しぶりからはもっと、なんというか、別の動機を感じました。だから私も、五森さんに今これを書くことをおすすめしたんですよね」

別の動機ってなんだろう。ぼんやりと考えていると、駒形さんは切り替えるように「そうそう、今日はお渡しするものがあって」と、脇に置いていた布製のトートバッグを膝の上に置いた。

「お役に立てるんじゃないかって、資料を見繕《みつくろ》ってきたんです。もし気になるものや他に必要そうなトピックのものがあれば、遠慮なくおっしゃってください」

「そんな、いいんでしょうか」

「もちろんです。それが私の仕事だから」

恐縮しながら、私はトートバッグを受けとって、なかの資料を確認する。ありがたく感じる一方で、あのことに関するものはなさそうだ、と気にしている自分もいた。

駒形さんは私の様子を見守りながら、穏やかに言う。

「先日プロットのファイルを見せていただいたとき、たくさんの資料も一緒にとじられていました。物語を生みだすために、粘り強く力を尽くすことができる方だなと思ったんです」

励ましてくれているのだ。「ありがとうございます」と、私は頭を下げる。

「今は取材の段階ですから、焦らなくても大丈夫だと思います。知れば知るほど簡単には受けとめられない事実にも出くわすかもしれません。でもそれが積み重なって、しかるべき時が来れば、きっと見えてくることがあるはずです。そのために、今は知ることをつづけてほしいです。物語にしなきゃいけないっていう意識は、いったん脇に置いて」

私が黙っていると、駒形さんはつづける。

「私は編集者なので、五森さんの伴走をするのが役割ですが、無理に全部を報告していただく必要はありません。むしろ、簡単に口に出さない方がいいこともあると思います。五森さんのなかで整理して、よく考える時間を大事にしてください」

「すみません、なかなか前に進められなくて」

「全然！　待つことも私の仕事です。逆に共有した方がいいことがあれば、いつでも連絡をください。なんでも聞きますよ」

けれど私は、話すことを、伝えることを、今ほど怖いと思ったことはなかった。祖母や伯母が抱えている想いを、それを踏みにじられた悲痛を、私は本当に理解しているのだろうか。そして他人に誤解なく伝えられるのだろうか。創作のことをよくわかっていそうな目の前の駒形さんにすら、一言も伝える勇気が出ないというのに。

それから、私はたくさんの資料に当たった。

一九四〇年から四八年まで国民優生法という法律が、一九四八年から一九九六年まで優生保護法という法律が、日本にはそれぞれ存在していた。喜光子の時代にあったのは前者の法律であり、ナチス・ドイツの断種法をモデルとしたという。戦後さらに厳しい修正案として後者が可決されて、半世紀近く継続された。

戦前の国民優生法では、強制不妊の条項はあったものの、産めよ殖やせよの時代背景から、実際は、強制的な不妊手術や中絶は避けられたという。むしろ、中絶禁止法としての側面が強く、病気などで出産リスクが高い女性たちが多く命を落とした。とはいえ、国が生殖のコントロールをするという点では、どちらも同じであり、障害者への根強い差別から、喜光子のように内密に、本人の同意なく中絶が行なわれる例もあったのだろう。

あまりにショッキングな事実にもかかわらず、二〇一三年現在、ほとんど世の中に知られていないようだった。だから、それらの法律に関する書籍もあまり多くなかった。しかし、優生保護法の法文にはたしかに障害者であることを理由に、「不良な子孫の出生を防止」するためと明記されていた。

女性だけではなく、男性の身体にもメスが入れられたという。戦後はとくに、障害について多くを誤解されたまま、非人道的に手術を受けさせられた事例も珍しくなかった。いったいどれほど多くの人たちが、これらの法律の犠牲になったのか想像もつかなかった。喜光子のように口を閉ざしたまま、悲しみや憤りを呑みこんで生きてきた人が大半なのだとすれば、その数を把握するのは不可能に思えた。

海太や暁子、そして喜光子から聞いた話が、幾度となく思い出された。

海太の勘はあながち間違ってはいなかったわけだ。たしかにもう一人、異父兄姉とはいえ別の子どもが喜光子にはいたのだから。しかし海太が勘違いしたように、事故で命を落としたのではなく、決定権を持つ者のパターナリスティックな介入によって、一方的に奪われた。喜光子はそのことを隠そうとしたというよりも、ただただ言えなかったのではないか。

なぜなら、息子もまた、望まれない命だと誤解してほしくないから。それに、話してしまうと、自分の尊厳が耐えがたいほどに傷つくから。本当につらいことほど、人に言われるよりも、自分で口に出す方がつらいものだ。その方が否定のしようがなく、事実を認めたようで心が崩壊する。

父が今本当のことを知ったら、祖母への罪悪感はさらにつのるに違いない。喜光子が暁子にだけは打ち明けた事情からして、喜光子一人では抱えきれなかったことも窺い知れる。今も地蔵の前に花を供えつづけているのは、暁子しか考えられなかった。暁子にも子どもに対して特別な想いがあるのかもしれないが、誰よりも喜光子を理解するからこそ人知れず供養しているのだろう。

喜光子の話をふり返れば、正一と出会う前に、なにか悲しいことがあったような気配は十分にあった。そんななかで、新たに暁子を妊娠、出産した不安はいかほどだったか。喜光子は暁子を心底から愛し、懸命に悩みながら育てたのに、一度はその機会を奪われていたのだ。あんなにも熱心に、とつぜんやって来た私にまで想いをつなごうとしたのは、そんな事情もあったからかもしれない。

辻褄《つじつま》が合っていくほど、彼らの話を反芻するほど、ショックは怒りに変わった。

なにかの運命が違っていれば、暁子や海太だけではなく、私もまた、この世にいなかったかもしれないのだ。本来つづくはずだった命のつながりが、無理やり途切れさせられたことに対して、私はただただ憤った。それは血が沸きたつような怒りだった。

あっというまに春が終わると、私は体調を崩しがちになった。

空港で感じた全身の凝りのような痛みがひどくなり、つねに三十七度くらいの微熱があって、悪寒もした。内科を受診すると、おそらく風邪《かぜ》だろうということで、解熱剤を処方してもらったが、いくら薬を飲んでも、症状は一時的に楽になるだけで意味がなかった。

気がつくと、大型連休が終わっていた。塾のアルバイトをしている最中は、授業や目の前の生徒とのやりとりに集中できたが、あとに強い疲労を感じた。私は申し訳ないがシフトを減らしてもらえないか、と事務担当者に相談した。新年度に入ってコースやクラスの改変があり、運営側も生徒側もまだ慣れていない時期なので、担当者からあからさまに顔をしかめられた。

千晶ともなかなか会えず、メールを受けとった。

「体調悪いって聞いたけど大丈夫？　必要なものあったら、いつでも届けにいくでー」

千晶らしい気遣いが伝わってきたが、今は一人でいたくて「ありがとう。でもたいしたことないし、また連絡するわ」とだけ返信をした。

私は外出することもなく、病院で処方された薬を飲んで、一日の大半をベッドで過ごすようになった。カーテンを閉めて時折スマホをいじりながら、無音の部屋で痛みをやり過ごした。ほとんど眠れず、時折悪夢に魘《うな》された。ストックしていた食材はすぐに尽きたが、食欲も出ないし駅前のスーパーに行く気力もなく、最寄りのコンビニで少しの買い物をするのがやっとだった。

ベッドからは机のうえに散らかった、取材のメモやプリントアウトした書類が見えた。他にも、東京に帰ってから集めた資料や、打ち合わせのあとで駒形さんが郵送してくれた書籍も合わせて山のように積まれていた。数えてみると五十冊近くあった。新聞記事のコピーをまとめたファイルも数冊ある。私はそれらに目を通さなければならないことはわかっていたが、気力を失って、ただ睨《にら》むしかできない。

祖母の秘められた過去を知ってしまった今、私が進める道は二つあった。

ひとつは、そこだけは聞かなかったことにして、それ以外の内容を物語にするという道である。まだ駒形さんにも話していないし、可能かもしれない。けれども、暁子や喜光子にあれだけ協力してもらい、書いてほしいと訴えられた今、せっかく打ち明けてもらった事実を恣意《しい》的に削って、なかったことにしてしまうというのは絶対に違う。

かといって、もうひとつの道として、祖母が抱えつづけた秘密を物語のなかで正面から書くのも気が進まない。どういう書き方をしても、読み進めるのが苦痛な、独りよがりの文章になるように思えた。

私にできることを考えなくちゃいけない。それなのに考えがまとまらず、うつ状態になった。

スマホが震える音がした。

サイドテーブルをぼんやりと見つめる。そうか、電話が鳴っているのか。塾からかもしれない。布団から這いだすようにしてスマホを手にとると、青馬宗太という名前が表示されていた。

「もしもし」

電話に出ると、「あ、もしもし、青馬です」という、いつもの明るい声が聞こえた。声の背後には、外にいるのか、車やバイクが走り去る音や信号機の音がしている。黙っている私に、青馬はつづける。

「急にお電話して、申し訳ありません。ただ、五森さんにお渡ししたいものがあって」

「そうでしたか」と呟きながら、こめかみの辺りを押さえる。

「じつは、メールもお送りしていたのですが、手話教室でもお見かけしなかったので」

「すみません、ちょっと具合が悪くて」

「いえ、いいんです。それより、大丈夫ですか?」

眉間に深いしわが寄る。青馬はただ心配して、親切から電話をしてきてくれたとわかっているのに、今はただ煩わしいと感じてしまう。青馬の優しさを素直に受け止めることができない。

「大丈夫です」

私はそれだけ答えると、電話を切りたくなった。疲れているし、なにを言われても落ち込みそうだ。

青馬は少し間を置いてから、はっきりした口調になった。

「お節介かもしれませんが、とても大丈夫そうには思えません。電話口で声を聞いただけでも」

私はなにも答えられなかった。

「徳島で、なにかありましたか?」

そうだった。たしかに青馬には、最後に会ったとき、徳島に行くという決心をする手助けをしてもらったのに、徳島での報告をしていなかった。

ぎゅっと目をつむって「はい」と答える。「祖母や伯母から、いろんな話を聞けました。でも当時のろう者が歩んできた道が、私なんかの想像を超えていて……」

声が詰まった。呼吸が苦しい。とても冷静に話せる状態ではなかった。

何秒かあったあと、青馬が訊ねる。

「今から行きましょうか？」

「行くって、どこに」

「一人暮らしって言ってましたよね？　体調が悪いんなら、外に買い物に出るのもつらいでしょ？」

返答を迷っていると、青馬は勝手にしゃべりつづける。

「必要そうなものを見繕って、玄関前に置いておきますから、五森さんのいいタイミングで受けとってもらえばいいので。小説を書かなきゃいけないんだから、身体は大事にしないと――」

「大丈夫って言ってるじゃないですか！」

気がつくと、私は大声で叫んでいた。

小説のことを引き合いに出されたせいだろうか。

「書ける気がしないんです！　無責任なことを言わないで」

感情が激しく波打ち、泣きそうになる。

青馬からは返答がない。

少しずつ目が覚めていく。

「すみません、言い過ぎました、今のは」

「いえ、いいんですよ」

青馬の穏やかな声を聞いていて、私は急に恥ずかしくなり、ペットボトルの水を飲んだ。

「あの……ずっと気になっていたことを、訊いてもいいですか?」

「はい」

「青馬さんは、どうしてそんなに親切なんですか?」

青馬はしばらく黙った。

スマホ越しに、さっきまで聞こえた車や信号機といった雑音が、一切消えていることに気がつく。

青馬は低い声で「じつは」と切りだす。

「僕はこれまでの人生で、本気で死を考えるくらい絶望したことがあります」

死という単語に、スマホを握る手に力が入る。

「耳の調子が悪くなった中学生の頃でした。身体の不調も大きな原因だったけれど、なにより周囲から孤立したことが一番苦しかった。人と距離をとって、自分の内に閉じこもりながら、いつ死のうか、本当に死ぬべきか、そんなことばかり、ずっと考えていました。でも結局のところ、僕は死にませんでした。死にたくなかったんです。そんな結論に辿りつくことができたのは、僕に声をかけつづけてくれる人たちがいたからでした。その人たちのおかげで、僕は立ち直ることができたし、今の自分がいます」

青馬は咳払《せきばら》いして、こうつづける。

「この仕事をしていると、本当にいろんな経験をします。自分がよかれと思ってお節介をしたせいで、僕のもとから離れていった人も少なくありません。でも僕は、どんなことがあっても、なぜ助けなかったんだろうという後悔はしたくない。なぜなら、僕自身が、声をかけてもらうことで救われたから。それに、僕が声をかけつづけることで、救われたと言ってくれる人もたくさんいるから。だから僕は、せめて自分に関わってくれた人には、できる限りのことをしたいと思っています」

青馬の声には胸に迫るものがあった。言葉を見つけられないままの私に、青馬はもう一度訊ねる。

「会いにいってもいいですか？」

隅まで引かれた分厚いカーテンから、白い光がこぼれている。私は「はい」と答えた。

電話を切ったあと、私はアパートの住所と駅からの簡単な道順をメールした。少し用事を済ませてから行くので一時間くらいかかります、可能ならカーテンと窓を開けて外の空気を吸っていてください、という返信がすぐに届いた。

時計を見ると、十六時を少し過ぎたところだった。私は言われた通り、部屋のなかを久しぶりに換気した。たしかに外の空気を吸うだけで気分転換になった。それから解熱剤を飲み、シャワーを浴びてマスクをつける。体温を測ると三十六度台に下がっていた。体調が少し楽になると、今のやりとりについて冷静に考えることができた。

青馬さん、ごめんなさい——。

反省しながらも、どういうわけか青馬には気持ちをぶつけられたことに驚く。それは甘えているからで、青馬を信頼している証拠だった。

思い返せば、私にはあんなふうに感情を人に曝《さら》けだした経験がほとんどなかった。家族や親しい友人にさえも遠慮し、いつも自分を取り繕ってきた。拒絶されたり無視されたり、相手の反応に傷つくのが怖かったからだ。いつのまにか伝えることを躊躇し、そもそも絶対に伝えなくちゃいけないとも思わなくなった。この人にだけは、このことだけは、どうしてもわかってほしいと強く願ったことはいつが最後だろう。

それは相手に向きあっていないせいではなく、自分と向きあうことができていなかったからだろう。私はいつのまにか自分自身に背を向けて、他人の意見に合わせるだけの空気のような存在になっていた。自業自得だった。青馬との電話は、そのことを気がつかせてくれた。

一時間後、青馬がドアの向こうに現れた。

「さっきは申し訳ありませんでした」

「ああ、いいんですよ。むしろ、僕も強引だったし。具合はどうですか?」

「青馬さんを待っていたあいだに、熱も少し下がりました。わざわざ来てもらって、本当にすみません」

「それはよかった、これ、どうぞ」

青馬が手渡したスーパーの袋には、体調不良のときに助かる飲食物がたくさん詰まっていた。

私は青馬の気遣いに感謝しながら、病院では風邪としか言われていないが、精神的な影響が大きいかもしれないと説明した。

「ところで、私に渡したいものって？」

忘れないうちに、私は電話口で最初に言われたことを確認する。

――五森さんにお渡ししたいものがあって。

青馬はたしかに、最初にそう言っていた。

「今は、五森さんの体調が悪いので、次回にします」

青馬は誤魔化すように笑った。

頭に手をやる青馬を見ながら、私はもう一度頭を下げて部屋に案内する。

忙しいなか駆けつけてくれた青馬に、祖母のことを話したかった。あの秘密を打ち明けられるのは青馬しかいない。ここで話さずに青馬を帰してしまったら、私は前に進めないままのような気さえした。

「じつは、徳島であることを知りました」

青馬は黙ったまま、私のことを見つめている。

「別に青馬さんに質問があるとか、そういうわけじゃなくて、ただ、青馬さんはどう思うんだろうって知りたいんです」

まどろっこしい前置きをしてしまう私のことを、青馬は「はい」と相槌を打って待ってくれる。私は動悸を抑えながら、決意してつづける。

「祖母は祖父と結婚する前に、別の家に嫁いでいて、そこで無理やりに中絶させられたことがあると聞きました」

青馬は表情を変えず、黙ったまま私を見ている。

「そのあと自分でも調べてみたんですが、他にもおびただしい数の人が傷つけられてきた歴史を知りました。調べれば調べるほど憤りを感じて……」

話しながら息継ぎができず、私はやっと深呼吸をした。

「そうですか」

小さく呟いた青馬は、視線を落とした。

「お気持ちはわかります。うちの組織で関わらせてもらっているろう者には、その世代の方も大勢いますからね。僕も憤りを感じますし、五森さんの心境は当然だと思います」

私は首を左右に振って、考えを整理する。

「祖母がかわいそうとか、そういうことだけじゃないんです。本来つながるはずの命が断たれてしまったことへの怒りがあるんです。どうして人間はつい最近まで、いや、もしかすると今も、そんなことをつづけているのかって、とにかく腹が立っています。法や社会に対する怒りもあるし、自分に対しても。自分の存在を否定するのと同義なのに、なんて無知だったんだろうって」

それ以上、言葉が出てこなくなった。

「あの、僕からひとつ訊いても？」

「はい」

「五森さんは、どういったことを書きたいんですか？　その、徳島に行く前から、取材できる内容がどうであれ、どんなことを知りたいと思っていたんでしょうか」

私は手元を見つめる。

青馬の前では、不思議と素直に自分の心のなかを覗ける気がした。

「私は書くことで、祖父のことを知りたかった。そう、どうして祖父は、それほど強くいられたのかを。作家になりきれず腐りかけていた自分だからこそ、なにか大切な教訓をもらえそうな気がして……」

青馬は黙って、私の話に耳を傾けている。

「祖母に問うと、祖父には信念があった、だから強くいられたんだ、と教わりました。未来につなぐというか、聞こえないからこそ団結しなきゃいけないっていう信念に、祖父は突き動かされていたそうです」

埋もれかかった地図を、この手でもう一度摑みたかった。

「私はその頃のことをもちろんよく勉強しなくちゃいけない。でも当時の差別や法律は一番書きたいことじゃないんです。私にとって大事なのは、どうして祖父がそれほど強くいられたのか、その理由にこそあるんです。だから、私はつぎに、どうやって祖父がその信念に辿りついたのかを知らなきゃいけない」

頭のなかの霧が晴れて、言葉が戻ってくるのを感じた。

青馬は穏やかに肯きながらも、すぐには返事をせず、少し考えてから訊ねる。

「創作のことはわからないけど、僕もデフキャンプの活動をしていると、無視できない悲劇とぶつかることがあるんです。そのときは怒りに苛まれるし、ついそのことで頭がいっぱいになりますが、よく同僚から注意されます。あなたのすべきことは、ろう者が気持ちよく働ける環境をつくるための研修や日本語学習支援でしょうって」

「青馬さんのような人でも、そんなことがあるんですね」

「当然です。世の中は本当に理不尽だから」

青馬は悲しそうに、けれど目を逸らさずに言った。

そんな青馬のとなりで、親族が話してくれたことに想いを巡らせていると、自らの手に熱と力がよみがえる。

「私も、目が覚めました。やっぱり私は書かなきゃいけない。現状、祖父の子ども時代のことはわかっていないから、もっと知らなきゃいけない。そして、伝えたいです。なぜなら祖母の痛みや伯母の葛藤も、多くの人に知ってもらうことで、なにかを動かせるかもしれないから。それは人の心や意識だったり、社会そのものかもしれない。たとえ一気に変わらなくても、別の誰かがつないでくれる可能性だってある。それはヘレン・ケラーも言っていたそうです」

青馬は目を瞠って、ほほ笑んだ。

「驚きました。僕も同じようなことを思ってデフキャンプの活動をしてるから」

「そうなんですね」

「はい。それに、簡単には断てないですよ。さっき、五森さんは本来つながるはずの命が断たれたって言いましたよね？　でもろう者や彼らを支える者たちの意志は、誰にも断つことができません。決して断たせるものかとも思います」

青馬は鞄から名刺入れを出し、「じつは今のあなたに、ぜひ会いにいってほしい人がいるんです。今こそ会うべき人です」と一枚を手にとる。

「今こそ、ですか？」

青馬は肯いた。

差しだされた名刺を見ると、［宮柱栄次郎］と記されていた。

暁子と晩酌をした夜、見せてもらった古い写真を思い出す。そこでは理髪科の生徒たちに囲まれて、二十歳そこそこの教員だった宮柱先生がうつっていた。

「新設された理髪科で、最初に教えた先生ですね？」

「その通り。勝手ながら、もう宮柱先生にはご連絡していて、娘さんを通じて事情を話したら、ぜひ取材をしてほしいという返答がありまして。九十八歳でいらっしゃるんですが、ご本人は年齢を感じさせないくらいかくしゃくとしているので、いろんな話を聞かせてくださると思いますよ。五森さんが今、どれほどの人たちの想いを背負おうとしているのか実感できるはずです」

第七章　つないだ人

宮柱栄次郎先生を訪ねたのは、六月上旬の蒸し暑い雨の午後だった。

東海道本線の平塚《ひらつか》駅からバスに乗りかえて十分ほどで、荒々しくうねる太平洋の波濤《はとう》が見える。梅雨《つゆ》にけぶった海は、砂浜も空もなにもかもが黒と白のあいだの色だった。私は久しぶりの外出というせいもあって、しばらく見惚れた。

宮柱先生の自宅は閑静な住宅街にある庭付きの戸建てで、ツゲやマキの植えられた門をくぐると、庭には小さな畑があった。玄関先で呼び鈴を鳴らし、先生に連絡を取りついでくれた娘さんに出迎えられる。

娘さんは六十代後半くらいで、和菓子の手土産を渡して取材のお礼を改めて伝えると、気を遣わなくても大丈夫だと快活に笑った。訊けば、娘さんも長年教員をしていたといい、私はもうずっと会っていない小学校の担任の先生のことをなんとなく連想した。

「父は徳島のあとも全国の聾学校の理容科に赴任していたので、よく教え子の方もいらっしゃるんですよ。ろう関連の集まりでも役員を務めている関係もあって」

「今も現役でいらっしゃるんですね」

「そりゃ、もう。少しは休んでくれって言ってるんですが、本人は最後まで動いてぽっくり逝《い》くんだって聞かなくて。おかげで近所の人たちからは、〝驚異の九十八歳〟なんて呼ばれているんです」

手すりやスロープがついた玄関先で靴を脱ぎ、客間に通された。

エアコンのよく効いた客間には、段ボール箱がいくつも積みあがっている。

「これはね、全部、今日お話しするために出してきたんです。父は若い頃からほぼ毎日、日記をつけてきた人なんです。今回、記憶をたどるのにずいぶんと助かりましたよ。父を呼んできますからお待ちください」

やがて細身で姿勢のいい高齢男性が現れた。灰色のシャツに同系色の薄手のベストを着て、動きやすそうな黒いズボンをはいている。なにより白髪がゆたかなので、高齢であることを忘れさせる。娘さんに手伝われなくても一人で椅子に腰を下ろすと、活舌のいい大きな声で挨拶をした。

「はじめまして、宮柱栄次郎です」

「お会いできて光栄です。祖母や伯母から、くれぐれもよろしくと申しつかっております」

「今回は青馬くんがつないでくれたそうですね？」

「はい。今とてもお世話になっておりまして」

「青馬くんは志《こころざし》のある青年ですね。彼のような青年には、頑張ってほしいと思います」

「本当に」

「たしか彼の親族にも、ろう理容師がいるそうですね。詳しくは訊きませんでしたが、だから彼もその歴史に興味を持って、独自に調査しているとか？」

初耳の情報に、私は固まる。なぜ青馬は、ろう理容について調べているのかと気になっていたが、まさか私と同じ動機だったとは。早く話してくれればよかったのに――。そんな私の戸惑いをよそに、先生はつづける。

「それで、あなたは正一くんのことを調べているとか？」

私はわれに返り、「はい」と居住まいを正した。

「どんなことを知りたいですか」

はっきりとした口調を心がけながら、私は先生に伝える。

「取材をはじめた当初、私は祖父のことを超人のように想像していました。きっと特別な人だったから、やりとげられたんだろうって。でもこれまで親族の話を聞くうちに、祖父は信念を持っていたから頑張れただけだとわかりました。でもどうやってその信念を得られたのか、という疑問が残っています。現状、祖父の幼少期から開店に至るまでの経緯《いきさつ》がわかっていないので、宮柱先生からその頃の祖父についてお伺いすることで、答えを見つけたいと思っています」

「なるほどね」と顎の下をさわりながら、宮柱先生は肯いた。「たしかに、正一くんは超人でも聖人君子でもなかった。逆に、最初は扱いづらいというか、気難しくて不器用な子でしたよ」

「えっ、そうなんですか」

「はい。なるほど、信念か……どこから話すべきか」と呟くと、先生は縁側の方に視線を投げた。手入れされた庭には、大輪のアジサイが咲いている。

「古河太四郎《ふるかわたしろう》先生についてはご存じで？」

本で読んだことがあったので、私は肯いた。

江戸末期に京都の大きな寺子屋に生まれた古河太四郎は、明治十五年に日本初の聾学校である、京都盲唖院の初代院長に就任。近代盲唖教育の祖父とも言われている。

「その古河先生から、聾教育のてにをはを徳島に持ち帰ったのが、徳島生まれの五宝翁太郎《ごほうおうたろう》先生でした。五宝先生は京都での奉職を経て、明治三十八年に徳島ではじめて耳の聞こえない子や目の見えない子のための教育施設をつくった方です。片手にろう児を、片手に盲児をつないで学校に通う五宝先生は、〝徳島のペスタロッチ〟と呼ばれました」

「ペスタロッチ？」

「スイスの有名な教育者です。歴史上はじめて、孤児や障害児に教育を受けさせた人物として知られます」

「そんな偉人の名で呼ばれる方が、徳島にもいらしたんですね」

「ええ。そうした方々の尽力のおかげで、盲聾教育は少しずつ歩みを進めてきました」

とつぜんはじまった歴史の講釈は、単なる長い前置きのように思えた。しかし宮柱先生は言わんとすることの本質がそこにあるかのように、「そう、これはとても大事なことですからね」と語気を強めた。

「五宝先生の時代、独立した校舎は存在せず、地元の小学校の古い物置を借りていたそうです。しかも、盲生と聾生の両方を同所同時に教えていたといいますから、劣悪な環境としか言いようがありません。そもそも富国強兵の時代のため、障害児などに教育しても仕方ないのではないか、と反対する者も多くいました。世の中の理解も乏しく、予算を集めるのも大変だったので、同情を得るために、きれいな服を着てこないようにさせたこともあったとか」

「そんな苦境は、いつまでつづいたんですか?」と、私は訊ねた。

「はじめて県立学校の認可を得たのが、昭和六年です。初代校長に五宝先生が就任しました。翌年、二代目校長に秋本忠雄《あきもとただお》先生が就任なさって、はじめて盲聾学校のための校舎の建設がはじまりました。ようやく完成した校舎は、校地の広さも設備の新しさも、他府県にあまり類を見ない優れたものだったそうです」

先生は滔々と語った。

「理髪科の設置も、その頃ですか?」

「ええ。私もその年に理髪科の専任講師として赴任しました。こうしてふり返ると、一朝一夕で達成できたわけではないのです。日本で最初に聾教育をはじめた人。それを徳島に持ち帰った人。聾教育を公立にした人。校舎をつくった人。理髪科を立ちあげた人。理髪科で教えた人。人跡繁ければ山も窪む。みんなが時を超えながら、一人ずつバトンを渡してきたのですよ」

「それが今につながるわけですね」

「そうです。教育者というのはね、その性質上、金持ちになれたりだとか、経済的に成功するわけではありません。とくに当時の障害者教育となれば、賞賛もされないまま世間からの理解も得られず、苦悩のなかで職を辞していく不遇の人も多かった。けれど『この子たちの力になりたい』というみんなの信念があったから、彼らに直接のつながりがなくとも、後世の人が感化され、バトンがつながれていきました。そういう理屈ではない尽力に、不可能なことはないんですよ」

宮柱先生の言葉は、私の心にまっすぐ突き刺さった。人生をかけて、誰かのために、聞こえない子どもたちのために、やるべきことを信じて戦ってきた人たちがいた。そのバトンの連鎖に、私も触発される。

「正一くんだってそうです。さっき超人じゃなかったと言いましたが、彼もまた、つないだ人でした。未来へとつなぐために、彼ほど努力を惜しまなかった人はいません。はじめは頼りなかった彼に、信念が芽生えるまでの過程を、私は間近で見ていました」

宮柱先生はそう付け加えると、まず自分のことを語りはじめた。

*

宮柱栄次郎は大正二年に、徳島市の南隣にある小松島《こまつしま》市で生まれた。実家は小さな理髪店を営んでいたが、栄次郎は次男だったため、はじめから兄が継ぐことになっていた。

子供の頃は、大正ロマンの全盛期だった。実家の店にはマントスタイルでステッキを持った紳士たちが、流行を追い求めて出入りした。父の理髪の技術を見て学び、店の手伝いをしていた栄次郎は、十五歳のときに理髪師養成所に入って免状を取得。そのあとは、徳島市の大きな理髪店で修業を積んだ。

しかし安くて早いを売りにしている大型理髪店の雰囲気に、栄次郎はどうしても馴染めなかった。誰かの身だしなみを整えたり、感謝されたりすることに喜びは覚えても、作業の効率や利益を重視するのがどうも苦手だった。

徳島県立盲聾啞学校から理髪科の専任講師を募集しているという知らせが、修業先の店に届けられたのは、そんな昭和七年の夏だった。

書かれていた二軒屋町《にけんやちょう》の住所に行くと、眉山の南東に位置する田園風景のなかに、真新しい校舎がぽつんと建っていた。校庭のまわりにはプラタナスの木々が立ち並び、蟬《せみ》の声がうるさいほどだった。縦長の校舎が二棟並行にならんでいた。一棟は二階建てでろう児を教える教唖部があり、もう一棟は平屋で盲児を教える訓盲《くんもう》部がある。

教唖部の校舎を入ってすぐのところに、理髪科講師説明会という筆書きの紙が貼りだされていた。目の前の教室に入ると、まもなく開始時間だというのに、三人しか集まっていない。そのうちの一人は、なんと、栄次郎でも顔を知っている徳島県理髪組合の組合長だった。当時、市街地の理髪店はどこも組合に所属しており、栄次郎も組合長を何度か見かけたことがあった。

数メートル離れているのに、洒脱《しゃだつ》な洋装の組合長は整髪剤の匂いをぷんぷんさせている。ここに通っている盲児が匂いに当惑するのではないか、と心配になるくらいきつかった。挨拶をしにいくべきか迷ったが、組合長は栄次郎のことを知らないようだったので、黙って隅の方の席に腰を下ろす。

やがてネクタイを締めた四十代くらいの男性が現れ、説明会をはじめた。参加者は結局、栄次郎を含めて四人しかいなかった。

「はじめまして。私はここ徳島県立盲聾唖学校の校長、秋本忠雄と申します。このたびはお忙しいなか、お集まりいただきありがとうございます。みなさんには今日、わが校での理髪科専任講師の募集要項について、お話しさせていただきます」

すると話を遮るように、組合長が「お待ちください！」と叫んだ。

「私は組合を代表して来させてもらいました。秋本校長、お気持ちはわかりますが、こういったことをされては迷惑です」

校長は顔を上げ、組合長の方を見た。

組合長は机のうえにある配布物を手でバンッと叩いて、こうつづける。

「理髪業は耳が聞こえなくて務まる仕事ではありません。われわれの仕事を舐《な》めないでいただきたい。健聴者でも、一人前になるのに五年、いや、十年以上はかかる世界です。障害者がどうやって技術を身につけるというんです？」

「だからこそ、みなさまに教えていただきたいのです」

「しかしわれわれの指導を、どうやって聞くというんです！　客の注文だって、まともにとれないでしょうが。ましてや剃刀《かみそり》なんて持たせられません。そもそもどこの店もろうあなんか雇わないだろうし、自分で店をひらいたところで客なんて来やしませんよ。親切心から言います、早いうちに諦めた方がいい、絶対。どうしてもやりたいんなら、まずは聴覚を治してからです」

校長はしばらく黙っていた。

ひどいことを言うものだ。しかし校長の冷静な表情からして、何度も交渉しては決裂してきたのだろう。

参加していた他の二人が、すごすごと教室から出ていく。

「ほら、ご覧なさい。講師なんて見つかりませんよ」

組合長は満足げに笑った。

栄次郎としても、組合を敵に回せば父兄に迷惑をかけることになる。しかしどうしても栄次郎はその場から立ち去ることができなかった。

壇上に立っている校長は、声を荒らげることなく組合長に訴える。

「人は誰しも、可能性を持っています。教育とは、その可能性を伸ばすことです」

秋本校長の衒《てら》いのない口調は、栄次郎の胸をゆっくりと強く押す。「ろう者は、社会に出ると不当な扱いをされてしまいます。しかしろう者が不幸な目に遭うのは、子どもの頃に、きちんとした教育を受けていないからです。ろう児に教育を与えないのは社会全体の罪です。教育さえしっかりできれば、彼らだって幸せに生きていけます」

幸せ、と栄次郎は小さく復唱した。

「フンッ。彼らのことは気の毒だとは思いますよ。私だって鬼じゃないんです。現に、布団や米だって、寄付したことはありますからね」

「いえ、それだけでは足りないのです。われわれは彼らが彼ら自身を助けられるように、支援していかなければなりません。そのために、われわれは調査を重ね、ろう者でもできる仕事として理髪業が適しているという結論に至りました」

校長の話を聞きながら、栄次郎は感化される。

なぜ反対するのですか、と組合長に抗議したくなっている自分がいた。ろう者に手に職をつけさせ、自立へと導くことの必要性を、なぜ理解できないのか。ただ一方的に衣食住を与えるだけでは、本当の解決法にならない。してあげるばかりでは。

効率や利益ではない、もっと大事なものがその先にある気がした。

一歩も引かない校長に、組合長は嫌気がさしたらしく、椅子を蹴飛ばし「どうせうまくいくはずがない」と吐き捨てた。一瞬、栄次郎の方を睨んだけれど、なにも言ってこなかった。

静まり返った教室で、栄次郎は立ちあがった。心臓が高鳴る。

おそらく栄次郎も帰ると思われたのだろう、片づけをはじめた校長に声をかける。

「やります」

校長は目を見開いて、こちらをふり向いた。

「やらせてください、僕に、理髪科の講師を」

興奮のあまり、息が上がっていた。

「お名前は？」

「宮柱栄次郎といいます。来年、二十歳になります」

「お若いですね」と、校長は目をすがめる。

「ええ、でも子どもの頃から親の理髪店を手伝ってきましたから、経験は年上の人たちと変わりません。免状もありますし、教えるのも上手な方だと思います」

教えたことなんて一度もないのに、口からすらすらと出ていた。

ややあって、校長はかすかに口元に笑みを浮かべた。

「では、本来の説明会をはじめましょうか」

とはいえ、校長の説明を聞きながら、栄次郎は本当にこれでいいのかという不安も拭いきれなかった。未熟な自分にできるのだろうか。なんといっても、困難を抱えた人を助けることの難しさを、これまでの短い人生のなかでも重々学んでいた。心配の理由を挙げればキリがない。

しかし、このとき栄次郎は、手をさしのべずにはいられなかった。

説明会を終えて校舎を出ていくとき、下駄箱の近くに数名の子どもが集まっていた。なにかの遊びだろうか、お互いに手と手を動かしあっている。近づいていくと一人の子に気がつかれ、他の子たちも一斉にこちらを見た。つぎの瞬間、彼らは恐怖で顔をこわばらせると、蜘蛛《くも》の子を散らすように走り去る。

「あっ、ちょっと！」

呼びとめようとして、思いとどまる。この学校にいる子たちは耳が聞こえない。言葉が通じなければ、意志の疎通をどうやってはかればいいのだろう。これから自分は、あの子たちに理髪を教えられるのだろうか。

「今日はありがとうございました」

ふり返ると、校長が立っていた。

「いえ、こちらこそ」と、栄次郎は頭を下げる。

「どうかされました？」

「なぜか今、子どもたちに逃げられてしまって……」

ああ、と校長は悟ったように肯く。

「この学校にはいろんな教員がいますからね。知らない大人を見たら、まず逃げるようにしているのでしょう」

栄次郎には意味がわからなかった。

数ヵ月後に理髪科講師に就任した栄次郎は、口話法の授業を見学して、ようやく生徒に逃げられた理由を知った。

小等部の教室では、十歳に満たないろう児たちが机を並べていた。桜がつぼみを膨らませる陽気なのに、教室内の空気は張りつめている。なぜなら、大柄な男性教員が竹刀《しない》を持って教壇に仁王立ちしているからだ。四十代半ばの男性教員は、他の聾学校から口話法を教えるために赴任してきたという。

「お、か、あ、さ、ん」

教員は黒板にそう書くと、生徒の方をふり返って口を大きく動かしながら大声で言ったあと、一人の女子生徒を指名する。

「今の言葉の意味は？」

女子生徒はこわばった表情で、机のうえにあった絵の一枚を、おそるおそる手にとる。そこには赤ん坊を抱く女性が描かれていた。

「正解。じゃ、もう一度、言ってみなさい」

「お……ああ……あん」

顔を赤くして、女子はそう発声した。教員は満足していないそうだが、「仕方ない。大目にみてやろう」と肯いた。つぎに、となりに座っていた男子生徒に、同じく大袈裟《おおげさ》な口の動きで言う。

「お、と、う、さ、ん」

しかし男子生徒は、とっさに口の動きがわからなかったらしい。たった今答えた女子生徒に向かって、手を動かしはじめた。その瞬間、教員の叱責が飛ぶ。

「手真似禁止！　出来損ないめ」

教員は男子生徒の手を、バシッと竹刀で叩いた。生徒全員が震えあがる。

「あれが見えんのかっ」

竹刀の先を見ると、黒板の脇に、手話をしている二つの手に大きく×印をつけた大きな貼り紙が、恐怖心をあおる警告として複数掲げられていた。

「お、と、う、さ、ん！」

教員はいっそう声を張りあげてみせるが、男子生徒は痛みと恐怖で、正しい答えを導きだすどころではなさそうだった。半べそをかきながら、必死にでたらめな声を発する。それは発声の訓練というよりも、ただ体罰を恐れるだけの過酷な場にうつった。

子どもたちが自分を見ていっせいに逃げだした理由は、手話を禁止する教員も多いので、殴《なぐ》られると思ったからだった。

また、生徒たちが不用意に声を出したり物音を立てたりすると、教員は「うるさい、黙りなさい！」と徹底的に叱り飛ばした。要らない声や音を出すな、恥ずかしいし耳障《みみざわ》りだ、と。しかし耳が聞こえないのだから、無意識に声が出てしまったり、物音の大きさがうまく調整できなかったりして当然ではないか。現に、寄宿舎は賑やかだった。

この一方的な教育はなんだろう。いや、教育と呼べるのか。

授業が終わったあと、男性教員に声をかけた。

「見学させていただき、ありがとうございました。ただ……なぜ手話まで禁止になさっているんです？」

批判と受けとったらしく、表情を曇らせる。

「集中させるために決まってるでしょうが。ろう児はすぐに楽しようとします。手話を許せば、いつまでも必死になりません。もっと厳しい先生もいますよ、手を紐《ひも》でしばったり、水を張った桶を持たせたりね」

「そんな、厳しすぎやしませんか」

教員は眉を寄せ、ムッとしたように反論する。

「なにを言いますか！　すべては子どもが社会に出たときのためです。読唇《どくしん》と発話《はつわ》は今のろう教育において、一縷の望みなんですぞ」

栄次郎は納得がいかなかった。教員は苛立ったように、職員室に戻ると「それじゃ、これをご覧なさい」と言って、去年の卒業生が書いたという作文を手渡した。

「きのうに雨をふります。私がさむい、お母さんからたんぜんあげます。」

最初の一行は、そう書かれていた。

「これを書いた子は、小等部と中等部にかけて計十一年間通いつづけていました。学級委員長まで務めた真面目な生徒なのに、日本語すらままならず卒業した。この学校ではなにを教えているんだ、と世間から批判を浴びても当然でしょう？」

返す言葉がなかった。

「結局のところ、社会に出れば、どれだけ聴者に近づけるかなんです。あなたのような生ぬるい教員が、いくら手塩にかけて木工や裁縫の技術を身につけさせても、いざ卒業してここを出たら就職できず、まともな生活さえ送れない。ろうあというだけで、言葉も通じないバカだと見下され、身内から厄介者《やっかいもの》扱いされるんです。だから私は、口話法を専門に教えると誓いました」

「……なにも知らずに、申し訳ありません」

「あと言っておきますが、あなたが教える理髪科も、口話法の浸透のおかげで設置されたんですぞ」

教員が大股に去っていくのを見送るしかない栄次郎の肩に、全貌もわからない責任が重くのしかかった。

新任の栄次郎と、はじめて会った頃の五森正一は重なるところがあった。

新学期がはじまる前に、父親に連れられて挨拶をしにきた正一は、痩せていて年の割に小柄だった。校長や栄次郎が手話や表情で〈こんにちは〉〈よく来てくれたね〉と伝えても、なにも反応がなかった。緊張しているのか。しかし父親のうしろに隠れるわけでもない。

父親である五森ツネ助は別の学区の教員であり、秋本校長とは師範学校以来の付き合いらしい。親しげに話している大人二人とは裏腹に、正一は他の生徒が遊んでいる校庭を窓からぼんやりと眺めていた。教唖部の子たちと比べれば、衣服はきちんとしていて肌も歯もきれいだが、覇気のない態度が不釣り合いで、かえって異様に感じられる。

親子が帰ったあと、栄次郎は秋本校長に訊ねた。

「さっきの五森正一くんは、今年で十三歳ということですが、それまではどうしていたんですか?」

「普通の学校に通っていたそうです。二歳まで聞こえていたといいますから、口話も上手なようですね。彼の父、ツネ助くんは教育熱心で、独学で正一くんにいろいろと教えていました」

「では、なぜさっきは口話法を使わなかったのでしょう?」

「私にもわかりません」

校長は顎ひげをさわりながら、さっき正一が見ていた窓辺に寄った。

「正一くんは、ある意味では、愛を知らずに入ってきた子たちよりも、厄介な問題を抱えているのかもしれませんね。愛を知らない子は、ひとたび愛を受け入れれば心をひらいてくれます。でも正一くんは愛されなかったわけじゃない」

「愛されているのに、心を閉ざしている、と?」

校長はこちらに向き直った。

「ええ、皮肉ですよね。今までも苦労したでしょうが、ここからが正一くんにとって本当の試練になります。手話を少し齧《かじ》ったことはあるようですが、ここに通う子たちに比べれば語彙《ごい》もまったく及びません。しかも、ろう児が苦手な口話が上手なことで、かえって反感を買わないとも限らない」

なにを考えているのかわからない正一の横顔を思い出して、栄次郎は他人事《ひとごと》ではなく心配になった。

理髪科初回の授業に集まったのは、十二歳から十五歳までの男女七名だった。

初回とあって、田辺《たなべ》先生という自身も軽度の難聴者であり手話も流暢な教員も同席していたが、栄次郎は子どもたちがどんな心境で席についているのか、まだよく実感が湧いていなかった。緊張しながらも自分を奮い立たせる。

「今日はみんなに、理髪とはなんなのかをわかってほしいです。まずは教科書をひらいてください」

それは栄次郎が理髪師養成所に通っていたときに使った教科書を、子どもにもわかるように編集したものだった。

「理髪とは、髪の毛を切ったり、顔剃りをしたりして、お客さんの身なりを整えることを指します――」

教科書の一行目を読んでから、栄次郎は顔を上げた。生徒たちは教科書を食い入るように見つめていたが、やがてとなりの子と手話でやりとりをはじめる。言葉の意味がわからないらしい。

栄次郎は生徒に注意をする。

「質問があったら、挙手をしてください」

すぐさま一人の男の子が手を挙げた。

彼の質問を理解するだけでも何分もかかった。

〈髪を切るのは、誰ですか?〉

「えっ? 君たちですが」

誰がやると思ったのだろう。栄次郎は慌てて答えるが、男の子はまだぽかんとした顔をしている。結局、時間ばかりが経過するので、わかってもらえたのかどうかもわからないままに授業を進めるしかなかった。

「理髪師になるためには、行政が定めた試験を受ける必要があります。そのために、ハサミや剃刀の種類や使い方を学びます。また、人の身体の仕組みや、薬剤による衛生管理の方法についても――」

そこまで進むと、理解する者は誰一人おらず大混乱だった。

もはや手話通訳する田辺先生を見る余裕もなさそうだ。

栄次郎は途方に暮れた。自分が受けた養成所では、もっと回りくどい内容の教科書を使っていた。

――理髪業は耳が聞こえなくて務まる仕事ではありません。

組合長が説明会で放った一言が、耳の奥でこだまする。

頭を抱えていると、前の席に座っている正一と目が合った。彼は一人だけ誰とも会話をせず、無表情で席についていた。その目に光はなく、周囲で起こっていることにも無関心な様子だった。

授業のあと、校長室に相談に行った。

「どうでしたか、初回は？」

訊ねながら、校長はお茶をすすする。

「前途多難です。そもそも理髪とはなんなのかをわかってもらうことさえできませんでした」

「なるほど。どうして生徒たちは、理髪のことを理解できなかったのだと思いますか？」

栄次郎は「それは」と返答に詰まる。

「訊き方を変えましょう。なぜそのやり方では、彼らには難しいのでしょうか」

「……共通認識が少ないのかもしれません。彼らは理髪店で髪を切ったことも、顔剃りをしてもらったこともないので想像ができないのかと」

肯いたあと、秋本校長はほほ笑んだ。

「たしかに人は言語を手に入れると、世界をより具体的に、正確に捉えられるようになります。しかし感覚や経験よりも、言語が先にあってはならないのです。教育においてそのことがいかに重要か、私は身をもって学んできました」

つねに感覚の方を、言語よりも優先させる——。

その瞬間、手探りだった栄次郎の脳裏に、一筋の光が射した。長くつづいた教員人生のなかで、栄次郎はその教訓を忘れることはなかった。


翌日、二回目の授業は、四枚の大きな鏡の前にそれぞれ中古で譲られたバーバー椅子が設置された実習室で行なうことにした。設備はまだ不完全だが、これから時間をかけて磨き、街角にあるような理髪店を再現し、できたら地域の人を呼んで、無料で髪を切る代わりに実習をさせてもらってはどうかと考えていた。

栄次郎はこの日も立ち会ってくれていた田辺先生に通訳してもらう。

「今日はみんなに理髪を体験してもらいます」

生徒たちはお互いに顔を見合わせた。

一番近くに立っていた男子生徒と目が合う。彼は小等部から通っている男子生徒で、他のろう児から〈池〉という手話で呼ばれていた。名前のなかに池という字は含まれないが、聾学校に入学してまもない頃に、近くの池に落ちてしまったことから、そういうあだ名がついたらしい。

栄次郎は〈池〉を手招きして、バーバー椅子に座らせる。さらに脇に置いていた移動式の道具入れから肩掛布《クロス》を取りだし、〈池〉の身体にふわりとかけた。戸惑うように周りを見回す〈池〉に、目の前の鏡に向かってまっすぐに座るように仕草で伝える。〈池〉ははじめてこういう椅子で髪を切ってもらうらしく、緊張した面持《おもも》ちになった。他の生徒たちが色めきたつなか、栄次郎は動作を交えてゆっくりと口を動かす。

「理髪師を目指すのであれば、必ず自分の身だしなみに気を遣うように。身だしなみが整っていない理髪師のところに、客は集まらないからね」

まずは、〈池〉の頭を、くしで梳《と》かす。何日も洗っていないらしく、髪は短いのにもつれ、鳥の巣になった部分もあった。金属製のキリフキで水をかけて、少しずつほぐしてやると、〈池〉は目を細めた。

「髪を梳かしたら、今度はハサミで切ります」

実家や知り合いの店に頭を下げて集めた、使っていない古いハサミのひとつを手にとる。耳の上で切りそろえたあと、最後に、沸かした湯で手ぬぐいをしぼり、ていねいに拭いた。鏡を見つめている〈池〉は、すっきりした顔立ちに生まれ変わっていた。

〈これが、僕？〉

という風に、〈池〉は自分自身と鏡にうつった自分を交互に指差す。

「そうだよ」と、栄次郎は肯いた。

理髪はただ伸びた髪を切るだけではない。見た目をさっぱりとさせることで、自信をもたらし爽快感や癒しを与えるといった効果もある。鏡越しに頬を染めている〈池〉は、そのことを予想以上に学んでくれているようだった。

するととなりに立っていた田辺先生が、目に涙を溜めている。

「どうされました？」

「すみません、感極まってしまいまして。〈池〉の両親は、ともにろう者です。一家は貧しく、両親はいまだに馬小屋の片隅で暮らしています。父親は息子に同じ苦労をさせまいと、うちに相談しにきました。〈池〉が小さい頃は、寄宿舎のお金も払えないので、毎朝まだ日の昇らないうちから荷車に〈池〉を乗せて、校門まで送り迎えしていました。〈池〉は薄暗く誰もいない校門で一人、始業時間を待っていた。今も父親は借金して学費をまかない、人の何倍も農作業をしています」

田辺先生は眼鏡をとり、袖でぐいと涙を拭った。

「そうでしたか」と息を吐いて、栄次郎は〈池〉のことを見つめる。田辺先生は〈池〉とやりとりをして、こうつづけた。

「〈池〉は理髪科に進んで、いつかは一人前の理髪師になって、自分が両親を食べさせてやりたいと言っています。どうぞよろしくお願いします」

「こちらこそ。頑張ろうな、〈池〉」

〈池〉は肯き、きらきらした瞳を向けてくる。

栄次郎は、理髪科にやってきた生徒たちの髪や肌に触れ、整えてやりながら、田辺先生の説明で一人ずつの境遇を知った。なかには親に見捨てられるように寄宿舎に入れられた子もいたし、入学してすぐの頃は大人への不信感をつのらせて暴力にしか訴えられなかったという子もいた。

実習室の窓からは、眉山がすぐそこに迫って見えた。ただし、ここは裏手に当たる南側に位置するので、よく知られた整った稜線の眉山ではなく、凸凹していて不揃いで、小さな峰の寄せ集めに近い。その姿は、ここに集まった理髪科の生徒たちにも似ていた。

最後に、栄次郎は正一をバーバー椅子に座らせた。

他の生徒たちと違って中等部から入ってきた正一は、それまでただ遠巻きに眺めるだけだった。他の子が話しかけないのは、正一が人を寄せつけない空気をまとっているせいでもあった。

正一の整えられた髪を梳かし、ハサミで毛先をそろえてやると、ふと、耳たぶの下に傷を見つけた。三センチほどの切り傷で、さほど古くもなさそうだ。手術跡だろうか。それとも、彼が聴力を失ったことと、なにか関係するのだろうか。

「ここは、どうしたの？」

しかし正一はなにも答えず、即座に手で覆いかくした。

理髪店で働いていると、客の頭や首に傷跡を見つけることはよくある。その都度、ここはまだ痛むのか、指で触れない方がいいのか、念のため確認するが、稀に指摘さえされたくない客もいる。

正一はほとんど話さなかったが、最後にぺこりと頭を下げた。そして、拙い手話を小さな動きで示した。

〈僕〉〈理髪師〉〈したい〉

他の生徒たちの決意表明を無視してはいなかったのだ。

〈君〉〈なぜ〉〈理髪〉〈?〉

栄次郎は知っている表現を並べた。

すると正一は迷わず、すっと親指を立てた。

〈お父さん〉

お父さんの期待に応えたい――。

そんな意味を、栄次郎は読みとった。

正一もまた覚悟を持ってここに来たのだ。この子たちを立派な理髪師に育てたい。育てなければならない。この授業では、理髪とはなんたるかを教えるつもりでいたが、むしろ栄次郎の方が、今やるべきことを教わっていた。

そうして栄次郎は、理髪科に入った生徒たちの指導を開始した。しかし、ろう児に理髪を教えるという道のりは、想像していた以上に険しかった。

たとえば、道具や設備ひとつとっても用途を説明するのだけで何時間もかかってしまうし、手話を少しずつ習得しても作業中に両手は使えない。剃刀片手に身振り手振りをするわけにもいかず、それは生徒にとっても同じだった。いちいち道具を置いて手話をしては、ふたたび道具を手にとるので忍耐を必要とした。

本来なら、夏休みまでに道具の手入れの仕方だけでなく簡単な使い方も教えるつもりだったが、なかなか思う通りにはいかなかった。また、生徒の方も、はじめて習うことばかりで混乱している印象を受けた。このままでは、一人前になれるのは遠い未来のことに思えた。ましてや理髪師として生計を立てるなんて、夢のまた夢のようである。

そして正一は相変わらず、二学期がはじまっても教室に馴染めないまま、ますます孤立していた。

十月のある日、〈池〉が口話の補習で居残りをしていた。

口話の授業では、接客での語彙を身につけるために、「いらっしゃいませ」「どんな髪型にしますか」といった声での簡単なやりとりの他、筆談で使えそうな言葉を冊子にくり返し練習するという課題が出されていた。

口話が苦手な〈池〉を他の生徒が手伝うなか、正一だけは帰る支度をしている。

それまでも、正一は他の子たちがふざけたり休憩したりしているあいだ、一人だけ輪に加わらず机で教科書に向かっていた。おかげで座学の成績はよかったが、正一が自ら誰かに話しかけるところを栄次郎は見たことがない。誰かに話しかけられても、笑顔さえ見せずに無視するときもあった。

すると〈池〉が立ちあがって、正一の肩を〈ねぇ〉と叩いた。

〈これ、なんて読むの?〉

他の子もみんな、わからなかったのだろう。正一は〈池〉が向かっていた課題を一瞥《いちべつ》したあと、指文字で示す。

〈か〉〈く〉〈が〉〈り〉

なるほど、と〈池〉は表情を明るくするが、そのとき、となりにいた別の生徒が、正一の肩を突いた。

〈《池》に謝れ。今、《池》のことを鼻で嗤っただろ〉

正一はその生徒を睨み返し、首を左右にふったあと、すぐに帰ろうとする。

〈待てよ、謝れって〉

つぎの瞬間、正一の「うあん！」という唸《うな》り声と、椅子が倒れる音が響いた。見ると、正一を責めた生徒が床に倒されている。正一が突き飛ばしたのだった。

「なにしてるんだ！」

栄次郎は慌てて、喧嘩の仲裁に入る。幸い、その生徒に怪我はないようだった。

〈どうして突き飛ばしたんだ？〉

しかし正一はなにも答えない。顔を赤くして黙っている。

そのとき〈池〉が一歩前に出て、穏やかに訊ねた。

〈どうして君は、そんなに怒っているの？〉

正一は目を見開いたあと、唇を噛みながらゆっくりと手を動かす。

〈僕〉〈君たち〉〈違う〉

〈なにが違うの？　口話法や読み書きが得意なところ？　それとも、親が学校の先生だっていうことかい？〉

ろう者の親に育てられた〈池〉の手話は、流れるように美しく的確だ。そんな〈池〉はこの学校では周囲から頼りにされ、気さくな性格もあいまって人気者だった。口話の成績にせよ経済的にせよ、正一の方が勝っているはずなのに、〈池〉の方が何倍も堂々として恵まれているように見える。

〈僕〉〈前〉〈聞こえた〉

正一は顔を赤くして、知っている手話を並べる。

〈でも〉と、〈池〉は深呼吸をしながら表す。

〈今〉〈君〉〈ろう〉

その三つの表現によって、正一の顔は真っ赤になった。正一は〈池〉を無視して、逃げるように教室を出ていった。

つぎの日から、正一は学校に来なくなった。教室では変わらず授業が進められたものの、〈池〉を含めて、生徒たちは正一のことをどこか気にしている様子だった。

三日経っても現れないので、放課後に正一の家を訪ねることにした。正一の家は、盲聾唖学校がある二軒屋町から自転車で三十分ほどの国府町にあった。五森家は地主であると聞いていたが、思っていた以上に立派な屋敷だった。

〈池〉のように貧しい生まれも苦労するが、裕福な家庭に生まれたろう者もそれはそれで大変なのだろう。お手伝いに声をかけて、聾学校の講師であると伝えると、すぐに正一の母が現れ、客間に通してもらった。来る途中で買った手土産を渡す。

「わざわざ申し訳ありません」

母は畳に手をついて、礼儀正しく頭を下げた。

「いえ、正一くんは元気ですか?」

「身体の方はなんともないんです。ただ、どうしても行きたがらなくて、私の方もご相談に上がろうかと迷っていたところでした」

学校での〈池〉とのやりとりを伝えるべきかを逡巡《しゅんじゅん》していると、母は思いがけないことを切りだした。

「じつは、先生に申しあげるのは失礼かもしれませんが、夏休みのあいだに、親戚の集まりがあったんです。そのとき、正一を聾学校なんかに通わせるなと主人が責められ、口論になりまして。親族には正一のことを恥ずかしい、隠したいという者もおります。きっと正一も大人たちの本音を読唇と表情で読みとったんでしょう」

「そんなことが」

「でも聾学校にうつってから、正一が少し元気になって、ホッとしていたのですが」

母はさりげなく涙を拭った。

「正一くんは今、どこに?」

「屋敷の裏にいます。よければ、顔を見にいってやってください」

日が傾いて、秋の深まりを感じた。水路の近くにしゃがみこんでいる正一の背中を見つける。

肩を叩くと、驚いたような顔でふり返ったが、すぐにまた顔を伏せた。

〈久しぶりだね〉

反応はない。

〈ここ、いい？〉

正一が肯いたので、栄次郎はとなりにしゃがみこむ。

〈このあいだのことは気にしなくていいよ。みんなも君のことを心配してるから、明日は学校に来たらどうだい？〉

正一は俯いたまま、枝で地面にでたらめに線を描いている。

〈お母さんから少し話を聞いたよ。親戚にひどいことを言われたんだってね〉

正一はこちらの手話を横目で見るものの、描くことをやめようとしない。栄次郎はため息を吐いて、しばらく周囲を眺めた。近所の家から出てきた初老の女性が、少し離れたところを通りすぎていく。手話を見ていたらしく、挨拶もせず訝《いぶか》しがっていた。

背も伸びきらない子どもなのに、正一はなんと孤独なのだろう。たしかに聾学校には彼と同じ境遇の子たちがいる。けれど周囲から植えつけられた、ろうは恥ずかしいという意識のせいで一人だけ馴染めない。それに聾学校に通うだけで、親族から後ろ指をさされて家族が責められる。

そのとき、仕上がった絵に、栄次郎は目を留めた。

〈この二人は誰？〉

正一はおそるおそるといったふうに手を動かす。

〈僕の耳〉〈お父さん〉〈お母さん〉〈幸せ〉〈違う〉

僕が聞こえないせいで、お父さんやお母さんを不幸にさせています――。

〈そんなことはないよ！〉

栄次郎は強く否定し、正一を励ます。〈きっとお父さんもお母さんも、君のことを誇りに思っ

ている から〉

しかし正一は目を逸らすだけだった。

秋晴れの夕空は美しく輝いているが、どんな絶景も正一の心を晴れやかにはしてくれないだろう。指導する立場なのに、なにもしてやれないことが申し訳なく歯がゆかった。

「せんせい！」

そのとき、遠くの方から、聞き慣れた声が飛んできた。

ふり向くと、理髪科の子たちが手をふりながら、ぞろぞろと歩いてくる。

〈どうしたんだ?〉

学校からここまで徒歩で二時間弱はかかるのに、正一以外の、六名全員が集まっていた。

〈先生が今日、正一の家に行くって言っていたから〉

みんなを代表して〈池〉が答えたあと、正一に〈元気そうじゃないか。今から一緒に遊ぼう〉とあっけらかんとほほ笑みかける。

〈バカだな〉と、別の子が〈池〉を小突く。

〈どうしてさ〉

〈正一だって、じつは病気かもしれないだろ。おまえと違って、正一は頭がいいから風邪を引いたりするんだ〉

〈僕だって風邪くらい引くよ〉

ふざけている〈池〉の肩を、正一が立ちあがって叩いた。

〈どうして?〉と、正一が訊ねる。

〈どういう意味？〉と、〈池〉が訊き返す。

〈僕〉〈君たち〉〈ひどい〉〈謝る〉〈ない〉

僕は君たちにひどいことをした、謝ってもないのに――。

正一の拙い手話を、〈池〉は慣れているのか読みとってくれた。〈なにを言っているんだよ〉

と、〈池〉は肩をすくめたあと、正一のことをまっすぐ指さした。

〈君〉〈僕たち〉〈仲間〉

君は僕たちの仲間だろ――。

両手をぎゅっと重ねて組むという手話は、通常〈友だち〉という意味だが、このときの〈池〉の力強い表現は、〈仲間〉という方がふさわしかった。正一は戸惑った表情を浮かべながら、同じ手話をやり返す。

〈仲間？〉

〈そうだよ〉と、〈池〉は笑った。〈正一くんは嫌かもしれないけど、僕たちは同じ、ろう者だ。ろう者の仲間が困っているときは助ける。それが僕たち、ろう者の決まりだ。僕のお父さんは、いつもそう教えてくれる〉

正一はしばらく立ち尽くし、呆然としていた。

代わりに他の生徒たちが正一を囲んで、手話で伝える。

〈明日、学校に来てよね〉

〈今度は、僕にも勉強を教えてくれ〉

〈卒業するまで一緒に頑張るぞ〉

そのときだった。とつぜん正一が、大粒の涙をこぼしはじめた。

〈どうした?〉

それまで表情の乏しかった正一が、感情をあらわにしている。周囲の反応にも構わず、ただ泣きじゃくる正一に、〈池〉が〈どうしたんだい? なにか悲しいことでもあった? 僕たちに話してよ〉と、目を見つめながら訊ねる。

〈僕〉〈前〉〈学校〉〈いつも〉〈一人ぼっち〉

ぎこちないが、正一は一生懸命に手を動かした。

〈僕〉〈聞こえない〉〈だから〉〈友だち〉〈違う〉

正一は前の学校でいじめられていたのかもしれない、と栄次郎は悟った。聞こえないせいで仲間外れにされ、疎まれた。そんな悲しい過去について、正一ははじめて勇気を振りしぼって伝えようとしている。変わろうとしている。そんな正一のことを、その場の全員が固唾を呑んで見守っていた。

〈前の学校〉〈ハサミ〉〈僕の耳〉〈切る〉

そのときに、僕はハサミで耳を切ったんだ——。

正一は耳の裏にある傷を、髪をかき上げて、みんなの前で指した。

〈誰かに切られたの?〉

悲しそうに〈池〉が訊ねると、正一は首を左右に振り、人差し指を自分に向けた。

ううん、自分で切った——。

まさか、そんな過去があったなんて。一生聞こえない耳など、もう要らないと思ったというのか。誰かに切られるよりも、正一の痛みは凄惨だったかもしれない。現に、その深い傷跡はいまだ生々しい。誰もなにも言えずにいると、正一は涙をぐいと拭った。そして、手を動かす。

〈僕〉〈君たち〉〈仲間〉〈したい〉

それは、ずっと心を閉ざしていた正一が、はじめて歩み寄った瞬間だった。

つらい過去の秘密を打ち明けることで、やっと同級生に歩み寄り、仲間になりたいという気持ちをきちんと伝えた。それは正一がろう者として生きていくことを覚悟した瞬間であり、そうさせたのは同じ境遇にいるろう児たちだった。

正一の肩を、〈池〉が抱き寄せる。すると一人、また一人と、つぎつぎにうしろから正一への抱擁《ほうよう》を重ねた。橙《だいだい》色に染まった空の下、ろう児たちは塊のように肩を寄せあい、正一と呼吸を合わせる。もはや手話がなくとも、彼らの心は共振し、ひとつにまとまっていた。

*

宮柱先生の娘さんが、新しいお茶を持って現れた。私が持ってきた最中のお土産も、テーブルに並べられる。話のつづきが気になりながらも、私は「恐れ入ります」と言って、娘さんに頭を下げた。

「ところで、お父さん。大丈夫？」

よく考えれば、宮柱先生はかれこれ一時間以上も休まず、雄弁にしゃべりつづけてくれていた。さすがに息も上がっているし、お茶をすすっている姿は、前より縮んだように感じる。

「なんのその」

宮柱先生は笑っているが、私は話が聞きたい一方で、遠慮せずにはいられない。

「あの、先生。もしお疲れでしたら、また日を改めてこちらにお伺いします。どうか、ご体調を最優先にして考えてください」

気を遣って提案したつもりだったが、宮柱先生は愉快そうに笑った。

「そんなねぇ、明日死ぬかもしれないのに、悠長なことを言ってらんないよ。私に残された時間は少ないんだから。それに、私は昔からこうやって、若い人を相手に話すことが生きがいなんだ」

娘さんは苦笑しながら、「わかりましたよ。でもほどほどにしてくださいね」と新しいお茶を注いで、部屋を出ていった。

静かになると、宮柱先生は真顔になってこちらを見た。

「五森さん。娘にはああ言いましたがね、私は今ここで、あなたにすべて話さなきゃいけない、と心を決めています。正一くんのお孫さんであり、書く仕事をしているあなただからこそ、伝えておきたいことがあるんです」

先生の目の光の鋭さに、私は自ずと背筋が伸びる。

「伝えておきたいこと、ですか」

「そうです。どうか、最後まで聞いてもらえますか?」

「お願いします」

先生は肯く。

「大人は無力です。でも子どもたちは自力で成長し、団結していってくれる。それからというもの、正一くんは誰より早く登校し、教室を掃除してみんなを待つようになりました。授業のあとは居残って、粘り強く課題に取り組みました。正一くんはみんなに励まされて以来、クラスメイトを大切にして助けあうようにもなったんです。そんな正一くんにつられ、他の子たちも真剣に課題に取り組むようになりました」

「祖父だけでなく、みんなが変わったんですね」

「そうです。集中力も熱意も、急にレベルアップしました。それに、彼らは日本語をうまく暗記できなくても、映像として記憶することには長《た》けていました。たとえば、真似をさせるととても上手で、すぐにコツをつかんだ。私のちょっとした癖まで再現してみせて、何度驚いたかわかりません」

「すごい」と、私まで鼓舞《こぶ》される。

「しかし卒業が近づくにつれ、当初からの心配が現実になりました。就職先が見つからなかったんです。学校側は手を尽くしました。市内の理髪店にチラシを配り、一軒ずつ挨拶にまわりましたが、すべて断られてしまいましてね」

「そんな……厳しいですね」

「ええ。給料を払うんじゃなく、お金をもらえるなら雇ってもいいとか、ひどいこともさんざん言われました。その頃は日中戦争が勃発し、社会の風潮は保守的で内向きになりつつありました。自らの将来にだって不安がつのるなか、ろう者に歩み寄ってくれる者は皆無でした」

宮柱先生は立ちあがって、古い地元紙の切り抜きを見せてくれた。

昭和十三年三月末、徳島県立盲聾啞学校の理髪科から初の卒業生が七名送りだされたときの記事だった。知事をはじめさまざまな要人が集まり、校庭での記念写真が大々的に掲載されている。それは徳島で、伯母たちから見せられた一枚と似ていた。

「〝新時代の到来〟と大層に書かれていますが、誰一人就職先が決まっていなかった。その背景には、組合長からの圧力がありました。聾学校の卒業生を雇えば、組合からひどい目に遭わされるという噂が広まっていたのです」

先生は顔をしかめ、私は唾を飲みこんだ。

＊

卒業式からまもなく、栄次郎は組合長の店を訪ねた。

その店は、市内でも老舗の理髪店だった。人通りの多い商店街で、店構えも立派だった。なかに入ると、十数人が忙しく働いていた。組合長の姿もあり、ハサミを持って接客している。席もほぼ埋まっていたが、ちょうど客が数名入れ替わるところで、すぐに案内してもらえた。

「いらっしゃい。どうされますか?」

若い見習い風の男の子からそう問われ、つい客のふりをしてしまう。

「短めで……」

椅子に腰を下ろし、肩掛布をかけられるあいだ、自分はなにをしにここに来たんだろうと考えた。文句をつけたところで、逆効果でしかない。

それでも、鏡にうつる自分を見つめていると、学校での授業のことが自ずと頭に浮かんでくる。生徒たちはこの五年間で、苦労してハサミと櫛を使いこなせるようになった。教員や訓盲部《くんもう》の子たちを練習台にして、さまざまな髪型のつくり方や顔剃りまで習得した。卒業するときには、自分で髪型を考案するという難易度の高い課題も通過し、短時間で作業をできるまでになった。

　ふと鏡越しに、担当した男の子と目が合う。教え子とそう変わらない若さだった。

「はじめての方ですか?」と、男の子は笑顔で訊ねる。

「ええ、まぁ」

　曖昧に答えながら、鏡越しに仕事ぶりを観察する。陽気で人当たりもいいが、道具の扱い方がちょっと雑だった。もし授業なら注意しているところである。よく見ると、男の子が身につけている制服には、古そうな油の汚れが付着したままだ。

　施術が終わると、栄次郎は男の子に言った。

「組合長とお話しできますか?」

「えっ、店長ですか?　お客さん、もしかして同業の方ですか?」

「徳島県立盲聾啞学校の、理髪科で専任講師をしている宮柱と申します」

　男の子は当惑した表情を浮かべながら、組合長の方に歩いていった。

　三十分以上待ち合いで放置されたあと、やっと組合長から声をかけられた。

「ご用件は?」

「嫌がらせをするのはやめていただけますか」と、一思いに言う。

「はい？」

「われわれの卒業生の就職を、あなたが邪魔していると聞きました」

「失礼ですね」と深く息を吐くと、組合長は呆れたような笑みを浮かべた。「そもそも耳の聞こえない連中を雇いたいなんて誰が思います？　足手まといにしかならないでしょうが。聾学校の理髪科を卒業したところで、なんの意味を持つんだか。散髪だって顔剃りだって、まともにできないだろうに――」

「お言葉ですがっ」

突然、栄次郎が怒鳴ったので、店内はしんと静まり返った。客や従業員がいっせいにこちらをふり向くのがわかった。

「耳が聞こえなくても、あなたのところの従業員よりも、私の教え子たちの方が、よほど丁寧な仕事をします」

声を張って断言したが、組合長は「左様ですか」と冷笑した。

「やはりあなたは勘違いしているようだ」

「……どういう意味ですか？」

「彼らが就職できないのは、本当に私一人のせいだとお思いですか？　もし他の店が彼らを受け入れるのなら、むしろ歓迎しますよ。でも現実は、たとえ丁寧な仕事をするとしても、腕がよくても、ろう者を雇う店なんてない。世の中の人はろう者というだけで偏見がありますからね。というか、みんなろう者のことなんてどうでもいいんですよ。だから私は、業界を代表して意見しているだけです」

反論したいが、心のなかに虚しさが広がる。こんなふうに怒りをぶつけても、なんの意味もない。組合長の考えは変わらないし、世間だって素知らぬ顔である。社会情勢も不安定な今、どこの理髪店も経営は厳しいと聞く。栄次郎は急に、自分の方がおかしいことを言っているような気がしてくる。きれい事を並べ立て、理想論を押しつけているのではないか。傲慢なのはどっちだ。

組合長のせせら笑いを直視できず、栄次郎は黙って店を出ていった。

結局、就職先が見つからないまま、卒業生たちは仕方なく家業を手伝ったり、理髪とはまったく別の仕事を探しはじめた。

ところが、一人だけ、粘り強く就職しようと頑張る者がいた。正一だった。

夏の日差しを感じはじめた頃、正一が聾学校にやってきた。

〈先生。じつは折り入ってご相談があります〉

制服姿ではなくなった正一は、覚悟を決めたような顔つきで、精悍《せいかん》な若者に見えた。

〈僕はやはり、理髪師になる夢を捨てたくありません〉

〈しかしわれわれも打つ手がないんだ。申し訳ない〉

こちらが頭を下げても、正一は動じなかった。

〈僕なりに考えたのですが、全国の盲聾唖学校に手紙を書いてはいかがでしょうか？　僕たちの取り組みは、全国に先駆けた画期的なもののはずです。広く知らしめれば、風向きが変わるかもしれません。なんなら見学に来てもらって、ろう児でもできるんだということを大々的に取りあ

げてもらいましょう。僕たちが喜んで準備します〉

栄次郎は思ってもいなかった提案に、はじめは当惑した。

〈そんなにうまくいくだろうか〉

しかし正一は栄次郎の目を見返し、力強い手つきで訴える。

〈それは僕にもわかりません。でも、やらずに諦めるのは嫌です。じつは手紙の下書きも持ってきました。見てもらえませんか〉

正一の行動力に、栄次郎は内心驚かされていた。こんなにも積極的な子だったか。〈池〉や他の同級生との交流、そして理髪科での学びを経て、正一はいつのまにか、たくましく成長したのだった。

正一は今、市外や遠いところの理髪店も一軒ずつ訪ねているという。

市内の都会的な理髪店と比べれば、郊外にある店は組合との結びつきも強くはないのか、真摯《しんし》に話を聞いてくれるところもあるようだ。しかし店の規模が小さいので、人を雇うつもりはないという返答が多いのだとか。あまり頑張りすぎて傷つかないといいのだが、と栄次郎は心配になった。

夏の終わりに、栄次郎は正一に同行して一軒の小さな理髪店を訪れた。しかしいざ到着すると、田んぼに囲まれて色褪せた赤青白の有平棒《アルヘイぼう》がぽつんと立っているものの、［閉店］という貼り紙があった。

〈残念だな、正一。ここは潰れてる〉

〈待ってください、行ってみましょう。なかに人がいるかもしれません〉

〈無駄だよ。誰か住んでいたとしても、店はもう営業していないんだ〉

〈でも諦めたくないんです〉

〈なにを言ってる？　君の努力は認めている。でもいくら訪ね歩いても仕方ないんだ。そう簡単に世の中は変わるものじゃないから。さぁ、帰ろう！〉

しかし正一は、きっぱりと首を左右に振った。

〈嫌です！　このままでは他の同級生も、仕事が見つからないまま路頭に迷うことになります。そんなの絶対に駄目です。みんなのために誰かが率先して行動して、道を切り拓《ひら》かなければなりません！〉

ただならぬ剣幕に、揺るぎない覚悟を感じた。

〈それに〉と、正一はつづける。〈今のままじゃ両親は幸せじゃありません。僕が自立しなければ、お父さんやお母さんは心から笑えないんです。僕の家族だけではなく、理髪科の卒業生たちの家族や、聾学校の先生みんなもそうです〉

なにを言っても、今の正一には通じなそうだった。

〈わかった。でもしつこく食い下がっちゃいけないよ〉

正一は肯きながら、すでに閉店した理髪店に足を向けていた。

店の戸を叩いてしばらく待っていると、しかめっ面の男性が顔を出した。六十歳は過ぎているだろう。薄汚れた甚兵衛を着て、正一と栄次郎を見比べる。正一はぺこりと頭を下げ、準備していた紙を掲げた。

「こんにちは。僕は、徳島県立盲聾唖学校の理髪科を卒業した、五森正一といいます。就職先を探しています。雇っていただけないでしょうか?」

「雇ってくれ、やって?」

元店主だという老人の気難しそうな雰囲気からして、すぐに追い返されるだろうと身構えたが、意外にも「話くらいなら聞くけどやなぁ」と店のなかに案内してもらえた。

一歩足を踏み入れて、栄次郎は固まった。かろうじて壁は鏡張りでバーバー椅子も置かれているものの、床はガラクタやゴミで溢れている。この先も営業する気がないのは、言われなくても明白だった。唯一なにもない一畳ほどの空間に、布団と囲碁《いご》の盤がある。

「この通り、理髪店とは名ばかりで、盤上で精を出しているだけやで」

元店主は自虐的に笑った。

栄次郎が通訳せずとも、正一はある程度、読唇と勘のよさで話を理解していた。

「そんで、君は聾唖なの?」

正一は肯く。

「聾唖やのに、理髪店で働きたいって?」

正一はもう一度肯いて、紙に鉛筆を走らせる。

「理髪を学びました。顔剃りもできます」

へぇ、と元店主は目を丸くした。

「うちで働きたいって、ねぇ」

元店主は力なく笑って、ただの生活空間と化した店内を見回す。

すると、思いついたような顔で正一に向き直った。

「君、いくつ？」

「十七歳です」

「ほんなら居抜きではじめれば？　設備も年季は入っとんけど、磨けばまだ使えるけん」

挑発的な元店主の物言いに、栄次郎は顔をしかめる。

何回かやりとりして元店主の意見を汲んだ正一も、さすがに逡巡しているようだ。

中古の店を買ったところで、営業がうまくできなければ損失だけが残る。そもそも修業もせずに自分の店を持つのは無謀だし、正一はろう者で、店先に立った経験さえない。だから今まで選択肢にさえ挙がらなかった。理髪店に生まれ家業を手伝ってきた栄次郎だからこそ、やめておけ、という言葉が出かかる。

元店主もただ言ってみただけのつもりらしい。

「ごめん、ごめん、いきなり自分の店を持つなんて、いくらなんでも難しいわな。他を当たるのがいいんちゃうか……え、なに？」

奥に引っ込もうとした元店主を、正一が引きとめる。

「やります」

そう鉛筆を走らせた紙を見て、元店主は「ほう」と少し目の色を変えた。

「本気で検討する気なん？　いい心意気やないの」と言って笑うと、正一を見据えてはっきりと口を動かした。

「うちには後継者がおらんかった。子どもは早くに亡《の》うなったし、従業員もみんなよそに行ってしもうた。そして、三年前に大雨の被害に遭って、営業する気力もなくなったところやった。でも君がつないでくれるなら、協力するけん」

元店主は正一の肩にそっと手をのせた。

折しも、名古屋の聾学校から一通の便りが届いた。

それは読み書きが苦手だった〈池〉を、正一が手伝って一生懸命に書いた手紙への返事だった。理髪科のことを知って感銘を受けている、ぜひ教員を率いて視察をしたい、という旨が校長の直筆で書かれていた。生徒たちが協力しあって、こつこつと書きつづけていた想いが、一念天に通ず、ついに伝わったのだった。卒業生は聾学校に集まって、悦びを分かちあった。

そうして少しずつ、風向きが変わった。まず、名古屋につづいて熊本、宮城などから続々と似たような返事が届いた。ついには文部省の役人もわざわざ徳島まで授業を見学しにきた。そのことは地元紙でまた記事になり、「奇跡だ」と賞賛された。でも本当は奇跡なんかではなく、ろう児たちが失敗を重ねながらも諦めずに伝えつづけたことが、部分的に実を結んだというだけだった。

そして、正一の父親が、息子のために古い理髪店を買いとったことは、みんなを驚かせた。古さも汚れも相当なものだったが、同級生やその家族たちは、この店を力を合わせてよみがえらせていった。この頃になると、全国の聾学校や新聞記事の後押しもあって、他の何人かも就職先を見つけていた。

ついに開店の日を迎えたとき、栄次郎は不思議と、正一にならこの店を継続できるような気がしていた。
仲間に囲まれ、理髪師として店先に立つ正一を眺めながら、栄次郎は気がついた。
自分の方こそが、彼らに助けられたのだと。

第八章　幸せ

私は雨のなか、練馬区のアパートに電車で帰った。そして記憶が新しいうちに、宮柱先生から聞いた話を急いでパソコンに書き起こした。宮柱先生が話してくれたことを余さず文章にすると、自分が書くべきことがだんだんと明確になっていった。

祖父が理髪科を卒業し、最初に店を構えられたのは、周囲のサポートのおかげだった。聾学校の生徒同士の連帯もそうだし、教員たちの支えもそうだった。みんながいてくれたからこそ、祖父は信念を持つことができた。つぎの誰かにバトンをつなぎたいという信念が、祖父の原動力になったのだ。

だったら私も物語を書くことで、そのことを伝えたい。

正一だけではなく、彼を周りで支えた人たちの心の動きを書きたい。

――自分の方こそが、彼らに助けられた。

宮柱先生の、最後の一言が心にこだましている。

翌日に作業を一区切りさせた私は、居ても立ってもいられなくなり、恵比寿のデフキャンプのオフィスに向かった。青馬と話したくなったからだ。

電車のなかで青馬にメールを送ったが返信はない。いつもの私なら返信がなければ行くのをやめただろうし、そもそも急に会いにいくなんて思いつかなかっただろう。でもこの日の私は、どうしても伝えたくなっていた。これほど強く誰かに伝えたい、そのために書きたいと感じたことはなかった。

いつものビルに着くと、エレベーターに乗ってオフィスの階に向かう。しかしガラス張りになった入り口のドア越しに覗いても、オフィスの電気は消えて静まり返り、誰もいないのは明らかだった。私は諦めてエレベーターで、地上階に戻った。すると入り口のところで、傘をさした一人の女性と鉢合わせた。手話教室でお世話になっている、ろう講師の辰野さんだった。

「五森さん？　どうしてここに」と、辰野さんは口話で訊ねる。

「青馬さんに用事があって」

口に出しながら、〈あ〉〈お〉〈ま〉と指文字で伝えると、辰野さんは面食らったような顔になり、「今日は、みんな土日がイベント出勤だったので、振替休日なんです。青馬は出張で大阪に行っています」と答えた。

「そうでしたか、では、また連絡しておきます」

立ち去ろうとすると、「待ってください」と呼びとめられる。

「私から伝えておきますよ。どんなご用事ですか？」

「いえいえ、いいんです。急ぎでもないですし、個人的なことなので」

辰野さんは眉をひそめ、「よかったら、今から少し私と話しませんか」と真剣な表情で訴えた。私は気がつくと首を縦に振っていた。

辰野さんと向かったのは、以前青馬から紹介されたのと同じカフェレストランだった。前回来たときよりも早い時間帯のせいか、それとも連日つづく雨のせいか、客もまばらで食事をしている人はいなかった。

辰野さんは店員に飲みものを注文すると、こう切りだす。

「じつは最近、青馬の様子がちょっとへんなんです。だから前から、五森さんと話してみたかったんですよね」

意外なことを言われて、私は「へんって？」と訊ねる。

「上の空というか、悩んでいるように見えるというか。ただ、私がいろいろ質問しても答えてくれないことが多くて」

「そうですか……私にもわかりません。取材に協力していただいているだけなので」

「取材って、具体的にどんなやりとりをしてるんです？」

「えっと、それは……」

どう答えていいのかわからず戸惑っていると、店員がアイスコーヒーと紅茶を運んできた。

「取材、か……なんなら私の話も聞きます？」

「いいんですか」と私が確認すると、彼女は目を逸らさずに肯いた。

「参考にしてください」

「じゃあ、お願いします」

辰野さんは少し考えてから、こう切り出した。

「私、インテグレーション教育を受けたんですが、それってご存じですか？」

「たしか、障害の有無にかかわらず、同じ場所で教育をする、という方針のことですよね？」

「はい。うちの親は両方とも聞こえる人だし、親族にもろう者がいなかったので、両親は私に聞こえる人と同じように不自由なく育ってほしかったんだと思います。こういうふうになったのも、その結果なのかもしれません」

こういうふう、という意味を考えながら、私は宮柱先生から聞いた幼少期の正一の境遇と近いことに気がつく。

「やっぱり普通の学校では、大変でしたか」

「そうですね。一生懸命に読唇と発声を練習するんだけど、あまり上達しすぎると、聞こえているように錯覚されちゃうんです。でも私の聴力では九十デシベル以上の大きな音しか聞こえません。補聴器を外せば、日常音はほとんどわからない。だから誤解されるのはすごく深刻な問題です。当たり前にしゃべられると、こっちも必死になって読みとらなきゃいけないから。周りにはあえて声を出さないろう者もいます」

思い返せば、辰野さんは講座中の私のささいな変化にも敏感に気がついた。これほど見事に口話をあやつれるのは、彼女がつねに息を詰めて周囲の様子を窺いながら生きてきたからこそなのだ。どれだけの努力と苦労を重ねてきたのかと思うと胸が潰れた。

「聾学校に通ったことはないんですか？」

「ないです。小中高とすべて普通の学校でした。私が望めば、きっと転入できたんだろうけど、私、子どもの頃から、他のろう者のことを見下していたんですよね。自分とあの人たちは違うって。ろう者の友だちだって、一人もいませんでした」

聾学校時代の正一のことをまたしても思い出している私を、辰野さんはじっと見つめる。

「あ、今はまったく違いますよ？　あくまで昔の話です」

「もちろん」

「ただ、そんなふうに私を育てた両親のことは、今もちょっと恨んでいます」

辰野さんは頬杖をついて、過去をふり返るように、長いまつげを伏せ珍しく目を逸らした。

正一はどうだったんだろう。私にとっては曽祖父に当たる五森ツネ助は、息子の正一をはじめ普通の学校に通わせていた。辰野さんの親と同じように。父親としてどんな気持ちで、正一を育てていたんだろう。そもそも正一の聴覚が失われた経緯も、私はまだ知らない。

辰野さんは視線を戻して、こうつづける。

「でも大学で青馬と出会って、私は変わることができました。青馬とは同じ授業を選択していて、手話サークルに入らないかって声をかけられたんです。ノートテイクのボランティアを頼んでいたから、ろう者だってわかったんでしょうね」

ノートテイクというのは、聴覚に不安がある学生の隣にボランティアが座り、教室内で話されている情報を手書きし、リアルタイムで伝える。場面によっては、要約筆記とも呼ばれる。

「最初のうち、私は青馬のことを相手にしませんでした。当時の私は手話もできなかったし、彼も一側ろう者だっていうけど、私のように全然聞こえないのとはわけが違うから。まぁ、聞こえないというレッテルで一括《ひとくく》りにされるのも嫌だったんですよね。でも何回も手話サークルに誘ってくれて、一度でいいから僕のことを信じてほしいと言われたんです」

辰野さんはお腹の辺りで手のひらを上にひらき、素早くぎゅっと握った。〈信じる〉という単語が、これほど切実さを伴う動作だとは知らなかった。

「手話サークルに通いはじめるようになって、青馬から言われたんですよ。そんなに気を張らなくていいんじゃないかって。自然体で生きやすいように生きればいい。もし他のろう者を見下すことでしか自分を保てないとしても、それは社会のせいであって君の責任じゃないって」

辰野さんは遠くを見つめながら、こうつづける。

「もし青馬と出会っていなければ、私はいまだに手話を知らなかったし、音のない同じ世界に住んでいる仲間や、デフキャンプの同僚たちとも出会えなかった。すごく卑屈で、自分のことも嫌いなままだったと思います」

ろう者には素早く饒舌な手話を使う人もいるが、辰野さんの手話は、ひとつひとつ時間をかけるので私にもわかりやすい。単に初心者に合わせているだけではない。手話を使えること、周りに合わせなくとも自由に話せること、自分に誇りを持つこと、それらは決して当たり前ではなく、勇気がなければ実現しないのだと、辰野さんが知っているからでもあるのだろう。

「だから、青馬のことが心配なんです」

辰野さんは笑顔を消して、私の覚悟を疑うように、厳しい目で見据えた。

「もしあなたが青馬を困らせているんだったら、どうしてそこまでして近づくのかって訊いてみたかったんです。当事者でもないあなたが、他人を巻き込んでまで、ほんとに書かなきゃいけないのかって。自己中心的な理由しかないんだったら、私はやっぱりあなたを受け入れられません」

答えられずにいる私をよそに、辰野さんは店員を呼んで会計をお願いする。それぞれ注文した飲みものの代金を払い、店を出るまでのあいだ、二人のあいだに会話はなかった。辰野さんは傘をひらいたあと、最後に、声を出さずに〈さようなら〉と手をふった。いつも手話教室の終わりに交わす〈また会いましょう〉という意味の別れの挨拶ではないのは、傘で片手がふさがっているせいではなさそうだった。

私が、他でもない私が、ほんとに書かねばならないのか——。

数週間後、私はもやもやを振りきるように、父に電話をかけてみた。

電話嫌いの父だから、出てもらえないかもしれない。でも今は、無性に父と話してみたい気分だった。ダメ元だったので、「もしもし」という父の声が聞こえたとき、私は逆に驚いてしまった。

「えっ、出てくれたんや」

「は？　なんかあったんか？」

「いや、別に。なんもないよ」

「おいおい、事故でもあったかと思うぞ。ビビらせんといてくれ」

「ごめん、ごめん」

「じつは今、ちょうど徳島の実家におるんや。さっきも姉やんからこっぴどく叱られたところでな。お袋のことも、さっき見舞いに行ってきた。思った以上に元気やったわ。つばめにもよろしくって。これからはもっと徳島に顔を出しにいくつもりや。おまえには礼を言うで。おまえが話を聞きにきてくれんかったら、手遅れになったかもしれんから」

「いや、私はなにも——」

父は柄にもなく、強い口調で遮る。

「そんなことない。今回はつばめに気づかされた。やから、つばめが胸をはって書くという覚悟を持てるんなら、俺も一緒に責任をとったるで。人のことは気にせず、いくらでも書けばいい」

私は喉の奥が詰まった。

正一と同じだ——。

スマホをきつく握りしめる。

正一もそうだった。クラスメイトや先生といった周囲のさまざまな人に支えられて、彼らからの協力と愛に励まされながら、なんとか理髪店をはじめるに至った。それは私自身となんら変わらない。私だって父や駒形さん、青馬や宮柱先生、伯母や祖母の力を借りて、ここまでやってこられた。

「やっぱり、諦《あきら》めたくない」

徳島で伯母から握られた手の冷たさや、祖母が流した涙。そして、宮柱先生が息を切らしながら話しつづけてくれた時間が、つぎつぎによみがえる。

「これは私の物語なんや。やから、私にしか書けへんし、私が書くべきなんや」

「なんやねん、いきなり」

「ありがとう。私、書くよ。私のことを」

私は探してきた答えを、とうとう見つけた気分だった。しかも答えは、じつは自らの足元にあったのである。正一と私は、なんら変わらない。取材を重ねるなかで、共感することが多々あった。正一も私と同じように、もがき苦しみ、たくさん悩んで、周囲の力を借りていた。私自身にとっても切実な問題と、祖父はいつも闘っていた。私自身も伝えることが苦手で、この三年間なにを伝えればいいのかを見失っていたからだ。重なる部分が多いからこそ、私は正一のことをもっと知りたくなった。

私は当初、祖父の伝記のようなものを書くつもりでいた。でもそれは間違っていた。私は私自身のことを、祖父に重ねて書くべきなのだ。

「ようわからんけど、よかったわ。今更やっぱり書くのやめたって言われたら、今までのくだりはなんやってんってなるからな」

そう言って、父はわっはっはと笑った。

夏にはまた神戸に帰ることを約束し、私は電話を切った。

「青馬さんへ

先日、宮柱先生にお会いすることができ、ようやく自分が書くべき物語の中心が定まりました。

やはり私が伝えたいのは、社会の差別や偏見ではなく、そんななかでも祖父母を支えてくれた人たちの愛や信念であり、なにより私自身のことなのだと気がつきました。その答えに辿りつけたのは、青馬さんと出会えて、デフキャンプの活動を知ったことがきっかけでもあります。本当に感謝しています。

できれば直接会って、お礼を言いたいです。　五森つばめ」

キーボードからゆっくり手を離す。ただ一通メールしただけなのに、そわそわと落ち着かなくなった。

青馬から返信がきたのは翌朝だった。よかったら今日会わないかという旨のメールだった。私たちははじめて会った恵比寿ガーデンプレイスのカフェで、昼前に待ち合わせることになった。

アパートを出ると、梅雨空から一変して晴れわたっていた。吹きぬける風も熱気があって、いよいよ夏本番といわんばかりに蟬の声まで聞こえる。大通りには日傘をさし、サングラスをかけている歩行者もいた。

待ち合わせたカフェの窓辺の席に、青馬はすでに座っていた。物思いにふけるようにガラスの向こうを見ていたが、こちらに気がつくとほほ笑みかける。

「お待たせしました」

「いえ、僕も今来たところです」

注文を終えたあと、私と青馬はしばらく黙って向かい合っていた。

「暑くなりそうですね」

「本当に」と、私は肯く。

また少し沈黙した。

「昨日のメールですが」

口火を切ったのは青馬の方だった。私は「はい」とぎこちなく肯く。

「偉そうな言い方になりますが、とても読んでみたくなりました。伝えたいことがわかって、書きたい気持ちを取り戻せて、僕も嬉しいです」

「青馬さんのおかげです。改めてお礼を言わせてください」

「いや、そんな」

「本当です。私が困ったとき、くじけそうになったときに、青馬さんが声をかけてくれた。だから、私——」

「すみません。僕はむしろ今日、五森さんに謝らなくちゃいけません」

遮るように言われ、私は「謝る？」と何度か瞬《まばた》きをした。

「はい」

青馬は目を逸らすと、しばらく黙りこんだ。

「ずっと話そうとは思っていたんです。でもどうしても、僕のなかでも迷いがあって……」

いつになく険しい表情で俯く彼に、私は「気にせず話してください」とそっと声をかける。すると青馬は「そうですね。今日はそのために来ましたから」と顔を上げた。

「僕がろう理容の歴史を調べようと思った理由を、まだ五森さんには話していなかったと思います」

想像もしなかった方向に話がころがって、心拍数が上がる。

「じつは宮柱先生から少しだけ聞きました。青馬さんの親族にも、ろう理容師の方がいらっしゃるんですよね？」

「ええ。そうです。でも正確に言うならば、ろう理容師と結婚した女性が、僕の祖母に当たるのです」

私は話が読めず、その先をただ待った。

「僕の本当の祖母は、喜光子さんなんです」

えっ、と声が漏《も》れた。

青馬は目を逸らさずに、こうつづけた。

「僕は、五森正一さんではない別の男性とのあいだに生まれた、もう一人の孫です。つまり、五森さんにとっては従兄《いとこ》に当たります」

「そうだったんですね」

やっと返事を絞りだす。

「はい」と、青馬は神妙に肯く。

「どうして最初に、教えていただけなかったんでしょう?」

そのつもりはなかったのに、責めるような一言が咄嗟に口をついてしまい、私は後悔する。

なにかを言いかけて、青馬は黙りこんだ。代わりに、鞄から平たい箱を出した。灰色の厚紙でつくられた、単行本サイズの合わせ箱だった。蓋《ふた》を開けると、真新しい中性紙らしき緩衝《かんしょう》材に包まれて、茶色く褪《あ》せた染みだらけの古い冊子が入っていた。

「これをあなたに託します。正一さんの父である、五森ツネ助さんが書いた手記です。これを読めば、正一さんが理髪師を目指すことにした本当の理由と、なぜ僕たちが従兄妹《いとこ》であるのかがわかると思います」

「なぜそんなものをお持ちなんです?」

またしても、きつい口調になってしまったが、もう青馬は動じない。

「説明すれば長くなりますが、ろう理容の歴史について研究をはじめたとき、暁子さんから五森家の本家を紹介されました。理髪科が設置された経緯や、ツネ助さんのことを調べるのであれば、うちの理髪店よりも本家の方に資料が残されているだろうから、と。そこで本家を訪ねにいくと、たしかにツネ助さん関連の資料が保管されていました。ただし、すべて段ボール箱に雑多に押しこめられていて、本家のみなさんも、それらの内容に関心を抱いていないご様子でした」

「じゃあ、この手記も、その段ボールのなかに?」

青馬は肯いた。

「本来ならば、発見した直後に、本家の方にお伝えすべきだったんでしょう。こんな手記がありました、と。でもその手記には、僕が喜光子さんの隠された孫であることがわかる内容が明示されていたので、僕はつい、躊躇してしまいました。本家の方にも、暁子さんにも、僕は自分の素性を明かしていなかったからです。だから僕は、どうしても手記のことを報告できず、手元に置いておくことにしたんです。そのことは、心から申し訳なく思っています」

頭を下げられたが、私の動揺は強まるばかりだった。


結局、それから私はうまく青馬と話すことができず、すぐに別れた。カフェを出たとたんに、本格的な夏の眩しさに目がくらみそうになった。受けとった箱は、潰さないように胸に抱えて帰ったが、時限爆弾でももらったような暗い気分だった。電車から降りて、アパートに帰る道すがらも、久しぶりの陽気で行楽に向かう人たちを横目に、ただ箱を抱えながら呆然としてしまう。

しかし冷静になるうちに、いろんなことが腑に落ちていった。

はじめて会ったとき、青馬は私のデビュー作を読んでくれていた。あれは会ったことのない従妹に興味があったからだろう。二作目を出せていないことも、知っていて気にかけてくれたのだろう。だとすれば、取材を頼んだら迷いなく承諾してくれて、手話教室にまで誘ってくれたことも説明がつく。

なにより思い返せば、初対面のとき、青馬は紙袋を手に持っていた。そして何度か、その紙袋をさわったり、ちらちらと気にしたりしていた。あれは、なかに入っていたのであろうこの手記を、私に渡して、事情を打ち明けようとしていたのではないか。先日うちに来てくれたときも同様だ。悪意があって隠していたわけではない。

記憶が整理されるうちに、手記を読むという覚悟も固まっていった。やっと手記を手にとれたのは、青馬と会った五日後だった。私は机のうえをきれいに片づけ、清潔な布で何度か拭いてから、手を石鹸《せっけん》で念入りに洗った。そして机のうえでかぶせ箱を開き、劣化した紙の手記をゆっくりとひらいた。

几帳面《きちょうめん》な筆跡が一文字ずつ目に飛びこんで、化石となっていた時間が呼び起こされた。

＊

家族へ

正一は五歳のときに、言葉という存在にきちんと出会いました。

私は七十にさしかかろうとしている今、正一とのできごとを、あの頃のことを、書き残しておきたくなりました。一人のろう者が理容師として自立するまでに、どんなことがあったのかを。私は家族や正一の子ども、そして孫や未来の子どもたちに知っておいてほしいのです。

正一は生まれつき身体が強くはありませんでしたが、早くから名前を呼ぶと可愛い笑顔を返してくれました。喃語《なんご》を発するのも早く、二歳になる頃には二語文をしゃべって、私たちを喜ばせたものです。この子には特別な才能があるに違いない、と教職に就く者として確信を深めました。

そんな正一が聴覚を失ったのは、三歳になる前の晩夏でした。普段のように寝つかず、泣きもせずに、ぐったりしていて熱っぽい。はじめは夏の疲れが出たのだろう、と様子を見ました。しかし三日後の深夜になると四十度以上に発熱し、嘔吐《おうと》して痙攣《けいれん》まで起こしたのです。

これはいけない、と私は正一を抱いて、近所の小児科まで走りました。

――おとう、どこ?

胸のなかにいる正一が、かすれた声で、そう呟いたことを憶えています。

――ここにいるぞ、あと少しだ!

診療所を開けてくれた医師は、はじめは穏やかでしたが、正一が意識を失い、発疹《はっしん》まで出ているのを見るなり、血相を変えました。すぐ解熱剤が投与され、夜を徹して看病がなされました。しかし翌日になっても熱は下がらず、苦しそうに眠り、うなされていました。このまま高熱がつづけば非常に危険な状態だ、と医師から告げられ、正一は大きな病院に入院しました。

どうか回復してくれ、助かってくれ——。

発症から一週間後、症状がやわらいできたと報せを受けたときは、涙が出るほど安堵しました。妻の付き添う病床に駆けつけると、正一はすやすやと寝息を立てていました。心音や呼吸に問題はなく、奇跡的な回復だと医師から褒められたほどです。

数日後、やっと平熱に戻り、正一は自宅で静養をつづけました。食欲や体力もまもなく順調に戻りました。

しかしひとつ、気になることがありました。目がうつろで、呼びかけても反応が一切ないのです。数日経っても、正一の様子はおかしいままでした。改めて医師に診てもらうと、彼は気の毒そうに言いました。

——現時点で、聴力が失われています。脳膜炎《のうまくえん》の後遺症でしょう。

私はにわかには信じられませんでした。

——でもじきに治るのですよね？　熱も引いたわけだし。

——それは、なんとも……率直に申しあげますと、聴力が回復する見込みは決して高くはないと思います。

——そんな！　今まで、なんの問題もなかったんですよ？

——そう言われましても。

私は食い下がり、襟元をつかむ勢いで問い詰めました。

——じゃあ、言葉は？　息子はよくしゃべる子だったのに、今はまったく声を出さないんですが、それも後遺症ですか？　脳はどうです？　たとえば、ものを考えたり、なにかを伝えたりする機能にも影響が？

しだいに医師は、専門医に診てもらってくれと淡々と言うだけになりました。

――もっと早くに受診していれば、こんなことにはならなかったのですか？　もっと早く入院していれば？

医師はため息を吐きました。

――脳膜炎のはじまりは風邪と区別がつきにくいうえに、進行が早い。だから今更、誰かを責めても仕方ありません。なかには熱が出てから一日で亡くなることもあるのですから。せめて命が助かっただけでも、幸運だったのです。

目の前が真っ暗になりました。

――正一の耳はどうすればよくなるんです？

医師が去ってから、私に問うてくる妻のとなりには、魂《たましい》が抜けたような表情の正一が、ぽつんと布団に座っていました。幼い正一はたった一人で、無音の世界に置き去りにされてしまっていたのです。

それからは、嵐のような日々でした。

以前の正一は、食事や遊びにと、いつも好奇心旺盛に取り組んでいたのに、何事にも意欲を見せなくなったのです。どんな玩具《おもちゃ》を与えても、外に連れだしても、ただ戸惑うようにぼんやりしています。

親子間にも変化がありました。なんと言っても、意志疎通ができない。それまでは言葉のやりとり以外にも触れあったり笑いあったりと心を通わせている実感がありましたが、すべてなくなりました。

聴力の回復を願って、十を超える数の病院にかかりました。県内のみならず、関西や名古屋の大型病院にまで、私は仕事を休んで、妻と泊りがけで訪れました。しかし結果はいつも同じでした。

あるとき、徳島市内に新しい耳鼻科ができました。東京で学んだ若い医師だと評判でしたから、今度こそと大いに期待しました。どうしても仕事を休めなかった私に代わって、妻は一人で正一を連れていきました。しかし夕方になっても、妻と正一は帰ってきません。探しにいくと、吉野川の橋のたもとですすり泣く妻の姿がありました。正一は手をつないでいるものの、駆け寄る私に目もくれません。

――どうした？　病院は？

ややあって、妻はかすれた声で答えます。

――私が悪いんです。そもそも私がしっかりと面倒を見ていれば、正一は熱病にかからずにすみました。正一から聴力を奪ったのは、私なんです。

――なにを言ってるんだ、そんなことない！

私が叫ぶと、妻は嗚咽しながら、地面を叩いた。

――でも正一が可哀相で、可哀相で。私さっき川に入って、死のうとしたんです。正一を道連れにして。母親から殺されそうになるなんて、それ以上、可哀相な子どもがいるでしょうか？

手をつないでいる正一は、取り乱す母親を不安そうに見ていました。私は正一の濡れた靴をぬがせて背中におぶり、妻の手を引いて家まで歩いて帰りました。

四歳になった頃には、正一の癇癪《かんしゃく》は、大人でも手がつけられなくなりました。身体や自我が成長して訴えたいことはより複雑になるのに、伝える手段がないままなのでもどかしさも倍増したのでしょう。わからない、伝えられない、という苛立ちが正一を圧し潰していきました。

正一は腹が空いては暴れ、眠くなっては暴れました。家のなかは荒れ果て、障子も畳もボロボロ。こちらもつい止めようとする勢いで、押さえつけたり叩いたりと手荒になってしまいます。妻とも言い争いが絶えません。

疲れきった私は、いっそ家畜のように紐をつけて、自由を奪うしかないのだろうかという考えが頭をよぎり、自らの残酷さにおののきました。一度、そういうやり方に手を出してしまえば、いずれ愛する息子を生涯、座敷牢《ざしきろう》に閉じこめてしまうかもしれない。

私の教育者としての自負心はズタズタでした。逆に、つまらない矜持《きょうじ》が、余計に私たちを苦しめました。

それは正一が五歳になった、三月の晴れた週末でした。仕事が休みだった私は、妻の留守中に正一の面倒を見ていました。

気がつくと、私はうたた寝をしていたらしく、正一が部屋からいなくなっています。どこに行ってしまったのだろう。そろそろオムツを替える時間なのに。勝手に家を抜けだした正一が、お隣に忍びこんで、庭や室内を荒らして大迷惑をかけたことがありました。最近では知恵がついた分、こちらを困らせて不満を発散させているようにも感じます。

慌てておもてに探しにいくと、家の前で、しゃがみこんでいる正一の小さな背中がありました。ホッとして駆け寄ったとき、息を呑みました。

正一は落ちた木の枝を使って、道に絵を描いていたのです。

絵といっても、でたらめな落書きでした。いろんな線や図形を、適当に描き散らしています。しかもこちらが肩を叩くまで、夢中になって手を動かしていました。

あの正一が、集中している。それだけで感激です。

私はあることを思いつき、大急ぎで家から紙とエンピツを取ってきました。

――正一、ちょっとおいで。

つないだ手のひらに成長を感じながら、私たちは近所の河原まで歩きました。普段、子どもが遊んだり、憩《いこ》いの場になっている河川敷《かせんしき》には、水仙《すいせん》や菜の花、タンポポといった春の花が咲き乱れていました。

こんなふうに、正一と外を散歩すること自体が久しぶりでした。いつから私たちは出歩かなくなったんだろう。無意識のうちに、面倒を避け、正一を隠そうとしていた自分を、私は省みました。

――見ててごらん。

地面に腰を下ろし、持参したエンピツと厚紙を下敷きにした紙で、手はじめに水仙を描きました。白い花びらに、黄色いラッパ型の副花冠《ふくかかん》。水仙は好きな花ですし、絵も得意な方なので、我ながらうまく描けていたと思います。描きおわった水仙と、目の前にある水仙とを並べて指さしながら、私は独り言のように、息子に語りかけました。

——これが水仙だ。わかるかい。これも水仙。きれいだな。

私は正一に、新しい紙とエンピツを持たせました。

——おまえも、やってみるか?

絵の描き方はおろか、エンピツの持ち方すら教えたことはありません。それでも正一は草むらにしゃがみこみ、それらの道具を受けとって、拳でエンピツを握り、たどたどしいながら手を動かしはじめたのです。そよ風が吹くたびに草が揺れ、日差しは軽やかな毛布のようでした。ほんの束の間でしたが、私は時間を忘れました。それは長らく忘れていた、平和なひと時でした。

正一の手が止まったので、紙を覗きこみました。

——できた?

すると紙のうえに、小さな花が群れを成しています。ざっと数えて、十輪以上はあったでしょうか。花といっても、線をぐちゃぐちゃと金タワシのように描き殴っただけのものですが、息子なりに一生懸命に描こうとしたことが伝わります。私はいつも生徒にやっているように、正一を褒めました。

——すごいぞ。これも、水仙を描いたのかい?

しかし訊ねても、正一の反応はありません。じゃあ、タンポポだろうか。しかしタンポポを指しても、微動だにしません。私は首を傾げて、考えました。

花ではないのだろうか。

では正一は、いったいなにを描いた?

そのとき、小さな指が、ゆっくりと持ちあがりました。正一の目も、指の方向に動いていきます。

正一が視線と指の両方で示したのは、私の口元でした。

——えっ、口？

その瞬間、稲妻が私の心に落ちました。

それまで花弁だと思いこんでいたものは、本当は唇でした。おしべやめしべに見えていたものは、歯や舌でした。息子の描いた私の口は、独立した生き物のようにうごめき、異様な形をしていました。正一は静寂のなかで、周囲の人々の口が絶えず動きつづけるのを見て、必死に考えていたのです。

なんということか、と私は打ち震えました。それまで私は、正一はこちらのことなど意に介さず、好き勝手に暴れているだけだと思い込んでいたからです。でも本当は違っていた。本当は、正一の方も、私たちを観察し、知りたがっていた。私たちの声を、聞きたがっていた。一方通行ではなかったのです。

興奮を抑えながら、私は正一の身体を抱き寄せ、その手を優しくとって、自分の唇に触れさせました。

——口だよ、これは、く、ち。

すると正一も、私の手をとって、自分の口に持っていったのです。

——そう、それも口だ。おまえにも同じように口がある！

こんなふうに、正一に言葉を教える瞬間がやって来るとは。

見ると、正一の目にいっぱいの涙が溢れていました。それは正一にとって、おそらく生まれてはじめて流す、本物の涙でした。怒りや悲しみに任せて泣き叫ぶような、生理現象の涙ではありません。温かみを持った、感動による涙でした。なにかを誰かに伝えられたことの、打ち震えるほどの歓喜。やっと父がわかってくれたという安堵。さまざまな感動が渦を巻き、錆ついていた心の扉を、ついにこじ開けたのです。

小さな体を強く抱きしめながら、私もまた、泣いていました。

私と妻は、その夜に三つの絵を描きました。食事をしている絵、布団に寝ている絵、排泄《はいせつ》をしている絵。これらは私たち家族にとって、もっとも頻繁に、正一が欲求を抱いたときに伝えあいたい行為でした。

翌朝、それら三つの絵について、正一に身振りを交えて説明しました。正一はしばらく絵を見つめたあと、ご飯を食べている絵を指しました。すぐに食事の準備をすると、嬉しそうにほほ笑んだのです。食器をはらい落としたり、食べ物を吐きだしたりといった問題行動も、その日は一度もしませんでした。

それ以来、正一も一緒になって絵の種類を増やしていきました。それはいわば、われわれ家族にとっての、手作りの辞書になりました。なにか訴えたいことがあれば、まず辞書を頼りにし、そこになければ、たどたどしくても絵を描けばいい。私や妻がその絵を解釈するのに時間がかかっても、やりとりができるだけで正一のもどかしさは大きく軽減されたようでした。癇癪の数もうんと減りました。

ただし、目に見えないもの、たとえば嬉しい悲しいといった感情や、遠い近いといった概念などを教えるのには苦労しました。苦肉の策として、私は感情を色で表すことにしました。寂しいときには水色を、嬉しいときには橙《だいだい》色を、不安なときには紫色を、それぞれ指しながら表情を交えました。いつしか、水色ばかりを指しては、妻に抱擁《ほうよう》をせがむようになった正一の姿を、私ははほほ笑ましく眺めました。

しかし日を追うごとに落ち着いていったものの、絵や色だけでは限界がありました。もっと上手に、正一とやりとりする方法はないか。聞こえない者にとって一番負担のないやり方はなんだろう。私は人脈を頼って、近くに暮らすろう者を探しました。すると、となりの町内に、親子ともに聞こえないという家族がいるという情報を得ました。

私たちにとって、手話との、生まれてはじめての出会いでした。大正時代は、手話という言葉さえなかった時代ですから、仕方のないことでした。

ろう者の親子が、不自由なく楽しそうに意思疎通を図っている姿を目の当たりにしたとき、私は息子の未来はそう暗くないことを確信し、涙がこみあげました。

ろう者の親子に教わって、正一は自分の名前をはじめて手話で表しました。左右それぞれの手指でつくった丸を、胸の前で上から下へまっすぐ縦方向に引き離して、〈正しい〉。そのあと、人差し指を一本すっと立てて〈一〉。

〈正一〉

正一は私の方を向き、そんなふうに真似しました。その瞬間、正一の顔に、聴覚を失う前の笑みが戻りました。

「そうだ、正一。おまえは正一っていうんだ！」

それ以来、私は正一や妻を連れて、ろう者の親子に手話を習いにいくようになりました。しかし彼らの住まいは人里離れた家徒四壁《かとしへき》の小屋であり、冬は凍えるほど寒く、不衛生で電気も通っていません。粗衣粗食を目の当たりにし、正一もこんなみすぼらしい生活を送るんだろうか、と私は暗い気持ちにもなりました。


そんな折、師範学校の同級生だった秋本くんがうちを訪ねてきました。秋本くんは流暢な手話で、畳のうえで遊んでいた正一に挨拶をしてくれました。正一ははっと目を見開いたあと、すぐに笑顔を返しました。

師範学校で出会ったとき、秋本くんはいずれ、障害者教育に携わりたい、と話していたことがありました。秋本くん自身の親族にも障害者がおり、その人を慕っていたことが夢を持つきっかけになったのだとか。しかし師範学校にいた頃の私は、皮肉にも、身近にそういった人がいなかったので、たいそうな夢だと他人事に感じていました。

客間に案内すると、秋本くんは世間話もそこそこに、こう切りだしました。

――この春から、正一くんを盲聾唖学校に入学させてはどうだろう？

私は面食らいながら、秋本くんに訊き返します。

――盲聾唖学校？

――ろう児や盲児を集めた学校だよ。まだ世の中には認知されていない自由教育だが、今年度から教頭として働くことになってね。先日、師範学校の集まりで君の息子がろう者だと聞いたとき、なにかのご縁だと思った。正一くんをうちに通わせないか？　望むなら、いずれ五森くんも異動できるように掛け合うこともできるから。

秋本くんはただ親切心から、そう言ってくれたのでしょう。

しかし私は、正一の耳が聞こえなくなったことを肯定的に受け止め、ともすれば、どこか喜んでいるようにも捉えられる口ぶりに、違和感を抱きました。ご縁だって？　もし私が長らく疲れておらず、他人からの無神経な態度にさんざん傷ついていなければ、対応も違っていたかもしれません。でもこのときの私は、今まで自分たち家族がどれだけ苦労をしてきたか、赤の他人になにがわかるというのかと不愉快になりました。

——秋本くん、僕は正一を、特別な学校に行かせるつもりはない。僕の勤め先の小学校に入れることにしているんだ。もう決めたことだから、考えは変わらない。わざわざ来てもらったのに、悪いけれど。

顔を上げると、困惑した顔の秋本くんと、はじめて正面から目が合いました。

——どうして？

——正一には、自立してほしいんだ。聞こえるのが当たり前の、この世の中でもね。だから普通の学校に行って、普通の人たちと一緒に育って、障害を克服させたい。苦労もするだろうけれど、僕も近くで見守っているし、それに、正一には、負けないでほしいんだ。障害に負けないでほしい。

しかし秋本くんは食い下がりました。

——それは本当に正一くんの望みだろうか？　彼も同じく聞こえない子たちと出会って、一緒に頑張りたいかも――。

――なにがわかるんだ、君に！

つい声を荒らげて、遮っていました。

じつは私は正一が聴覚を失ってから、ひそかに文書館に通いつめていました。しかしろう児を育てる手立てはおろか、ろう者の記録すら見つかっていません。正一が自立することの難しさを嫌というくらい思い知っているからこそ、秋本くんの言うことは無責任に聞こえました。

私は深呼吸をして、まぶたを閉じました。

――僕は今、学校で教えることが、つらくてたまらない。でも家族のために、正一のために、歯を食いしばって働いている。

――正一くんを他の生徒と比べてしまう、ということかい？

――そんな単純な話じゃないよ。自分がいかに、普通であることに甘んじてきたか、それを当たり前に捉えてきたかを、嫌というほどに実感するからだよ。

秋本くんが息を呑むのが、わかりました。

――ろう者がつらい目に遭うのは、世の中のせいだ。ろう者はなにも悪くない。そのことは僕も、重々わかっている。でも僕は正一に、他のろう者のようになってほしくないんだ。

秋本くんは眉を寄せて、諦めるように、そうか、と呟いて立ちあがりました。

私は彼を見送ることもできず、ただ座ったまま畳を見つめていました。

私の勤め先だった小学校は学区が離れていましたが、特殊な事情を汲んでもらい、正一は入学を特別に認められました。自宅で猛勉強しているおかげで成績もよく、担任も私に賞賛を寄せました。

——正一くんはすごいです、聞こえないのに。

しかし、どれだけ頑張っても、聞こえない、という呪いから正一が解放されることはありませんでした。小学校ではつねに、聞こえないけれど、聞こえないから、という枕詞《まくらことば》がつきまといました。いつも他の生徒からは疎外され、教員からは特別視されました。正一がいじめられていると知ったとき、私はろう者の生活や手話について授業内で話しあいたいと会議で申し出ましたが、たった一人の生徒のためにそこまでするのは不公平だ、という反対意見が起こって却下されました。いつもは正一を他の子と区別するくせに、都合が悪くなると特別扱いをするのはよくないと言うのです。

孤立を深める正一が、他の生徒とやりとりする方法はないかと、私はさまざまに模索しました。そこで当時、聾唖部に普及していた口話法を、私はいち早く独学で取り入れ、家で正一と特訓することにしたのです。それ以来、正一は帰宅してから夜遅くまで、私と膝を突き合わせ、弱音ひとつ吐かずに読唇と発声を習得しました。

努力の甲斐あって、半年ほど経つと最低限の口話法が身につきました。

——ともだち、できますか?

たどたどしい発音で訊ねる正一に、私は肯きつつも、胸が締めつけられました。子どもたちはこの不自然な声を素直に受け容れるだろうか。怖がったり、馬鹿にしたりしないだろうか。それでも私はもう後戻りできず、一生懸命に努力する正一に、本当のことを言えませんでした。

――できるよ。

案の定、学校ではじめて口話法を実践した日、正一は帰ってもずっと部屋にこもって泣いていました。事情を訊ねても、口を固く閉ざしていました。それ以来、正一は読唇だけに徹して声を発しなくなりました。


正一が自らの耳を切ったのは、小学六年生の春です。

私はそのとき担任だった女性教員から急に呼びだされ、保健室に駆けつけました。

正一が頭を包帯で巻かれ、青白い顔でベッドに横たわっていました。同席する女性教員は私に謝罪をくり返す反面、心のうちで面倒くさがっている様子でした。正一の担任を受け持つようになってから問題や仕事が増えたせいで、彼女は私に対しても不満を抱いていたのでしょう。

女性教員は経緯を説明しました。休み時間にクラスメイトが集まって絵を描いていたので、正一は仲間に入れてほしいと珍しく自ら声をかけたといいます。きっと勇気が要ることだったでしょう。しかしクラスメイトの一人が、おまえの耳が聞こえるようになったら仲間にしてやる、と答えたそうです。すると別の一人が、おいおい正一の耳は一生聞こえるようにはならないぞ、というようなことを言って笑ったのです。そのやりとりを、正一がどれくらい理解したのかはわかりませんが、直後に正一はハサミを持ち出し自らの耳を切ったのでした。

うつろな目の正一の前で、私はただ立ち尽くすしかありません。とうとう息子が、自分自身を傷つけてしまった。傷つけずにはいられないほど追いつめられてしまった。そんな息子のために、私になにができるというのか。

なにを伝えれば――。

自らの無力さに息苦しいほど打ちのめされ、逃げだしたいのを堪えながら、どくどくいう鼓動を聞いていました。

――正一くんはまだ、うちの学校に通いつづけるんですか？

ふと、うしろに立っていた女性教員が、私に訊ねました。

私はふり返り、どういう意味か、と力なく問いました。

――五森先生がいらっしゃるんだから、ご自宅で自分のペースで勉強した方が、正一くんにとっては幸せなんじゃないでしょうか。

――幸せ？

私は気がつくと、女性教員の肩を摑んでいました。

――あなたに幸せのなにがわかるっていうんだ！　私は、どうにか正一が自立していけるように、聞こえるのが当たり前の世界でもやっていけるように、歯を食いしばって頑張らせてきたんだ！

――やっ、やめてください！

そのとき、ベッドに横たわっていた正一がとつぜん、手で自分の頭を激しく叩きはじめました。頭だけではなく、胸や足などものすごい勢いで、めちゃくちゃに殴りつけます。私は正一のもとに駆け寄り、とっさに止めさせようとしました。

――駄目だ、正一！

しかし正一は何度も、何度も拳を自分に叩きつけようとします。まるで自分さえいなければいいいのだ、と苦しんでいるように。それほど人が全身で自己否定する姿を、私は見たことがありませんでした。よく見ると、正一の身体にはいくつもの傷跡や痣がありました。自分でやったのか、誰かにやられたのかさえ、私にはわからなかったのです。親なのに。正一を守ってやれる唯一の存在なのに。

——ごめんな、正一……俺が悪かった。

気がつくと、私は泣きながら正一を抱きしめていました。

おとう、どこ。

最後に届いた正一の声がこだまします。

——ここにいるから。

大声を聞きつけた他の教員も保健室に駆けつけていましたが、私は構わず正一を抱きしめつづけました。もう二度と、絶対に離さないぞ。ここにいるから。心のなかで何度もそう唱えていると、正一が少しずつ、手を私の身体に回すのがわかりました。

私はようやく、正一を苦しめてきたものの正体を理解したのです。

正一がろう者であることを受け容れよう、と私は決心しました。

盲聾唖学校を訪れると、秋本くんは快く私を迎え入れてくれました。次年度から校長に就任するという秋本くんに、私は前の学校での経緯を話しました。私の話を聞き終えると、秋本くんは私に白い手巾《しゅきん》を差しだしました。頬に涙がつたっていたようです。

——これからは一人で背負うことはない。ましてや自分を責めることもね。

――本当に申し訳ない……僕は以前、君の親切を頭ごなしに断ったのに。

秋本くんはゆっくりと首を左右に振りました。

――正一くんの幸せを願っているのは、誰より君だろう？　だったら、誰が責められるだろうか？

またしても涙が溢れ、私は両手で顔を覆いました。

――ありがとう。

すると、なにかを決意するように、秋本くんは私に断言しました。

――この学校に、理髪科を新設するよ。

秋本くんは書棚から、手紙の束を出しました。

――この手紙は、僕が方々の関係者とやりとりしたものだ。なんでも、東京都新橋で人の髪を切ってお金をもらっている、東京盲唖学校の卒業生がいるらしい。また、秋田県六郷町にも、ろう者が働く理髪店があるそうだ。彼らは自身の努力で理髪の技術を身につけたというが、じつは明治の頃、横浜監獄内の聾唖懲治場《ちょうじじょう》において、十三人のろう児に髪結いの技術を教えるという試みもなされていた。

――そんな歴史が？

――調べたところによると、理髪師の免状をとるには、理髪師養成所で三ヵ月程度の講習を受けるだけでいいそうだ。ここで入学時から修練を積めば、卒業時にはある程度の技術を身につけられるということだ。手先の器用ささえあれば、必ずしも会話はなくてもいい。晴雨にかかわらず営業できて、うまくいけば個人経営者にもなれて、老年になってもつづけられる。ろう者にとっては、これ以上ない仕事だと思わないか？　僕はこのことを知ったとき、うちの教唖部に理髪科をつくるべきだと確信したんだ。

秋本くんは熱心に語ったあと、目を伏せました。

——でも周囲から反対されて、道なかばで諦めていた。超えねばならない壁があまりに高く、一人では難しかった。

秋本くんは顔を上げ、こちらに手を伸ばします。

——でも今なら、五森くんがいるのなら、できる気がしてきたよ。

私は差しだされた手を強く握り返しました。


正一が理髪店をひらいた初日の、はじめての客は私でした。本当の意味で、私たちの心が通いあえたのは、あの日だったかもしれません。互いに自立した対等な者同士として、ついに向きあえたからです。

正一は理髪科に入学したばかりの頃、自分が生まれたせいで私や妻を不幸にしている、と考えていた節がありました。耳が聞こえず、両親に苦労をかけてきたことに、正一なりに、子どもなりに、罪の意識を抱いてきたのでしょう。

でも私は正一に伝えたかった。おまえのおかげで、私は今、幸せなのだ、と。

そろそろこの手記も、締めくくらねばなりません。

しかし最後にひとつ、どうしても書いておきたいことがあります。それは五森家に嫁いできた正一の妻、喜光子のことです。複雑な事情から、誰にも話したことはありません。しかしこのままでは、真実が永遠に葬られてしまいます。私の死後にひもとかれるだろうこの手記に、ひそかに書き残すくらいなら許されるでしょう。

喜光子は五森姓になる前に、別の家に嫁いでいました。彼らの名前については、少しでも約束を守るために伏せておきます。その家とは、近くで校長をしていた関係で、就職先をあっせんした縁がありました。

あるとき、家長がうちにやってきて、私に相談を持ちかけました。

――じつは、耳の聞こえない娘を嫁にもらってしまいましてね。

家長いわく、息子の嫁を探していたら、仲人から喜光子を紹介された。しかし仲人は、おそらく仲介金目当てで、喜光子の耳はある程度聞こえていると嘘をついた。いざ結婚し、生活をともにしてみると、不便なことが多々あって弱っている。

――しかも、先日妊娠しているとわかりまして、中絶を検討しているのです。

――産ませてはいけないのですか？

――しかし養育不全にならないでしょうか？　あるいは、同じように耳の聞こえない子が生まれてくるとも限らない。大東亜戦争もはじまって物資は減る一方で、今いる家族だけでも食べさせるのが難しいですからね。

――お嫁さんの気持ちは？

――さぁ、知りません。

――私は、中絶には反対です。なぜなら、私もろう者の父ですが、息子には家庭を持ってほしいと願っています。もし息子の子どもが聞こえなかったとしても、聞こえないからこその人生もあると思うからです。

――しかしそれは、先生のように優れた方の息子だからでしょう?

家長なりに悩んでいるのはわかりますが、私には違和感しかありませんでした。お嫁さんの身体のことなのに、男二人が彼女の知らない場所で、勝手に議論している状況そのものがおかしいと思いました。

――〝優れた〟の定義はさておき、私はこれまでの経験から、耳が聞こえないというだけで悲観的に捉える必要はないと思っています。どうしてもと言うなら、この段階での中絶は母体への負担が大きいので、せめて出産させてから養子に出すという選択肢もあるのでは?

無論、お嫁さんにとってはつらい選択ですが、他に方法はありません。家長ははじめ渋っていましたが、私が費用も手続きもすべて肩代わりすると言うと、とうとう折れました。

説得し終えてから、私は自問しました。

本当に、私の考え方は正しいのか。一度生まれてしまえば、生まれてこなかったことにはできない。

それでも、私は信じたかったのです。間違っているとしても、愚直に信じたかった。喜光子と、生まれてくる子の強さを。そしてその子が、たとえ簡単ではなくとも、いつか幸せを実感する瞬間が来るということを。

だから私は腹を括《くく》り、その家の代わりに、喜光子の世話をすると決めました。喜光子には実家で、ひっそりと妊婦生活を送らせました。ただし産婆以外に誰とも会わせず、表向きには流産し、休養のために実家に帰り、そのあと離婚したことにしました。中絶させたのではないかと噂が立ちましたが、そればかりはどうすることもできません。

　キリスト教系の孤児院に問い合わせると、幸い、青馬さんという関東のご家庭が養子を探していました。青い馬——変わった苗字ゆえに、私の記憶にも深く刻まれています。

　お産の日は大雪に見舞われていましたが、数日後、私が喜光子を産院まで見舞いに行った日は、真っ青な快晴に恵まれていました。世界がきらきらと輝き、人々を平等にあたためるような美しい日に、赤子はたしかに母親に抱かれていました。まだ目も開ききらない赤子と、喜光子は最後の時間を惜しんでいました。

　赤子には、まるでこの世でたった一人の特別な存在なのだと主張するように、口元に特徴的なホクロがありました。それなのに、名前もつけられずに、実の母親と別れざるをえない赤子を見ていると、私はどうしても最後に一枚だけ写真を撮ってやりたくなりました。赤子と喜光子がともにうつっている、最初で最後の記念写真です。仕上がった一枚を、せめてもの慰めにと、私は喜光子に託しました。

　贖罪《しょくざい》の念から、私はそのあと、喜光子を正一と引き合わせました。幸い、正一は、教唖部の同窓生でもあった喜光子のことを、以前から気に入っていたようでした。ろう者同士の結婚には風当たりの厳しい時代でしたが、私には反対する理由がありませんでした。

　私の義娘《むすめ》になったあとも、喜光子は自らの過去を一度も口にはしませんでした。おそらく彼女なりの覚悟があるのでしょう。しかし私には、喜光子はずっと、雪の日に産んだ最初の子どもを探しているような、心の底では再会を願っているような、そんな気がしてならないのです。このことが、私がこの手記をしたためた第二の理由です。

*

読み終えた私は、しばらく手記を抱きしめながら泣いた。

祖母は中絶させられた、と伯母が言っていた理由はわからない。しかし本当は、祖母の赤ちゃんは生きていてくれた。命がつながっていたことが、手放しに嬉しかった。この世界には善意によって生かされる命もある。

取材を通して見えてきた答えは、間違っていなかった。

私の書くべきことはやはり、祖父を支えた人たちの愛であり、伝えることやつなぐことを諦めなかった人たちの生き様なのだ。

第九章　言葉の要らない世界

手記を読んだ数日後、私はデフキャンプのある雑居ビルに到着し、緊張しながらエレベーターに乗って、いつもの会議室に入った。ホワイトボードの前で、授業の準備をしていた辰野さんに、私は手話と口話を交えて言う。

「今日このあと、少しお話しさせてもらえませんか？」

「……いいですよ」

「ありがとうございます」

やがて参加者が集まった。初回では十人くらいいた入門コースだが、最終回まで参加しつづけたのは五人だけだった。人数が減った分、本当に手話を学びたい人たちが残ったせいか、参加者同士の結束は強くなっていた。とくに初回でペアを組んだ田川さんとは、連絡先を交換し、講座後お茶をするほどに仲良くなっていた。

最終回では、生徒一人一人が習った手話で十分ほどスピーチを行なう、という課題が出されていた。スピーチの内容は自分で選べて、手話との出会いや手話に関する今後の抱負でもいいし、絵本や童話の内容を伝えるというのでも構わなかった。一番手に指名された田川さんは、職場でのろう者との出会いについて話したあと、〈手話を習って、世界が広がりました。これからも勉強をつづけて、いずれは手話通訳士を目指したいです〉という抱負を語った。

田川さんの他にも、スピーチのなかで、中級コースへと進むつもりだという人は多かった。半年にも満たない短いあいだだったが、ともに手話を習った仲間であり、それぞれが学びを得て、つぎの道へと進もうとしていた。途中、お世話になった他の講師やデフキャンプのスタッフも入れ替わりで現れたが、青馬の姿はなかった。

私の順番が回ってきたので、前方に立つ。

〈私は小説を書いています。でも三年前に、デビュー作が出版されただけで、まだ胸をはって作家だとは言えません。これから頑張って、書くことを仕事にしたいと思っています〉

参加者の一人が「えっ、小説？　だよね？」と呟いた。

私は手話教室で、小説を書いていることや、取材のために通っていることを、誰にも話したことがなかった。

〈ここに通いはじめたのも、本当は取材のためでした。だから、ろう者の方の力になりたいという動機で通っている人や、ろう者の方が働きやすい環境をつくるために教室を開いている講師のみなさんには、失礼なことをしていました。自分本位でここに通いはじめたことを、まずは謝りたいです〉

変な空気になり、みんなが顔を見合わせる。

〈私には、耳の聞こえない祖母がいます〉

私は全員の視線を受けとめながら、こうつづける。〈ここで手話を習ううちに、祖母との古い記憶を取り戻し、自分を見つめ直すことができました。私はそのことを小説にしたいと思ってい

ます。みなさんと一緒に勉強できて本当によかったです。短いあいだでしたが、ありがとうございました〉

スピーチが終わって席に戻っても、しばらく奇妙な沈黙がつづいた。その後これまで通りの拍手が起こり、田川さんから〈お疲れさまです〉とねぎらわれたが、辰野さんはとくにコメントせず、ただ私のことを見つめていた。つぎの人が前方に立った。

授業が終了したあと、私は辰野さんとカフェに向かった。カフェは前よりも混雑し、食事している人が多かったが、奥の静かなボックス席に案内された。注文を終えたあと、私は正直に今の心境を伝えることにした。

「こうしてお時間をもらったものの、なにを話せばいいのか、じつはまだよくわからないんです。ただ、最後にどうしてもお話ししたくて」

「最後なの？」と、辰野さんは目を見開く。

「はい。私はもう、デフキャンプの手話教室に通うのをやめるつもりです。といっても、手話の勉強はつづけていこうと思っています。ただ、ここじゃなくて、行政が開催している講習会とか、別の場所を探すつもりです」と、言い訳するように早口で言う。

「どうして？」

答えられずにいると、辰野さんは訊ねた。

「私のせい？」

私は首を振った。

「じゃあ、青馬となにかあった？」

私はもう一度、首を振ったあと、自分のことを指した。

「たぶん、私の問題だと思います」

辰野さんはそれ以上訊かなかった。

飲みものが運ばれてきたけれど、お互いに口をつけなかった。

「辰野さんから言われたことを、私、ずっと考えていました。どうして私が、ろう理容師だった祖父のことを書かなきゃいけないのか。書きたい気持ちはどこから生まれるのか」

そこまで話すと、辰野さんはずっと膝の上にのせていた左右の手で、チョキチョキと髪を切る仕草をした。

私は肯いて、おおまかに祖父について、また自分が調べてきたことについて話した。

辰野さんは目を瞠《みは》って、私の話を受けとめてくれた。

「最初のうちは、ただ自分のために取材していました。迷っている自分にとっての答えを探していたからです。でも実際、少しずつその答えが見つかると、それは自分以外のためでもあるような気がしていきました。ふり返ると、話を聞きにいった人たちみんなから、書くことで代わりに伝えてほしいと何度も頼まれていたんです」

ひと思いに言ったあと、私は〈だから〉と、親指と人差し指でつくった輪をつなぎあわせて前に出した。

〈私〉〈書く〉〈つなぐ〉〈したい〉

辰野さんは表情を変えずにただ私のことを見つめていた。

私は口を動かすのをやめて、これまで習った手話の知識を総動員し、辰野さんの心に届けようとした。

〈たくさんの人が迷いながら、戦いながら、人生を歩んできた。そのことは、私を奮い立たせてくれた。そのことを、どうしても物語にしてみたいんです。自分のため、そして、みんなのために〉

辰野さんはふっと笑った。

「今日のスピーチ、緊張してましたね」

意外なことを言われて、私は肩をすくめる。「そうですね」

「でも今、あなたの話を聞いて、私は誤解していたとわかりました。あなたが書くものについて、私はとやかく言うべきじゃない。なぜならそれは」

辰野さんは私のことを指した。

〈あなた〉

それは、あなたの物語だから――。真っ先にそう解釈して、私の胸は高鳴る。あくまで私の希望的解釈で、あなたの問題だから、と突き放されただけかもしれない。さまざまな受けとめ方のできる指差しだったが、辰野さんは解釈の余地を残したまま、潔く手を膝のうえに置いた。それでも私は、励まされたような気がした。

店を出ると、真夏の夜の空気に包まれた。蒸し暑いけれど、街の賑わいを感じる。

代官山の方まで歩くという辰野さんとは、店の前で別れることになった。

〈また会いましょう〉

辰野さんよりも先に、私はいつも授業の終わりに使われている表現を使った。前回は素っ気なく〈さようなら〉で別れたことを思い出したのか、辰野さんは照れくさそうに肩をすくめながらも、同じように返してくれた。

〈また会いましょう〉

私は〈はい、また〉ともう一度くり返し手をふった。

恵比寿駅まで延びる大通りでは、たくさんの音が聞こえてくる。車の行きかう音、信号機のメロディ、すれ違う人のしゃべり声。夏休みのせいか、いつも以上にさまざまな人とすれ違う。子どもや観光客、外国人のグループもいる。人混みを歩きながら、私はふと思う。すべての人が同じように、音を認識しているとは限らない。音だけではなく、目に見えるものや物事も。

恵比寿駅の改札口まで来て、私はふと、青馬とはじめて会ったときも、ここで別れたことを思い出す。

立ち止まって、衝動的にうしろをふり返った。

改札口をくぐろうとする後続の人たちが、迷惑そうに私を避けて通っていく。私は「すみません」と呟いて、人の流れをかき分けながら、ガーデンプレイスの方に歩きだした。気がつくと、走りだしていた。息を切らしながら、夜の光を過ぎていく。

やがてトンネルから抜けるように、青馬と最初に待ち合わせたカフェの前に出た。営業は終了していて、辺りはしんと静まり返っている。私は深呼吸をすると、スマホを鞄から取りだし、青馬の番号を表示させた。

今すぐ青馬に訊きたかった。これまでどんな気持ちで、あの手記を隠していたのか。あの手記を見つけたとき、青馬はどう感じたのか。片耳が聞こえない青馬の世界は、どんなところなのか。

もし私が遠慮して、このまま青馬に連絡しなければ、おそらく喜光子は二度と、青馬と会えないだろう。自分が産んだ最初の子どもが、もう一人の孫を育て、その孫がろう者のための組織をつくったことを、伝えられる機会はないだろう。

ツネ助は手記に書き残すことで、喜光子と生き別れた子どもが再会してほしいという願いを家族に託した。その願いを、さまざまな縁と偶然が重なって、私は時を超えて受けとることになった。果たして、伝えないままでいいのか。いや、そんなわけがない。伝える努力を怠ってはいけないのだ、今の私は。

通話ボタンを押すと、数回のコール音でつながった。

「もしもし」と、青馬の声がした。

私は深く息を吸って、こう伝える。

「ずっと連絡していなくて、すみません」

「僕の方こそ」

ぎゅっとスマホを握りしめて、夜空を見上げる。東京の明るい夜空に、薄い三日月が浮かんでいた。徳島で喜光子が話していた〈月〉の表現によく似た形である。狭い夜空で、身を縮こめるように浮かんでいる月は、もう少し経てば、ビルの陰に隠れてしまうだろう。そんな都会の三日月は、喜光子が言っていた人知れず空に浮かぶ月と、なんら変わらないように思えた。

「じつは、ご提案があって」

青馬は「はい」と答える。

「祖母のところに行きませんか」

「徳島まで?」

「はい、私と一緒に」

少し沈黙があってから、青馬ははっきりと答えた。

「わかりました」

「よかった。ありがとうございます」

「いえ、こちらこそ」

「そのときに、私も青馬さんとちゃんと話したいのですが、いいですか?」

「いいですよ」

電話を切ってから、手話教室のコースが終わった報告と、お世話になったお礼を伝えられなかったことに気がついた。


お盆のはじまりとあって、羽田空港はまっすぐ歩けないほど混雑していた。私は人の波に押しだされるようにして、モノレールの駅から出発ロビーの待ち合わせ場所に向かった。大きく番号が記された時計台の下には、同じように誰かを待つ人たちが集まっていた。人混みのなかに、一人の男性の姿を見つける。いつもの彼よりカジュアルな服装だが、こちらに気がついて浮かべた笑みは、以前と変わりがなかった。

「青馬さん」

「ご無沙汰しています」

青馬と会うのは、約一ヵ月ぶりだった。

「来てもらえなかったらどうしようって心配していました」

「そんなことしませんよ。だいぶ信頼を失ったな」

青馬が冗談っぽく言うので、私はつい笑った。

「ものすごく混んでますね」

「私も驚きました。こんな時期に今日の徳島行きの便を予約してもらえて、改めてありがとうございます」

「いえ、友人が旅行会社で働いているので。ただ席が離れてしまって、すみません」

「そんな、手配してもらっただけでも大感謝です」

「お安い御用。じゃ、行きましょうか」

私たちは自動チェックイン機で乗務員の案内を受けながらチェックインしたあと、出発ゲートをくぐった。そのあと一人ずつ保安検査のための行列に並んで、搭乗ゲートへと向かう。それらの段取りは、四月に徳島を訪れたときと同じはずだが、今回は青馬と一緒であるせいか、私は何度も手間どってしまった。

着いた席から窓を覗くと、滑走路の上には、どんよりと曇った空が広がっていた。今にも雨が降りだしそうな空模様に、阿波踊りも中止にならないかと心配になってしまう。けれども、一時間半のフライトで徳島阿波おどり空港に到着したときには、雲ひとつない青空が広がっていた。

空港はどこを見やっても、阿波踊りのポスターやら展示物やらで溢れていた。街をあげての、一年に一度の特別な祭りなのだ。実際この日徳島にやってきた人たちは、ほとんどが阿波踊りファンのようだった。どこからともなく、「阿波よしこの」の謡が聞こえてくる。こぶしを利かせ、三味線や笛にはやされながらも、声をぎりぎりまで長く伸ばして、こう歌っていた。

踊る阿呆《あほう》に見る阿呆、同じ阿呆なら踊らにゃ損々——。

空港を出ると、じりじりと肌を焼くような夏の日差しに迎えられた。なにもかもが眩しく、濃い影を落としている。前回はほとんど空いていた駐車場にもずらりと車が並び、アスファルトのうえでは陽炎ができていた。私は日傘をさして、青馬とともにリムジンバスの列に並びにいく。やがて乗車口が開いて、乗りこんだあと、青馬は窓際を私にゆずってくれた。並んでシートに腰を下ろすと、私たちはやっと落ち着いて話すことができた。

「五森さんが前に来たときは、四月でしたっけ?」

「そうですね。まだ朝晩は肌寒かったです」

「やっぱり徳島に来ると、なつかしいですか?」

「どうだろう。私も子どもだったし、さほど頻繁に行き来していなかったので。青馬さんは? 以前、徳島にろう理容師のことを調べにきたって言ってましたが」

「二度目です。でもそのときは、本家の方や文書館を訪ねるのがメインだったので、暁子さんに少しご挨拶をしたくらいでした」

「じゃあ、祖母には会ってないんですか?」

「はい。喜光子さんに会うのは、今回がはじめてです」

車内にアナウンスが流れ、ドアが閉められた。発車の合図とともに、バスはゆっくりと動きはじめる。

私は意を決し、前を見ながら切りだす。

「はじめて会ったとき、青馬さんはあれを……曽祖父が書いた手記を、カフェに持ってきていましたよね？」

「はは、よく憶えていますね」

「どうして、あのときに渡してくれなかったんですか」

「そうだな……僕の気持ちがどうこうっていうよりも、喜光子さんが過去についてどう思っているのかがわからなかったから。僕のせいで困惑させたくなかったんです。喜光子さんだけじゃなくて、そのときは五森家のみなさんについて、ほとんど知らなかったし」

青馬は申し訳なさそうにつづける。

「でも本当は、打ち明けるタイミングなんて、あとでいくらでもあったわけだし、もっと早く見せるべきだったんです。心から謝ります。遅くなったのは、どうしても踏ん切りがつかなかった僕のせいです」

頭を下げたあと、青馬はこちらを見つめた。

「五森さんと出会って、諦めずに伝える大切さに気づかされました。それは僕にとっても必要な力だった。だから言えなかったんです。壊したくなかったんです」

郊外の広い道をひた走っていたリムジンバスが、大きな橋へとさしかかる。雄大な吉野川が流れる向こうに、眉山が待ち構えていた。涙腺がゆるんだのは、絵はがきのような景色のせいだけではなかった。

「あの、今日ここからは、つばめさんと呼んでもいいですか？」

「もちろんです。みんな五森さんだから、ややこしいですもんね」

「よかった。ありがとうございます」

笑いあった私たちのあいだに、もう湿っぽい空気は消えていた。


徳島駅の前でリムジンバスを降りると、道路沿いにずらりと提灯《ちょうちん》が並び、旗や横断幕も目立つ。また、踊り手の恰好をした人たちともすれ違った。タクシーで介護施設に到着すると、一階のエントランスで暁子が待っていた。

「よくお越しくださいましたね、青馬さん」

前回会ったときよりもフォーマルな装いに身を包んだ暁子は、青馬に向かって深々とお辞儀をした。なかなか頭を上げようとしない暁子に、青馬は苦笑しながら「いえ、僕の方こそありがとうございます。それから、前にお伺いしたときに黙っていて、申し訳ありませんでした」と伝える。

「やめてください。こんなに幸運なことはありません」と、私から事情を聞いていた暁子は言う。「ただ、母に紹介する前に、私たちだけで少しお話しさせてもらえますか？」

受付近くの待ち合いスペースで、私たちは腰を下ろす。

「まずは、つばめちゃんに謝らなきゃいけないね。私の早とちりでした。思い返せば、お母さんは〝母親にさせてもらえなかった〟と表現しただけで、中絶というのは私の誤解やった。以前に海太から、生まれた子を死なせたのではないかと聞いていた影響もあって、先入観があったと思う」

「いえ、仕方ないですよ。それに、こうして青馬さんにも会えたわけだし」と、私は明るく返す。

「ほなけんど、つばめちゃん、なんでお母さんは私にすぐ本当のことを話して誤解をとかんかったんやと思う？　私も改めて考えたんよ。もしきちんとわかっていたら、もっと早く青馬さんのところに私が連絡したのにって。でも悔やむうちに、だからこそお母さんは私に言わんかったんとちゃうかって気がついた。お母さんは私の性格を見越して、あえて生き別れたことを隠していたんやと思う」

それは、私には想像もつかなかった喜光子の複雑な心情だった。暁子は青馬に向き直って頭を下げ、声のトーンを低めてつづける。

「それでね、青馬さんのことはまだ、じつは母に話していないんです。ごめんなさいね。私もどうしたらいいのかわからなくて。それに、母はまだ元気とはいえ、万全の健康状態ではありません。昨日かかりつけ医の先生にそれとなく相談しましたが、あまり刺激しない方がいいと助言をされました。動揺させれば、血圧が上がって頭も混乱する可能性がありますから」

責任感の強い暁子らしい判断だった。

「ですから、青馬さんのことを伝えるのは、ちょっと……」

「そんな。せっかく徳島まで来てくれたのに」

私が思わず口を挟むと、暁子はきっぱりと言う。

「でもね、つばめちゃん。もしお母さんの具合が悪くなったら、一番傷つくのは青馬さん自身なんとちゃうの？」

「それは……そうだけど」

「お母さんにしても、第一子の幸せを心から願って産んだことを隠していたんじゃないかな。それほどの覚悟を、踏みにじってしまうの？」

すると、私と暁子を安心させるように、青馬はほほ笑んだ。

「いいんですよ、僕も暁子さんに同感です。僕は喜光子さんにお会いできるだけでも嬉しいですから」

本当にそれでいいのだろうか。私はもどかしくなるが、なにも言えなかった。


今回は喜光子の個室に案内された。ドアを開けた暁子につづいて、青馬と私もなかに入る。一人暮らしのワンルームを連想させるような、清潔感のある個室だった。六畳くらいの空間で、奥には眉山を望む大きめの窓がある。介護用ベッドが半分ほどを占め、空いたスペースに一人用の机とソファがあり、棚にはテレビが置かれていた。

前回、お土産で持ってきたブランケットが、真夏だというのに、いまだベッドの脇にかかっているのが見えた。

私の視線を察したらしく、暁子が説明をする。

「あのブランケットね、お母さん、すごく気に入って見えるところに置いてて」

ベッドに寝ている喜光子が、なにやら素早い手話で言う。

「ああ、夜は冷えるから、今も使ってるんだって」

そんなやりとりをしながら、喜光子はベッドの背もたれを起こし、私のうしろにいる青馬のことを、ちらちらと気にしている様子だった。

暁子が〈こちら、お客さん〉と紹介すると、青馬は喜光子に伝える。

〈こんにちは。青馬といいます〉

青馬の流暢な手話を見て、喜光子は目を丸くした。

〈あなた、手話ができるの？〉

〈はい〉

にこにこしながら、喜光子は青馬に両手を差し伸べた。握手を求めているのだった。青馬は一瞬ためらいながらも、喜光子に両手をのばす。喜光子は青馬の両手をそっと触ると、優しく包みこんだ。

来てくれて、ありがとう――。

おそらく青馬が誰なのか、気がついていない喜光子は、いつもの親しみやすさで、そう伝えたかったのだろう。

そのとき、青馬の頬を涙がつたっていることに、私は気がついた。

青馬の涙を見て、暁子が表情を硬くする。

ただ状況がわからない喜光子一人だけが、どうしたのだろうと目を丸くしていた。私は暁子を見やるが、首を左右にふられてしまう。喜光子が当惑するなか、誰もなにも説明できない時間がしばらくつづいた。

するとﾞ、青馬がおもむろに手をほどいて、ジャケットの内ポケットに手を伸ばした。なにを出すのだろう。少なくとも自分が誰なのかを伝えようとしていることは、なんとなく空気でわかった。

「待ちなさい」

暁子が青馬の手を摑んで、じっと睨む。

「青馬さん、さっきの話、忘れたんですか？　今更になって過去のことを蒸し返しても、ただ母を傷つけるだけかもしれないんですよ」

暁子の気持ちはそう簡単には揺るがなそうだった。青馬は口を開きかけたが、反論することなく、ポケットに伸ばしていた手を引く。私には、真実を打ち明けたい青馬の気持ちも、それを止めようとする暁子の気持ちもどちらも理解でき、どうすることもできない。

二人のあいだに入ったのは、思いがけず喜光子だった。

喜光子は小指を顎の辺りに当てて、青馬に笑いかける。

〈大丈夫。見せてちょうだい、それ〉

喜光子は青馬のジャケットの内ポケットの辺りをさしたあと、暁子に向き直る。打って変わって真顔になり、〈なにがあっても大丈夫だから〉と強く伝えた。暁子はもう口出しすべきではないと悟ったのか、肯いて一歩下がる。

青馬が取りだしたのは、小さな紙だった。

一枚の白黒写真。よく見ると、三、四歳くらいの幼児が、両親のあいだに立っている。口元に特徴的なホクロがあるのを認めて、私はハッとする。写真にうつっているのは、喜光子と生き別れた息子――青馬の父親だった。

喜光子は食い入るように、写真をじっと見つめている。

〈僕は、あなたの孫です〉

青馬はしぼりだすように伝えると、両手で顔を覆った。喜光子はゆっくりと写真を膝に置くと、目をつむって天を仰いだ。そして深呼吸をしてから、青馬のことを見つめた。喜光子はなにも言わずに、彼の両手をそっと握る。さきほどと同じように優しく。

喜光子の手は、かすかに震えていた。

二人のあいだに言葉はそれ以上なかったが、それで十分だった。

青馬はしゃがみこみ、喜光子の膝に顔を伏せるようにして泣いた。

落ち着いてから、青馬は私たちにこれまでの経緯を話してくれた。

青馬が自らの出自を知ったのは、耳の聞こえが悪くなったときだった。病院に連き添ってくれた父親から、治療の助けになるかもしれないと、自分は本当は徳島にいるろう者の女性から生後まもなく青馬家に養子に出されたのだと教えられた。青馬としては、父親の出自の秘密を知ってもさほど驚きはしなかったという。

ところが、社会人になって三年経ったとき、父親が事故で亡くなった。それをきっかけに青馬はルーツを探そうと決心した。実の祖母はろう理容師と再婚したと聞いていたので、ろう理容師の歴史を調べようと思い立った。調べるうちに、自分が生まれてきた理由と、デフキャンプの仕事の意義がわかったという。

喜光子は熱心に耳を傾けたあと、青馬にこう伝えた。

〈まずは、青馬さんのお父さんの所に会いにいかなくてごめんなさい。勇気を出せなかった。そして、いろいろと考えてくれて、本当にありがとう。でも、あまり背負いすぎず、あなたはあなたの道を生きてね〉

そして喜光子は机の引き出しのなかから、一枚の紙を手にとった。

それもまた、古い白黒写真だった。

〈あなたのお父さんの仏前に、これをお供えしてあげてください〉

一目見て、ツネ助の手記を読んでいた私にはわかった。きっと青馬も同じだろう。

その写真にうつっていたのは、生まれたばかりの赤子と、着物姿でベッドに横たわる年若き喜光子だった。赤子の口元には、さきほど青馬から喜光子に手渡された幼児の写真と同じく、ホクロがあった。喜光子はその写真をツネ助にもらってから、肌身離さず持っていたのだと語った。

青馬と喜光子は、二人が大切に思っている同じ人の写真を、長い年月を超えて、お互いに交換したことになった。

〈それから、もうひとつ、お願いがあるの〉

喜光子は神妙な顔つきで、そうつづけた。

〈なんでも言ってください〉と、青馬が肯く。

すると、喜光子は満面の笑みを浮かべた。

〈阿波踊り〉

踊っているように両手を動かす。

〈みんなで、阿波踊りを見たい〉

思いがけない要望に、私は拍子抜けした。もっと深刻なお願いかと思っていたのは、青馬も同じだったらしい。眉を上げて、私と顔を見合わせる。喜光子はひょうきんな顔つきで、踊りの手つきをやめようとしない。つぎの瞬間なんだかおかしくなって、私たちはみんなで笑っていた。


夕方五時頃、喜光子は一時間ほどの外出許可をもらった。青馬が手配した車椅子対応のタクシーに乗りこんで、多くの演舞場が開設されたメイン会場の徳島駅周辺に向かう。介護施設からはいつもなら車で十分と離れていないのに、この日、市街地の大通りは大渋滞だった。

なかなか進まない車内で、喜光子はしんみりした空気にならないようにか、私や青馬に手話でたくさん語りかけてくれた。この頃には、私もだんだんと喜光子の手話に慣れて、だいたい言っていることがわかるようになっていた。

〈いきなり孫が二人になって、嬉しくて仕方ないよ〉

暁子も「ほんまにねぇ」と大きく肯いたあと、〈女の子だけじゃなくて、男の子の孫までできたわけやしね〉と笑う。

〈私のこと、もう一人のおばあちゃんと思ってくれるかい？〉

喜光子に訊ねられ、青馬は〈もちろんです〉と答える。喜光子はまだ、青馬の手を握っていた。

〈お母さん。青馬さんの手、握りすぎじゃない？〉

さすがに暁子から注意されても、喜光子はおどけた表情で青馬を見つめるだけで離さず、青馬は〈大丈夫ですよ、僕は〉と笑って暁子に答えている。

〈青馬さん、つばめちゃんは私たちの小説を書くそうだから、お手伝いしてあげてくれるかい？〉

喜光子が改まって青馬に頼むのを見て、私は喜光子の肩を叩いて伝える。

〈いやいや、もうお手伝いしてもらってるから〉

車内には笑いが絶えなかった。

しかしいつまで経っても、タクシーが進まないので、しびれを切らした運転手から「お客さん。もう今日だけはあきまへんわ。駅前に近づけない。歩いた方が早いかもしれん」と投げやりに声をかけられた。

「どうしようか。お母さんも、遅くまでは外出できんしなぁ」

暁子が困ったように呟くと、喜光子が訳知り顔で手招きをした。

〈演舞場の見物席になんて行く必要はないよ。路地裏の阿波踊りでいいから。そこの角で停めてもらって〉

私たちは喜光子に促されるまま、タクシーを降りた。

たまたま降りて、たまたま入った道にもかかわらず、路地はまっすぐ歩けないほどの人混みだった。人、人、人。少しずつ暗くなる夏空の下で、家族連れが子どもに祭り用の法被を着せていたり、女踊りの集団がぞろぞろと列をなして演舞場に向かっていたり、おじさん連中が軒先で酒を酌み交わしていたり、どこに目をやっても熱気が渦を巻いており、祭りに来たという実感で鳥肌が立つ。

普通なら、これほど混雑した場所では、喜光子が乗っている車椅子は迷惑そうな顔をされただろうが、この日はあまりにもカオスなので、誰もなにも気にしなかった。一年に数日だけの特別な夜を、力を合わせて楽しもうという不思議なぬくもりが感じられる。おかげで車椅子に乗っている喜光子もそれを押す暁子も、リラックスしきった表情で嬉しそうに拍手をしたり、指をさして笑いあったりしている。

そのとき、急に人混みが途切れて、小さな公園に出た。公園は色とりどりの提灯がいくつもぶら下がり、屋外用の大きなライトによって昼間のように明るく照らしだされていた。

そのときだった。チャンカチャンカ、チャンカチャンカ。鳴り物が流れはじめたと思ったら、その場にいたほぼ全員が、一斉に踊りはじめた。

とんでもない瞬間を目の当たりにした、と私は思った。輪踊《わおど》りというのか、それまで無秩序に群れていた集団が、鳴り物がはじまった瞬間に、ぴたりと息を合わせて手を掲げ、踊りはじめたのだ。何十人、何百人という人たちが、公園の隅々までを埋め尽くし、その場を沸騰させる。実際、その場の温度が一気に上昇したように感じた。

しかも驚くべきは、集まった人々にてんで統一感がないという点だった。

鮮やかな法被をまとって指先まで神経の行き届いた華麗な舞いを見せる女踊りに、頭に手ぬぐいを巻いた軽妙な足さばきの男踊り。かと思うと、ジャージやTシャツといった普段着姿で全然踊れていないながら楽しそうな人もいる。よちよち歩きの赤ちゃんが自己流に手足を動かしている姿もあれば、腰の曲がった高齢者が信じられないくらいキレのある踊りを披露している。

ここはなんという公園で、どんな〝連〟がいるのかといったことは、もはや一切気にならなかった。上手な人、初心者っぽい人、老若男女問わず、あらゆる人が集まって、汗を光らせながら息を合わせて踊っている。

そして、みんなが楽しそうだった。彼らは今ここで、同じものを共有し、つながりあっている。たとえ言葉を交わさずとも、伝わりあうものがある。普段ならともになにかをすることのない者同士が、ここでは踊りの仲間になっているのだった。

〈私も！〉

そのとき、しばらく踊りを眺めていた喜光子が、細い腕をまっすぐに挙げた。

そして暁子に〈あの輪のなかに連れて行って！〉と、真剣な表情で訴える。

〈車椅子だよ〉

〈いいから！〉

暁子はおそるおそる車椅子を押していく。すると喜光子は、今にも腰を浮かして踊りだしそうな勢いで、手と手でリズムを刻みはじめた。足腰が弱っている喜光子でも、両手の美しい舞いは健在だった。その場にいた人たちは喜光子がろう者だということにおそらく気がつかず、あるいは、気がついていてもそんなことはどうでもいいといったふうに、満面の笑みで喜光子を迎え入れてくれる。

「おばあちゃん、上手やね」「やるじゃない」などと口々に声をかけられ、場を盛り上げている姿を見ていると、私は居ても立ってもいられなくなる。

そんな心境を察するように、喜光子がこちらに向かって手招きする。

〈おいで！〉

青馬と顔を見合わせる。笑顔で肯いた彼の手を摑んで、私も輪に加わった。ちゃんと阿波踊りの動きを習ったわけでも、踊ったことがあるわけでもないのに、勝手に身体が動きはじめていた。むしろ、この熱気のなかにいながら、踊らずに突っ立っていることは不可能に近かった。はじめは気恥ずかしさもあったが、二拍子でわかりやすく、みんなが受け入れてくれたので、やがて余計なことを忘れた。

――踊っていると、ふわふわと身体ごと浮かんで自由になれる。

私はやっと、その感覚を、身をもって理解していた。

どのくらい時間が経っただろうか。タクシーを降りたときよりも、いっそう空は暗くなっている。ふと、車椅子を押していた暁子が立ち止まり、私に向かって腕時計を指した。ここに来てから、三十分が経っていたらしい。さすがにこのまま踊りつづけるのは、喜光子の身体に負担がかかる。私たちは肯きあって、輪から抜けることにした。周囲で踊っていた人たちが、「おばあちゃん、もうやめるの？」「なかなかの踊りやったよ」などと声をかけてくれる。喜光子は何度も肯きながら、一人一人の手を握って別れを惜しんだ。

施設まで帰る道のりで、喜光子は車椅子に乗りながら、しみじみと手話で語った。難しい表現も交じっていたので、暁子が通訳を入れてくれる。

〈阿波踊りはね、ある種のスポーツ競技みたいなもので、見せるための伝統文化っていう側面もある。ただ、演舞場での正式な阿波踊りは、練習でもろう者である私は肩身が狭くてね。だから私が子どもの頃から好きだったのは、誰でも飛び入り参加できる、名もなき路地裏の阿波踊りだった。ああいう路地裏のようなところだと、一年でこの数日間だけは、みんながすごく優しくて、私と一緒に踊ってくれたんだよ〉

施設の玄関口で、私たちは後ろ髪を引かれながら別れを告げた。

喜光子は私たちに何度も〈ありがとう〉と手を振りながら、暁子の押す車椅子に乗って受付の方に去っていった。私と青馬はその姿が見えなくなるまで見送ったあと、宿泊先のホテルまで歩いて向かうことにした。いつの間にか辺りは闇に包まれ、祭りの光がいっそう賑やかになっている。

歩きはじめて、私はふっと笑ってしまう。

「どうしました?」

「いえ、青馬さんと阿波踊りを踊ったなんて、すごくシュールな気がして」

「たしかに」

さっきまで踊っていた青馬の姿を思い出しながら、私は訊ねる。

「どうでしたか、人生初の阿波踊りは?」

「楽しかったです。案外、踊れるものですね」

「本当に」と、私たちは笑いあった。

多方面から届く鳴り物や笑い声に耳を澄ませていると、青馬は「じつは」と真面目なトーンで切りだす。

「僕、喜光子さんのこととは関係なく、前から阿波踊りを一度見たいと思っていたんです」

「そうなんですか?」

「はい。さっき喜光子さんもおっしゃっていましたが、阿波踊りのような祭りの日って、障害のある人たちも受け入れられてきた歴史があるって、以前本で読んだことがあって。いつもは家のなかに閉じこめられている障害者も、この日だけは解き放たれて無礼講になる」

「それは知りませんでした」

たしかに、この日たまたま訪れた公園は、聞こえる人か聞こえない人か、徳島の人か余所者《よそもの》か、そんなことは関係なかった。

「垣根さえなくなれば、ほとんどの人たちのなかに優しさが生まれる。そういう場所がすでに存在するっていう事実は、僕のような仕事をしている人間にとっては大きな希望です」

祭りの光が溢れる通りの先の方を、青馬はまっすぐ向いていた。

その視線を追いながら、私はこみあげる想いに相応しい言葉を探す。

「私はさっき阿波踊りの渦のなかで、今日青馬さんとおばあちゃんが対面したときのことを思い出していました。二人の手が触れあったとたんに、言葉がなくても通じあっているのがわかって驚いたんです。でもさっきの公園でも、同じようなことが起こっていました」

そこまで言って、私は立ち止まった。

「青馬さん」

呼びかけると、青馬はこちらをふり返った。

「わかりました」

「えっ？」

「小説のことです。具体的なものが、今はっきりと見えました」

「訊いてもいいですか」

私は大きく肯いた。

「私は、今日、施設や阿波踊りで経験した、人がつながりあったり、心が伝わりあったりする奇跡のような瞬間を、言葉で書きたいんだと思います。どちらも言葉の要らない世界だったけれど、だからこそ、私はそういう世界を言葉にしたいんです」

一呼吸を置いて、私は胸に手を当ててつづける。

「私の書いたものが、人と人や、その願いをつなぐきっかけになってほしいと、心から思える今だからこそ、なるべく多くの人が自由に楽しめる場所を、物語として生みだすことが自分の仕事なんだと気がつきました。今夜さまざまな人が集まっていた裏路地の小さな公園のような場所を、私も小説という形でつくっていきます」

青馬はかすかに笑みを浮かべ、黙ったまま肯いてくれた。

ホテルに戻ったあと、私はすぐに小説を書きはじめた。編集者からのゴーサインをもらう前に、こんなふうに勢いで書きはじめるのははじめてだった。最初の十枚くらい、夢中でキーボードを打ちこんでから、物語全体のプロットを別の書類にまとめた。すでに細部にわたるまで鮮明に頭に浮かんでいたから、すらすらと書き起こすことができた。

出来上がったプロットを駒形さんにメールで送ったあとも、私はホテルの窓辺から、阿波踊りに沸いている徳島の街を静かに眺めていた。

エピローグ

「お待たせしました」

本屋のイベントスペースで、サイン会が無事に終了したあと、新刊の担当編集者が私のところに戻ってきた。彼は駒形さんの後任でもある。その日お世話になった書店員さんもやってきて、「今日はありがとうございました」と頭を下げる。

「いえ、こちらこそ。とてもありがたい機会でした」

「私たちは後片づけがありますので。お疲れさまでした」

私たちはサイン会を開催してくれたことのお礼を改めて伝えて、イベントスペースをあとにした。エスカレーターで一階まで下りるあいだ、私は各フロアにあの人の姿をつい探してしまう。しかし閉店間際なので、どのフロアにもお客さんはほとんどおらず、心のなかでため息を吐いた。地上階でエスカレーターを降り、自動ドアをくぐると、外は暗くなっていた。八月とあって、蒸し暑い外気に包まれる。私は出入り口をきょろきょろと見回すが、当然あの人はいなかった。

あれは本当に、青馬宗太だったのだろうか。徳島を一緒に訪れてから、十一年ぶりに、私に会いにきてくれたのだろうか。

「少し早いですが、お店に向かいましょうか」

数歩先で編集者から声をかけられ、私は「そうですね」と追いかける。飲食店の建ち並ぶ華やかな裏通りを歩いていると、この十年間、本当にいろいろな変化があったように感じた。

十一年前の阿波踊りの夜、翌日徳島から東京に戻ると、私は物語のつづきを書きはじめた。あらすじから細部の表現に至るまで、つぎからつぎへと浮かんできた。いったん最後まで書き終わったあと、駒形さんに読んでもらい、打ち合わせを重ねながら一年かけて推敲した。

祖父の物語を書いたあと、なにを書けばいいのかわからない、という悩みはすっかり消えていた。

駒形さんとはそのあとも新しいプロットや原稿のやりとりをつづけ、計三冊の小説を出版させてもらった。数年前、彼女は社内の他部署にうつってしまったが、祖父のことを書いた私の小説は、駒形さんにとってても思い入れが強いものだったらしく、担当から外れるときには、あの作品に伴走できて心からよかったと言ってもらえた。

祖父の物語は、多くの読者から反響があった。聞こえる人だけでなく、ろう者やその家族からの感想も届いた。とくに嬉しかったのは、辰野さんからのメールである。

――友だちのろう者にもオススメしています。

辰野さんはメールにそう書いてくれていた。辰野さんとはそのあと何通かメールのやりとりをして、デフキャンプの手話教室が主催するイベントにも、気が向いたらまた遊びにきてほしいと誘われた。

けれど、青馬のことは話題にのぼらなかった。私の方も彼がどうしているのか、あえて訊かなかった。『音のない理髪店』は出版社を通じてデフキャンプ宛てに献本していたが、面と向かってお礼は伝えられないままだった。心残りではありながら、徳島から戻って以来、私たちはお互いに連絡しなかった。

とはいえ、青馬とは、あれ以来一度だけ顔を合わせる機会があった。喜光子の葬儀である。九年前の冬、つまり私たちが徳島を訪れた二年後に、喜光子は亡くなった。享年九十三の大往生だった。

お葬式は理髪店から車で十分ほどの距離にある、国道沿いの葬儀場で行なわれた。青馬は大勢の参列者の一人として姿を見せた。香典をあずけて焼香すると、他の人たちと同じように、無言で会場を去っていった。私は親族席に座っていて、一瞬ほほ笑みかけられたような気がしたけれど、お互いに話しかけることもなかった。

お葬式が終わった夜、青馬の近況が気になり、デフキャンプをネットで検索した。組織は出会ったときよりも、格段に知名度が上がっているようだった。公式サイトをのぞくと見やすくスタイリッシュに一新され、利用する企業や個人も増えていることがわかった。組織としても、青馬個人としても、行政や財団が主催する賞をいくつか受賞したらしい。新聞やテレビに取りあげられた記事もたくさんヒットし、青馬のインタビューもあった。画像にうつされた青馬は、見知らぬ人のように遠く感じられた。

そのあと、私はだんだんと青馬のことで思い悩まなくなった。

単純に、忙しくなったという理由が大きかった。喜光子のお葬式があってまもなく、私は塾のアルバイトを辞めて専業作家になった。執筆の依頼が増えて、アルバイトの収入よりも執筆業の収入の方が倍ほどになったためだ。すべての時間を書くことに捧げられるようになり、これでゆっくり執筆ができると思ったが、加速度的に忙しくなっていった。四六時中物語のことを考えつづける生活がつづき、あっという間に月日は過ぎた。

塾の同僚だった千晶は、長年の夢だったアメリカ留学を果たし、現地の男性と結婚して今では二児の母親となっている。一方私は、目の前の書く仕事のことで頭がいっぱいで、引っ越し以外の大きな変化もなく、今に至っている。

ただし、どんなに仕事が忙しくなっても、手話の勉強だけはやめなかった。はじめの数年は行政の手話講習会に通い、そのあとは地域の手話サークルに入った。途中で行けない時期もあったけれど、ろう者やコーダがアップしている手話学習の動画を見るのが、今も大切な日課である。執筆依頼のあったエッセイで手話のことに触れたり、自分の本のイベントで手話通訳士に入ってもらったりといった、ろう者のバリアフリーにつながる活動も細々とつづけている。

だから青馬のことも、思い出さなかったわけではない。むしろ青馬の存在は、つねに頭の片隅にあった。今になって、本屋で青馬の姿を見たとき、私は混乱した。

どういう気持ちで会いにきてくれたのだろう。せっかく再会できたのに、どうして話しかけてきてくれなかったのだろう。伝えたいこと、訊きたいことは沢山あった。私は自分がどうしたいのか、考えるほどに混乱した。ただはっきりしているのは、このままではいられないということだった。

「すみません、今夜なんですが、やっぱりここで解散してもいいですか？」

とつぜん立ち止まった私を、編集者は驚いたようにふり返った。

「えっ、行かないんですか、食事」

「土壇場で、本当に申し訳ありません。急に用事を思い出してしまって……」

深く頭を下げると、案外、あっさりと「大丈夫ですよ」と言ってもらえた。

「予約とかしていないですし。それより、用事に気がついてよかったですね」

「ありがとうございます。あの、駅はどっちです？」

私は教えてもらった方向に急いだ。電車に乗るつもりはなかったが、駅に向かった方が青馬に会える確率が高くなる気がしたからだ。

スマホを出して、青馬宗太の連絡先をタップする。番号を変えていたらどうしよう。一瞬そんな不安が頭をよぎるが、すぐにコール音が鳴った。なかなか出てくれない。焦るうちに、留守番電話に切り替わってしまった。私は通話を切って、スマホを手に持ったまま立ち尽くす。

今回はこのまま諦めるべきだろうか。いや、私は絶対に伝えなければならなかった。青馬にどうしても伝えたいことがあった。青馬もまだ近くにいるかもしれない。だったら彼のことを探したい。私は大通りを足早にさまよった。

そのとき、スマホが振動した。すぐさま確認すると、青馬からの着信だった。

「もしもし、青馬さんですか？」

すぐに出て答えると、ややあってからなつかしい声がした。

「はい、お久しぶりですね」

どこから届いているのかはわからないけれど、たしかに青馬もこの世界に存在してくれている。声が届いている。私はきつく目を閉じたあと、深く息を吸いこんだ。

「今日、サイン会に来てくれましたか」

「行きました」

大通りを行きかう車のヘッドライトや建物の照明が、蜘蛛の巣のようににじんだ。見上げると、真夏のピークを越えてはいるが、日は沈みきっても空はまだ藍青色《らんせい》である。この夏らしい夕空には見覚えがあった。そう、徳島だ。青馬と訪れた阿波踊りの夜と、ほとんど変わらない色だった。

ふたたび青馬の声が聞こえた。

「今日サインをしてもらった女の子は、うちの講座を受けている高校生なんです。あなたの本を読んだって言うから、思い切って僕もついていきました。お元気そうな姿を見られて、嬉しかったです」

「こちらこそ」と、私はスマホを握り直す。「というか、本当に、ありがとうございました。そもそも私があの本を書くことができたのも、今も書く仕事をつづけられているのも、他ならぬ青馬さんのおかげです。青馬さんがつないでくれたから。結果的に、父や親族との関係も修復できました。だから、この十年間ずっとお礼を言わなくちゃって思っていました。それなのに、本当にすみません」

空白の年月とともに膨れあがった感謝の気持ちを、私は止めることができなかった。一息に伝えた私に、青馬は穏やかに答える。

「とんでもない。感謝しているのは、僕の方ですよ。つばめさんと知り合えたおかげで、自分が存在していることはすごいことなんだって、僕もわかったんです。その気持ちは、なんというか神秘的で尊くて、つばめさんと会わなくなってからも、心のなかで僕を支えてくれました」

私は『音のない理髪店』を書いたことで、青馬と出会い、たとえ離れてしまっても、こうして再会できた。そして、小説は私とたくさんの人をつないでくれた。阿波踊りの夜に胸に迫った、あの高揚感がよみがえる。

そのとき、ちょっと驚いたような声がした。

「つばめさん、ふり返ってみてください」

言われた通りにすると、十数メートル先に青馬が立っていた。まさか、本当に偶然会えるなんて。青馬も同じ心境らしく、唖然としたようにこちらを見つめている。

青馬は一人きりだった。背格好はあまり変わらないが、もう二十代後半の青年ではなく、年を重ねた男性になっていた。青馬さん、と私は心のなかで彼の名前を呼ぶ。本当は声を出して、すぐに歩み寄りたいのに、どうしても踏みだせない。

すると彼はスマホを耳から離し、ポケットにしまった。そして両手の四本の指の背を合わせてから、ゆっくりと左右に離した。

〈お久しぶりです〉という手話だった。

私たちのあいだの十数メートルを、何人もの人が足早に通り過ぎていく。私たちが会話をしていることに気がついた人は、誰一人いなそうだった。私はなぜか、そのことに強く背中を押され、〈お久しぶりです〉と同じように返した。そして、両手の人差し指を立てて、ゆっくりと近づけたあと、右手の人差し指と親指をひらいて顎の下に置き、指を閉じながら下げる。
〈会いたかったです〉
やっと伝えられた。私たちはほほ笑みを交わし、一歩ずつ近づいていった。

主要な参考文献

「義務制二十五周年記念誌　昭和49年」徳島県立聾学校
「聾学校理容科・美容科　八十年の歩み」全国聾学校理容科・美容科研究協議会
『ろう理容師たちのライフストーリー』吉岡佳子、ひつじ書房

その他の参考文献

『ろうあ者が描いた昭和　ふるさと神戸　相良理　画集　戦争と平和…明日へ語り継ぐ』ひょうご高齢聴覚障害者施設建設委員会編、クリエイツかもがわ
『ろう女性学入門　誰一人取り残さないジェンダーインクルーシブな社会を目指して』小林洋子編、生活書院
『仕事無音　聴覚障害者の社会参加と貢献の実態リポート』森格・齋藤昌久編、岡山県立岡山聾学校同窓会発行、古今社
『わが指のオーケストラ』山本おさむ、秋田書店
『「どんぐりの家」のデッサン　漫画で障害者を描く』山本おさむ、岩波現代文庫
『ペスタロッチ　人と思想105』長尾十三二・福田弘、清水書院
『徳島のペスタロッチ　障害児教育の先駆者　五宝翁太郎評伝』竹内菊世、徳島出版
『青い鳥のうた　ヘレン・ケラーと日本』岩橋英行、日本放送出版協会
『奇跡の人　ヘレン・ケラー自伝』ヘレン・ケラー、小倉慶郎訳、新潮文庫
『ヘレン・ケラーはどう教育されたか　サリバン先生の記録』アン・サリバン、遠山啓序・槇恭子訳、明治図書出版

『新しい聴覚障害者像を求めて』財団法人全日本ろうあ連盟出版局
『可能性に挑んだ聴覚障害者　ろう者・難聴者50年のあゆみ』特定非営利活動法人みみより会編、文理閣
『歴史の中のろうあ者』伊藤政雄、近代出版
『きこえない子の心・ことば・家族　聴覚障害者カウンセリングの現場から』河﨑佳子、明石書店
『ろう者の祈り　心の声に気づいてほしい』中島隆、朝日新聞出版
『コーダの世界　手話の文化と声の文化』澁谷智子、医学書院
『わたしたちの手話　学習辞典Ｉ』一般財団法人全日本ろうあ連盟
『文法が基礎からわかる日本手話のしくみ』ＮＰＯ法人バイリンガル・バイカルチュラルろう教育センター編、岡典栄・赤堀仁美著、大修館書店
『優生学と人間社会　生命科学の世紀はどこへ向かうのか』米本昌平・松原洋子・橳島次郎・市野川容孝、講談社現代新書
『強制不妊　旧優生保護法を問う』毎日新聞取材班、毎日新聞出版
『床屋の真髄　男を高め、男を癒す銀座の老舗の技とサービス』米倉満、講談社

その他、多くの文献、記事、ホームページなどを参考にしました。また、取材や資料提供にご協力いただいた、すべての皆様に感謝いたします。とくに、徳島県立徳島聴覚支援学校理容科の中川晋一先生、全国ろう学校ＰＴＡ連合会事務局長の鈴木茂樹様、平惣書店の八百原勝様、岡山

県青鳥理容文化会会長および岡山県立岡山聾学校同窓会会長の山本直弘様、そして、吉岡佳子様には、この場を借りて厚くお礼申し上げます。

初出　小説現代二〇二四年七月号

一色さゆり（いっしき・さゆり）

1988年、京都府生まれ。東京藝術大学美術学部芸術学科卒。香港中文大学大学院修了。2015年、『神の値段』で第14回『このミステリーがすごい！』大賞を受賞し、翌年作家デビューを果たす。主な著書に『ピカソになれない私たち』、『コンサバター 大英博物館の天才修復士』からつづく「コンサバター」シリーズ、『光をえがく人』『カンヴァスの恋人たち』など。近著に『ユリイカの宝箱 アートの島と秘密の鍵』などがある。

音《おと》のない理《り》髪《はつ》店《てん》

第一刷発行 二〇二四年十月二十一日

著者 一色《いっしき》さゆり
発行者 篠木和久
発行所 株式会社 講談社
〒112-8001 東京都文京区音羽二―一二―二一
電話 出版 〇三―五三九五―三五〇五
販売 〇三―五三九五―五八一七
業務 〇三―五三九五―三六一五

本文データ制作 講談社デジタル製作
印刷所 株式会社KPSプロダクツ
製本所 株式会社国宝社

定価はカバーに表示してあります。

Printed in Japan ISBN978-4-06-537325-5
N.D.C. 913 302p 19cm

KODANSHA

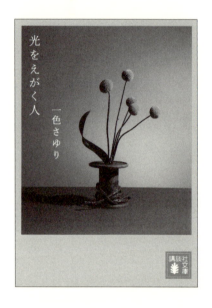